Juan Benet:
Cuentos completos, 2

El Libro de Bolsillo
Alianza Editorial
Madrid

193448

© Juan Benet Goitia
© Alianza Editorial, S. A., Madrid, 1977
Calle Milán, 38; ☎ 200 00 45
ISBN: 84-206-1983-3 (obra completa)
ISBN: 84-206-1650-8 (tomo II)
Depósito legal: M. 9.086 - 1977
Impreso en Closas-Orcoyen, S. L.
Martínez Paje, 5. Madrid-29
Printed in Spain

I

Las circunstancias que rodearon el último viaje del «Garray», conduciéndole al naufragio y, en último término, al procesamiento criminal de su capitán, don Valentín de Basterra, son todavía de sobra conocidas del público para ser repetidas en toda su extensión y detalle.

La curiosidad y ansiedad que despertaron tan trágicos sucesos no sólo quedaron satisfechas con el esclarecimiento de los mismos durante la vista del proceso —del que en su día se ocuparon, con copiosas y pormenorizadas informaciones, todos los diarios de la nación— sino también con la sentencia que recayó sobre el único encausado y que por su propio rigor, unido al aura de misterio y sacrificio que envolvía a aquel hombre enigmático, llegó a crear un estado de opinión tan clamoroso que movió a la Corte —más atenta en aquel momento a la sedición política que a un demasiado estricto cumplimiento del código— a conceder un indulto que la capa más culta y dubitativa de la sociedad, salvo contadas excepciones, recibió con alivio. A decir verdad, el caso llegó a crear en ciertos ámbitos un problema de conciencia que empezaba allí donde terminaba la capacidad del aparato judicial para lograr una satisfactoria verificación: y no de los hechos que —de manera incontrovertible— se demostró que constituían materia de delito sino de las intenciones y móviles que los provocaron y cuya investigación resultó poco menos que imposible tanto a causa del escaso número de testigos y testimonios cuanto por la reluctancia del encartado —tras la aceptación y confesión sumarias de su culpa— a explicar las raíces de su conducta. Como en parecidas ocasiones, los más penetrantes aprenderían con ello una sempiterna y siempre olvidada lección: que la verdad es una categoría que se suspende mientras se vive, que muere con lo muerto y nunca resurge del pasado; y que por lo mismo que su resurrección no es posible se espera siempre su advenimiento, porque la verdad puede ser no una cifra ni un hecho ni una abstracción, sino algo que vive pero no se manifiesta. Y por eso algunos detalles...

La triste popularidad que un día despertara el capitán Basterra había de etiolarse en cuanto las puertas del penal de Santa María se clausuraran tras él, con una sentencia capital sobre sus espaldas. A partir de aquel momento bien puede decirse que desapareció y dejó de existir como parte integrante de la sociedad; encerrado tras los muros del penal hasta el recuerdo de un nombre, perdida toda posibilidad de convertirse en un símbolo o una alegoría, había de quedar borrado por un indulto que liberándolo del garrote lo abstraería del mundo de los vivos para reducirlo a poco más que un servicio penitenciario y un registro en los libros del establecimiento.

Con la misma rapidez con que había entrado en la conciencia del ciudadano, salió de ella sin dejar la menor reserva ni duda, ni el más residual interés por su persona, gracias a la completa satisfacción que había de procurar el perdón real. Tan borrado como una noticia pasada o una deuda amortizada, nada tiene por consiguiente de extraño que la noticia del fallecimiento de un hombre que veinte meses atrás había acaparado la atención del país, no saltase a las columnas del periódico local.

Así pues, con excepción de los funcionarios del establecimiento penal y los pocos familiares que dejara el difunto, nadie había de enterarse que el un día famoso oficial finalizaba sus días en la celda —menos de dos años después de ser pronunciada la sentencia—, en un acelerado proceso de diselpidia.

Sin embargo, no faltaron personas, relacionadas al parecer con el partido liberal, que tras la obtención del indulto vieron en su caso suficientes puntos oscuros como para utilizarlo con fines políticos. Aprovechando el concurso de voces amigas que en su día habían gozado de toda su confianza, fueron varios los intentos que se hicieron cerca del capitán para que firmara la solicitud de revisión de su proceso. Ni que decir tiene que tales iniciativas sólo secundariamente estaban informadas por un interés en la suerte personal de un hombre que, sufrido y experimentado, sensible como pocos para adivinar los verdaderos móviles de unas presuntas pruebas de solidaridad y unos deseos de rehabilitación, solamente sabría ver en todo ello, con dolor y desprecio, una nueva demostración —por más encubierta, más lacerante— de la incomprensión que le rodeara.

En todo momento, Valentín de Basterra rehusó prestarse a tales maniobras. Tras haber cancelado, el día de la sentencia, el poder general para pleitos que otorgara a sus abogados, nadie sino él —a no ser un fiscal que no demostraría la menor voluntad para ello— gozaba de capacidad jurídica para tramitar las formalidades de la revisión. A todos los que acudían a visitarle en su reclusión los despachaba con prontitud, sin hacer la menor concesión o promesa, indiferente a un asunto que para él ya estaba concluido y resuelto, sordo a todas las sugerencias, incapaz de contemplar las perspectivas de su rehabilitación y tan intransigente a un cambio respecto a la decisión que había tomado que más de uno habría de salir con la sensación de inferioridad jerárquica que provocaba aquel hombre que, del otro lado del locutorio, conservaba la arrogancia que había mantenido siempre en el puente.

Ni siquiera habían de moverle un ápice las súplicas de una hija que, casada y residente en Gijón, se había de trasladar al Puerto (ciertamente también había hecho el viaje a Cádiz, seis meses antes, para asistir a la vista del proceso) a fin de persuadirle a aceptar las iniciativas de quienes sólo querían favorecerle y tan desinteresadamente habían abrazado su causa. Ya que no por él —le vino a decir—, debía hacerlo por el buen nombre de su familia, por la memoria de su difunta madre y por el porvenir de unos nietos que para siempre habrían de llevar, si él no lo impedía, un nombre cargado de ignominía. Apenas le replicó; pero en su mutismo pudo adivinar la negativa a cumplir con aquel segundo sacrificio que nadie —ni su hija, ni sus nietos, ni la memoria de los seres queridos o el buen nombre de los homónimos— tenía derecho a exigirle. Su decisión estaba tomada —le vino a decir— y nada le podía producir más enojo e incomodidades que los intentos de arrebatarle con insidiosas promesas la paz que había adquirido con la aceptación de la sentencia. Parece ser que en una de sus postreras visitas llegó a tener un acceso de cólera en el momento en que, antes de retirarse, llegaron a sus oídos las palabras de su antiguo abogado, aconsejando a su hija paciencia y perseverancia, palabras que fueron cortadas por una orden violenta y estentórea a fin de detenerles en el centro de la estancia y obligarles a escuchar su última voluntad: «¿Acaso cree usted que por estar sujeto a la disciplina de este lugar voy a prestarme indefinidamente a sus caprichos? No les atenderé en lo sucesivo; no acudiré aquí mientras no reciba por escrito la seguridad de que renuncian a los buenos oficios de su misericordia.»

Tras escuchar el dictamen del médico de la prisión, en el sentido de que sus desvelos no aportaban ningún bien a la salud de su padre, patológicamente receloso respecto a todas las iniciativas que buscaran una mejora o alteración de su suerte, su hija volvió a Gijón sin haber obtenido otra cosa que su consentimiento, ante la promesa de la administración, a un posible traslado a los penales de Santoña o San Carlos, a fin de tenerlo más cerca y hacer más frecuentes y económicas las visitas de su único pariente. A los pocos meses había de recibir una carta del mismo facultativo informándole que su padre padecía una desesperanza maligna, tan crítica que ni siquiera respondía a un casi clandestino tratamiento de estimulantes que, sin conocimiento por su parte, le estaba aplicando a fin de liberarle en lo posible de su cada día más acusado abatimiento. Aunque la carta no dejaba prever la inminencia de su fin, el tono en que estaba escrita —con detalles muy precisos acerca de su pasividad y atonía, su absoluto desinterés por todo, su total carencia de apetito de vivir— parecía insinuar que el cuerpo de su padre se había embarcado en un viaje irreversible. Ciertas dificultades domésticas —y las económicas no eran las menores— le impidieron hacer un viaje que día a día se veía postergado por las promesas de la administración de llevar a cabo el traslado del recluso a un establecimiento del norte. Y cuando decepcionada por la lentitud de la máquina administrativa y la insustancialidad de las promesas impartidas por los responsables del penal, se decidió a visitar de nuevo a su padre, acuciada por el temor de no volver a verle, le llegó en un despacho oficial la noticia de su fallecimiento de muerte natural, ocurrida en la celda, como colofón del largo e inexorable proceso de desesperanza que había hecho presa en el cuerpo del recluso.

Si Valentín de Basterra se llevó a la tumba las secretas motivaciones de una conducta bastante inexplicable —y que sólo bajo el marchamo de la locura fueron tímidamente expuestas y demostradas por la defensa como atenuantes del crimen—, en cambio algunos y muy importantes extremos relativos al último viaje del «Garray» solamente después de su muerte habían de ser esclarecidos o, mejor dicho, complementados con dispersas revelaciones que —habiendo muerto o desaparecido, algunos también tras los muros de los penales del Estado, casi todos los protagonistas de la tragedia— tan sólo tendrían interés ya para la pequeña crónica negra, para los buscadores de noticias de almanaque o para los eternos insatisfechos con los procedimientos de la justicia. Si el conocimiento de tales detalles no llegó hasta el dominio público, el hecho se debió sin duda a que ya no cabía encontrar en ellos materia para el escándalo; por el contrario, la ampliación del conocimiento de los sucesos con fuentes y detalles desconocidos en el proceso vino a poner de manifiesto el riguroso e irreprochable proceder de un Tribunal que, basándose sobre todo en el testimonio de un hombre convicto y confeso de otros crímenes que nada tenían que ver con la causa, aceptó y demostró la culpabilidad de aquel sobre quien, a la vista de los hechos entonces probados, recaía toda la responsabilidad de la tragedia. No cabía poner en duda que en el último acto de esa tragedia el barco ya no se hallaba bajo su mando; toda la documentación —la de mejor crédito que cabía obtener, a falta de los papeles del barco y del testimonio de aquellos que promovieron la suspensión de su mando— venía a demostrar que la deposición se había hecho con arreglo al código y las regulaciones propias de la firma propietaria del barco y si los hechos promovidos por el capitán Basterra, que habían de desembocar en la tragedia, obedecían al intento de reestablecer una disciplina y una jerarquía, ante la insubordinación de una tripulación que le juzgó incompetente para el mando y exigió su relevo en la forma prescrita, ¿qué nueva luz podía arrojar un suceso que el más interesado en ponerlo en claro poco menos que había pasado por alto? Al no haber sido acusado de sedición por falta de pruebas concluyentes, ¿a quién podía beneficiar una nueva culpabilidad —excepto al más que dudoso y abstracto prurito de esclarecimiento de la verdad— si aquél que la había aceptado en su totalidad no había podido o querido hacer uso de ella para mitigar la suya propia?

Por muy incomprensible que pareciese la conducta de aquel hombre, a aquellos compañeros que le habían tratado o conocido, que habían servido bajo sus órdenes o simplemente habían hecho suya la causa de su defensa y su buen nombre, mucho más lo habría de parecer al curioso investigador provisto de la paciencia necesaria para reunir y ordenar las aportaciones con que el reflujo del tiempo y las sucesivas desapariciones enriquecen y oscurecen el conocimiento de un hecho casi inextricable. Las muertes son también naufragios, que dejan sueltos pequeños residuos insumergibles en el olvido y que liberados de aquel destino único empecinado en la supervivencia arriban al litoral como testimonio de un secreto que ya apenas despierta interés. Años después de la muerte del capitán Basterra un armador de La Habana completará su testamento con un codicilo estipulando una manda para beneficio de su más próximo sucesor; un miembro de la tripulación del «Garray» escribe una casi ininteligible y fantástica relación del viaje que el correo deposita en el consulado español de Veracruz; un sacerdote de la provincia de Oriente afirma haber recibido en secreto de confesión la verdadera historia de la tragedia que demuestra la verdadera naturaleza del capitán... que uno o dos años después es desmentida por las últimas palabras de un borracho que amanece en El Malecón para cerrar su delirio con el relato de sus culpas... y de tiempo en tiempo, y con frecuencia decreciente, van surgiendo los contradictorios vestigios de un suceso que carecerá para siempre de verdad, de la misma manera que un portento no presentará nunca el mismo cariz a los diversos testigos que lo presenciaron, hasta que el olvido y el desinterés se cierran definitivamente sobre él, como las aguas del Atlántico —su atención despierta instantáneamente por la indefensa víctima que con su imprudencia ha venido a interrumpir su sueño— se soldaron y cerraron de nuevo sobre el remolino de espuma negra donde desapareció el casco del «Garray».

A los pocos meses de ocurrida, la tragedia estaba tan olvidada que tampoco aquellas confesiones de última hora —insuficientes para rellenar el vacío de una columna escasa de sucesos— volverían a despertar el interés por uno de tantos misterios de la mar. La verdad acerca

de él ya no podría nunca establecerse, extricándola de
una maraña de relaciones confusas, contradictorias e inve-
rificables, envueltas por el silencio del protagonista.
Aparte del afán de rehabilitar su nombre ya no existía
el móvil para un labor que a nadie reportaría el menor
beneficio. Y el anónimo descendiente, empeñado en ave-
riguar los móviles de la conducta de su antepasado, o
simplemente el curioso investigador atraído por las fra-
gosidades del enigma, no acudirían a la cita con que el
silencioso y esquinado capitán Basterra les emplazara, una
vez aplacados los ánimos y disipada la turbulencia del
caso. Se podría afirmar que su propósito de ocultación
obedecía a algo más que al abatimiento sufrido por una
persona que al final de su carrera se enfrentaba con una
ignominia sin paliativos. Pero durante el juicio demostró
tal entereza y tesón —nada propios de un hombre vencido y abochornado por su falta, intimidado por su suerte
y temeroso del castigo— que bien puede suponerse que
de haber elegido la palabra, en lugar del silencio, habrían
cambiado algunas cosas. De ahí que muchos abrazaran
la teoría de su propio sacrificio, en evitación de mayores
males, como cabeza de turco para encubrir a cambio del
indulto la responsabilidad de otro u otros personajes que
para evitar el escándalo tuvieron que recurrir al testimonio de otro hombre castigado por la ley; o para comprar
su silencio con el silencio de la justicia respecto a pasados
delitos toda vez que en una carrera como la de Basterra,
después de casi cuarenta años de navegación por unos
mares donde todavía era frecuente la piratería, donde el
delito era el hábito de los más y la ley de la fuerza una
necesidad para la supervivencia, era más que probable que
su hoja de servicios no estuviera exenta de posibles in-
culpaciones que de ser expuestas y probadas constituyeran
materia bastante para enviarle si no al patíbulo sí al menos a presidio por un plazo suficiente como para evan-
gelizar a un canónigo. Habida cuenta de que la mitad de
esos años no había tenido, como capitán, que dar cuenta
de sus actos más que a unos armadores más que satisfechos de que al término de cada viaje se cumplieran los

términos del contrato y de que en numerosas ocasiones
—que incluían sin duda negocios de trata— había navegado en su doble condición de capitán y consocio en los
fletes, se comprenderá en parte la voluntad de silencio
de un hombre enfrentado a un Tribunal en cuyo poder
obraba el conocimiento de muchas cosas pasadas que si
bien nunca habían salido a la luz pública no por eso dejarían de ser manipuladas en contra suya. Sin duda que
eso no lo explica todo; en rigor no explica nada ya que
para que existiese un clima dominado por la coacción,
debía postularse previamente la existencia de aquellas
personas o intereses hacia los que se dirigía esa coacción.
El capitán estaba solo, no tenía sino que defenderse a sí
mismo y a nadie ni a nada parecía proteger con su culpa.
Esta fue en su día la impresión que dejara sobre los ob-
servadores más imparciales que, habiendo sabido ver en
él el primer obstáculo para el esclarecimiento de los hechos, un muro ante el que hasta se habría estrellado la
acción de la justicia si insatisfecha con su declaración
—convicto y confeso de su crimen— hubiera deseado
llevar más adelante su investigación desdeñando una culpabilidad hacia la que apuntaron desde el primer instante
todas las circunstancias y testimonios, nunca lograron
desentrañar la procedencia y la dirección de aquella hipo-
tética coacción que le forzó al silencio. Para los más avi-
sados (los primeros que habían aventurado e incluso asegurado la existencia de un misterio —fundamentado en
la necesidad por parte de la Ley de recurrir a los testimonios de hombres fuera de la ley— y de una u otra
forma habían de reconocer finalmente el sentimiento de
decepción que les deparaba la imposibilidad de llegar al
fondo del mismo) no hubo otra coacción que la engen-
drada en el espíritu del propio capitán, demasiado orgulloso como para adoptar ante el Tribunal una actitud
distinta de la solemne y silenciosa admisión de su participación en un crimen que no sólo cometió con todas las
agravantes, sino que siempre consideró como única solución (no justa ni conveniente ni forzada por su tempera-
mento ni elegida en un momento de pasajera demencia,

tan sólo única) para cualquier hombre colocado en sus circunstancias. Por consiguiente, el misterio se reducía a saber cuáles eran aquellas circunstancias que sólo él —tampoco los testigos que prestaron su declaración, algunos transportados de otro penal y custodiados por la fuerza pública, las conocían— podía aclarar. Tan sólo se vino a decir, como es costumbre, que a bordo las cosas presentan siempre otro cariz y así lo insinuó —sin verdadera y vehemente convicción— la defensa. Desde el momento en que hizo su entrada en la sala y se sentó en el banquillo, humillado ante un Tribunal que le observaba desde tamaña altura —exactamente en la posición inversa a la que él había llevado durante muchos años de vida a bordo—, quedó de manifiesto que no expondría sus razones; razones que posiblemente no tenían entrada en el código ni en la religión porque el lenguaje del odio, del cual no podía sustraerse, no tenía entrada en aquella Sala; porque no estaba dispuesto a abjurar de unas convicciones que nunca podrían comprender los hombres que habían de juzgarle. Y no habiendo avenencia —dijeron los más sagaces— entre su naturaleza y la ley no cabía para él, elevado al solio de su propia dignidad por principios en muchos aspectos antagonistas a los de la sociedad civil, no cabía otra actitud que la aceptación de la culpa recibida como una prueba de fuerza por parte de quien en el último episodio del conflicto había demostrado ser el más poderoso.

Por eso se diría que nunca —pese al juicio— llegó a ver su crimen con arreglo a los mismos cánones que la sociedad. Y de la misma manera que no lo aceptó como tal, admitió en cambio su derrota a manos de un Enemigo con el que, lo sabía de antemano, no cabía dialogar en una sala de justicia. Aceptó la culpa porque él mismo era un justo. No cabían las transacciones y avenencias. Tal vez por eso no pudo escuchar con paciencia a su hija ni nadie logró convencerle de las consecuencias de un empecinamiento que, en el momento de empuñar su pistola, estaba ya resuelto a no transigir. En cuanto a la deshonra, no sabía introducir tal concepto en sus cálculos ni por ende podía calibrar el valor de la legitimación, de la misma manera que habría desestimado la coacción. Y desde el mismo momento en que tomó asiento en el banquillo —convencido de que no había para él más que una sentencia— aprestó su ánimo al resultado final, dictado también por el único credo que en secreto había profesado toda su vida y que el indulto que llegó de Madrid apenas alteró un ápice.

, II

La independencia de los estados americanos que en buena medida apenas modificó, durante la primera mitad del siglo xix el estado de la cosa privada en lo que se refería a la propiedad y el comercio terrestres tuvo efectos de mucha trascendencia sobre los negocios marítimos, incluso sobre el comercio que se desarrollaría entre las recién nacidas repúblicas y la vieja metrópoli. Mientras que la tierra, en su generalidad, siguió en poder de las mismas manos que la poseyeran y explotaran durante la época colonial, en todos los puertos del Atlántico, del Caribe y del Pacífico pronto empezaron a establecerse con gran profusión armadores ingleses, franceses, holandeses y americanos, ávidos de heredar los antiguos privilegios comerciales de los españoles. Gente avezada en ese trabajo y acostumbrada a la libre competencia, a menudo apoyados por una fuerte organización en su país de origen, eran capaces de ofrecer a los negociantes americanos unas condiciones tan amplias y flexibles que pronto colocaron a muchos de sus colegas españoles en la alternativa de remozarse o abandonar el campo. Como más de una vez ha ocurrido en circunstancias semejantes, los primeros indianos en advertir la magnitud del problema apenas fueron escuchados por sus compatriotas y patrones de ultramar y tras algunos años de vacilaciones, advertencias y llamadas de atención pronto se vieron en la

necesidad de romper sus vínculos sociales y contractuales
con la metrópoli para establecerse por su cuenta, a menudo con ayuda de capital extranjero, y fundar nuevas
sociedades y casas de contratación con arreglo a las ideas
que habían recibido de sus competidores.

Tal fue el origen de la firma Douaze & Dapena, S en
C, el uno francés de origen, hijo de acomodados terrate-
nientes sorianos el otro, que con su sede social en La
Habana en pocos años y gracias a la energía e iniciativas
de ambos socios había de llegar a ser una de las casas
de contratación más eficaces de todo el Caribe. Su código
era bien simple: sus únicos vínculos dignos de respeto
eran los comerciales y —exentos de una cierta gazmo-
ñería respecto a la arruinada tradición— no vacilaron en
recurrir a los hombres y los barcos mejor preparados para
mantener, vigorizar e incrementar aquéllos en el momento
en que pasado el torbellino de la independencia y el período de prostración y tribulación comercial del primer
cuarto de siglo, el tráfico entre los dos continentes conoció un notable incremento.

En contraste, los que optaron por su fidelidad a los
hábitos, métodos, hombres y barcos del tiempo de la
férula real no tardaron en verse arrinconados. Nada era
más usual en aquellos tiempos que el triste espectáculo de
los viejos patrones vagando ociosos por los muelles de
La Habana, de Cartagena o de Maracaibo, quejosos de
la invasión extranjera y lo bastante dignos o achacosos
como para aceptar un puesto de tripulación; o el de aquel
que con orgullo había enarbolado la enseña de correo en
su palo mayor para a la postre verle, hundiendo la cara
en las solapas alzadas de su tabardo, a fin de pasar inadvertido en la abigarrada y heteróclita fila de hombres que
espera paciente ante el pupitre del sobrecargo, frente a
una goleta americana que amarrada al muelle ha izado en
el trinquete la bandera cuadrada y roja; o el del viejo que-
che, atestado de hombres mal pagados, que necesitando
una semana para llevar de las islas al continente una
docena de mulas y unos sacos de grano, aún pretende.
aminorar el rápido curso de un airoso bergantín con un

saludo de cortesía que pronto se convierte en un coro de protestas. Para Douaze & Dapena tales casos no pasarían de ser meras reminiscencias hacia las que solamente la misericordia los obligaría a dedicar una menguada bolsa de dinero, sin la menor pretensión de vuelta. Arrinconando los viejos cascos se decidieron por armar tan sólo barcos capaces de cruzar el Atlántico en menos de tres semanas y con preferencia construidos en la costa americana entre Nueva Escocia y Newport; de más de ciento cincuenta toneladas y menos de doscientas cincuenta; equipados con el más moderno y sólido utillaje a fin de ahorrar miembros de tripulación y acortar en lo posible las onerosas estadías. En cuanto a la tripulación, carecían de toda clase de prejuicios, bien dispuestos a contratar gente del oficio, lo mismo americanos, griegos, africanos, kanakas y hasta algún que otro cimarrón; y tal era su énfasis en procurar lo más adecuado —técnica y comercialmente— a cada caso, haciendo oídos sordos a cualesquiera injerencias, que en más de una ocasión se vieron obligados a enmendar una primera decisión sólo para evitar un agravio a una persona de influencia, comprometida con viejas amistades y apegada a usos de otros tiempos.

Pues bien, una carta de piloto de Douaze & Dapena pronto sería considerada en aquellas latitudes como un diploma en el arte de navegación. Las primeras reservas de ciertos capitanes, poco acostumbrados a determinadas limitaciones y exigencias, serían sin tardanza puestas de lado a la vista de las atractivas condiciones y remuneraciones que ofrecía la firma, y aun cuando en los primeros años de su actividad no faltaran los plantes —difíciles de mantener cuando el empresario es capaz de contratar aquí y allá— a partir del momento en que la firma supo demostrar que podía llevar el negocio adelante contra cualquier clase de boicot, apenas tuvo ya necesidad de hacer públicas sus ofertas para que acudieran a sus puertas unos hombres bien dispuestos a trabajar para la casa. Por lo general, los patrones de Douaze & Dapena eran hombres jóvenes, de menos de cuarenta años y con más

de veinte en el mar, de cualquier nacionalidad. Ya se
habían apagado, en aquellas tierras y décadas, hasta los
más imperfectos y asordinados ecos del estruendo de la
revolución del 89; y si hasta allí habían llegado frases
inacabadas, un tropel de adjetivos y parrafadas y haren-
gas, fórmulas que en sí apenas decían nada desprovistas
de su necesaria y original fogosidad, por el momento para
gobernar un barco, lo mismo que una hacienda, volvía
a buscarse al hombre de oficio con cuanto menos espacio
para las ideas sobre la sociedad dejasen las convicciones
y conocimientos sobre el mando y el mar. Una de las
pocas excepciones era el capitán Basterra, un hombre que
ambos socios —que le conocían de antiguo y con el que
en ocasiones habían negociado en comandita— buscaron
desde el primer momento con cierto ahínco. Se trataba
de una excepción, porque cuando lo contrataron frisaba
ya los cincunta años, llevaba más de treinta en el oficio,
había cruzado el Atlántico en todo objeto con línea de
flotación, había doblado el cabo de Hornos más de una
docena de veces —por todos sus pasos y en ambas direcciones, en todas las estaciones del año— y, por encima
de todo, contaba con un historial que muy pocos hombres
dispuestos a seguir en el puente eran capaces de mejorar.
   No era un hombre envanecido ni que se hiciera de ro-
gar; tampoco se le habían de subir los humos porque a
lo largo de dos años de travesía por el Pacífico en todos
los consulados encontrara un despacho instándole a ponerse en comunicación con una nueva casa de La Habana.
A todos ellos contestó escrupulosamente, sin hacer esperar la respuesta, pero dejando bien sentado que se hallaba
decidido antes de entrar en cualquier clase de trato a
dar cumplida satisfacción a los compromisos que tenía
contraídos. Sin duda, era un hombre que sabía aprovechar su carácter grave y su reputación de seriedad para
observar con comodidad y sin prisas los ajetreados y a
veces quiméricos proyectos de cuantos vivían del negocio.
No gustaba de la respuesta pronta ni, por supuesto, jamás
denunciaría entusiasmo alguno por una cierta empresa.
Aquello que fue tomado por una reservada negativa,

aunque se atribuiría más adelante al cansancio y apetito
de reposo de un hombre que ya no deseaba sufrir más
sobresaltos en la coda de una vida profesional que si bien
le había permitido acumular una discreta fortuna inver-
tida en bienes de tierra adentro en treinta años no le había
eximido de un solo día de trabajo, se había de demostrar
pocos meses más tarde como un rotundo mentís a quienes
demasiado prematuramente le habían jubilado. Por la
actitud pausada y grave con que hizo su entrada en las
oficinas, por la manera humilde con que se dio a conocer
y, tras colgar la gorra en la percha, se decidió a esperar
sentado en el borde de un estrecho silloncillo de pelu-
che, por el gesto con que observó el suelo, entrelazó sus
manos sobre su rodilla y al cabo de un rato, cortando
las salutaciones, inquirió: «Díganme, ¿de qué se trata?»,
ambos socios pudieron colegir que el capitán Basterra, el
mismo de siempre, estaba una vez más decidido a cumplir
una misión —sin exigir emolumentos o participaciones
desmesurados— como cualquier meritorio oficial elevado
al puente, por necesidades que no admitían demora, a falta de una persona más avezada. Y con un trato que en
una mañana de febrero, unos días después, quedaría cerrado no sólo le dieron el mando de su mejor barco, un bergantín de unas doscientas toneladas, de construcción in-
glesa y fletado en sociedad con un americano, sino que
le destinaron la oficialidad más diestra y prometedora
que pudieron reunir, con el propósito de formar aquellos
cuadros que, con dos o tres años en la escuela de Basterra,
saldrían más que capacitados para tomar el mando.

Sus métodos eran de sobra conocidos y despertaban
una confortable confianza: de entrada exigía de la compañía un poder para llevar a cabo, sin previo aviso a los
armadores, cuantas operaciones tuviera a bien ejecutar;
firmaba personalmente todos los contratos con sus hombres, se constituía en único responsable ante la ley a la
hora de litigar, y dejaba bien claro el principio de que
todo convenio quedaría automáticamente rescindido —el
hombre con sus bártulos depositado en el primer muelle
que tocase el barco— en cuanto a su leal saber y entender

el interesado no cumpliese a su satisfacción lo que se interesaba de él. En contraste, hablaba muy poco, dejaba a cada cual en completa libertad, dentro del marco de su jerarquía, para el cumplimiento de sus funciones y solamente asomaba por cubierta para visitas de rutina o en circunstancias que escapaban a la competencia de sus subordinados; pero jamás interfería en sus labores; era ya un hombre lo bastante viejo (y seguro de lo que cabía esperar de cada momento y cada circunstancia) y lo bastante sagaz como para disfrutar con el mando y nada fortificaba tanto su espíritu y su humor como verse acertadamente secundado; no sólo nunca ponía el menor obstáculo a la ascendente carrera de un oficial, sino que con frecuencia —con astucia disimulada con una falsa negligencia— hacía voluntaria dejación de obligaciones propias de su puesto a fin de abrir un portillo libre a las iniciativas de sus segundos. Pero, por lo mismo, en cuanto un desmedido afán de mando, con alguna intemperante intromisión y unas pretensiones que no se conciliaban con la capacidad del individuo en cuestión, trataba de aprovechar su aparente pasividad para adquirir una jerarquía que estaba lejos de merecer, del fondo de su carácter surgía aquel implacable espíritu rapaz que (como el felino que aparentando dormir atrae al gorrión dentro de un dominio que su especie tiene prohibido) saltaba sobre su víctima porque sólo siendo desollada merecía aprender cuál era el orden que había tratado de perturbar y el mando que en vano había desestimado.

En una ocasión, en una travesía a lo largo de la costa chilena, fue lo bastante explícito acerca de sus propias ideas sobre el mando. «El mando, había dicho, no se recibe ni se transmite; se adquiere.» Teniendo a su primero rebajado de servicio a causa de unas fiebres altas y pertinaces, llegó el momento de designar un segundo, elegido por la tripulación y propuesto al capitán según la costumbre de a bordo. Pero un hombre quiso interponerse, un hombre recomendado por sus armadores y que creía gozar de la confianza de ellos, un hombre orgulloso y ávido de distinción, que voluntariamente se había distanciado de sus compañeros a causa de sus pretensiones. Y bien, en aquel momento Basterra calló, ni siquiera le permitió adivinar su pensamiento, y cuando la comisión fue a interesar a su capitán la designación del segundo, Basterra señaló a aquél a despecho y a sabiendas de lo mal recibido que sería un gesto tan impropio. Sabía que no tenía capacidad para aquel puesto y no buscaba otra cosa que demostrarlo con sus propios hechos. No tardaron en producirse las negligencias, los desmanes y la desobediencia en la guardia de babor y no habían transcurrido diez días desde la designación del segundo cuando a raíz de un incidente nocturno, a través del primer oficial le fue comunicada al segundo la decisión del capitán de rebajarle del servicio por toda la duración del contrato, a menos que decidiera rescindirlo y abandonar el barco en la primera escala. No lo hizo así, cobijado en un taciturno despecho y haciendo estopa a regañadientes por el resto de la travesía, pero en el ánimo del capitán Basterra debió quedar grabada la señal de una advertencia —la sospecha de un recelo hacia su propia confianza— que tal vez había de influir en su conducta cuando tiempo después se encontrara frente a unas circunstancias que guardaban con aquélla ciertas similitudes. Porque la imagen de aquel vanidoso y distante segundo se había de proyectar numerosas veces sobre la figura del primer oficial del «Garray», Ernesto Saint-Izaire.

Lo conoció, y lo tuvo por primera vez a sus órdenes, en una travesía para cargar pieles y madera de construcción en algunos puestos de la península de Labrador, un viaje corto y casi todo él con tiempo bonancible, el tercero o cuarto que realizase para la consignación de Douaze & Dapena, en una goleta americana de 180 toneladas, rebautizada «Martina Calero» y matriculada en La Habana. Era un joven natural de la isla, sobrino de Douaze en segundo grado y muy apreciado por él; huérfano de padre, había sido educado con esmero; antes de cumplir los veinte años había viajado por Europa y tras residir durante más de un año en la Marsella de Luis Felipe había vuelto a Point au Pitre enfundado en uno de esos

apellidos, Saint-Izaire, de tanto efecto en la vieja colonia.
De su estancia en la tierra de sus mayores volvió convertido en un hombre pagado de su porte y seguro de su
capacidad para hacer una fortuna en poco tiempo, de
talante impenetrable y descontento, cuyo aspecto un
tanto delicado ocultaba una notable fortaleza de carácter
y de físico, al decir de los que habían convivido con él.
Y sobre todo un exagerado laconismo y un humor inmutable —siempre un mismo gesto adusto, como si nada
pudiera satisfacerle— constituían su mejor defensa contra un genio desabrido y un hipertrofiado talante crítico.
Pero era hombre eficiente —como había de reconocer sin
ambages el capitán Basterra— «de los que parecen siempre sobrados de tiempo y, sin aparente esfuerzo, todo lo
llevan en orden.»
   El viaje de vuelta de Terranova y Nueva Escocia no
adoleció de otros incidentes que los provocados por una
larga sucesión de turbonadas, antes de rebasar los bancos
del Sable, que durante dos días y dos noches obligaron
a ambas guardias a permanecer sobre cubierta a consecuencia de la orden del capitán —quien atento al barómetro esperaba en todo momento vientos más fuertes—,
decidido a seguir navegando de bolina, arrizando las
gavias. Por poco acertada que encontrara el segundo
aquella medida, tuvo buen cuidado de callarse, ordenando
y observando el incesante halar y arrizar con una actitud
que si quería significar su desacuerdo al capitán no debió
pasar inadvertida. Cuando después de cincuenta horas de
fatigas amaneció un tercer día con cielo despejado, una
mar tranquila y vientos moderados del SW, al tomar
la altura y comprobar el escaso progreso realizado a costa
de unos esfuerzos que bien podían haberse ahorrado
arriando todo el paño, es posible que aquel orgulloso y
pagado de sí mismo segundo se cuidara de poner de una
u otra forma de manifiesto lo bien fundada que estaba su
discrepancia. No era el capitán Basterra un carácter que
supiera sobrellevar una censura que sin aflorar a los labios
había denunciado un vicio en su manera de navegar;
por lo mismo que no perdonaba, no olvidaba. Incómodo

siempre en presencia de un hombre —un joven sin demasiada experiencia anterior, cuyo acierto se debía más a un golpe de suerte que a una visión acertada de la situación— cuya mirada bastaba para despertar en su seno muchas acusaciones y reproches, sin embargo, optó por mantenerlo a su lado —aun cuando nada le hubiera sido más fácil que solicitar de los armadores la dispensa de sus servicios o su traslado a otro barco— y no tanto para cuidar y acelerar su aprendizaje cuanto para utilizarlo para su propia disciplina, intransigente respecto a cualquier negligencia que supusiese un menoscabo en el bien cimentado edificio de su autoridad.

Por consiguiente, a su arribada a La Habana, tras dar cuenta del viaje a la Compañía, formalizó la inscripción de su segundo a su servicio y, no queriendo alargarse en explicaciones, señaló los párrafos escritos de su puño y letra que hacían hincapié sobre su irreprochable conducta, su capacidad para el mando y su eficacia en el puesto, no vacilando en afirmar que en poco tiempo sería merecedor de un puesto de primer oficial y, de mantener su progreso, en un par de años se le podría encomendar el mando de un barco. Su opinión en tales cuestiones eran siempre tomadas en consideración y nadie habría de oponer la menor reserva a una de sus particulares, no muy frecuentes ni gravosas, pero siempre inesperadas imposiciones que, sin pasar a la letra escrita, sus patrones sabían que era forzoso aceptar y respetar como garantía de su continuidad al servicio de la firma. Sus pronósticos se cumplieron; durante un par de años lo tuvo a su servicio a bordo del «Martina Calero», tanto como segundo como primer oficial. Un día, tras una larga época de rutinaria actividad, Basterra —al echar el ancla en un puerto de California, con un cargamento de grano y reses y con propósito de poner a continuación proa a Vancouver donde cargar pieles y lumber—, recibió en la sede del agente de la Compañía instrucciones de Douaze & Dapena de confiar el mando del barco al capitán Evans —un americano que a tal efecto esperaba puntualmente en la oficina, con la cartera negra de los documentos credenciales

bajo el brazo— y de pasar a Veracruz a la mayor brevedad posible, haciendo el viaje por tierra a través del istmo
mejicano, para hacerse cargo de un nuevo servicio. Allí
se despidió de Saint-Izaire, el hombre con el que había
mantenido una relación distante y estricta y con el que
en los próximos tres años apenas había de cruzarse en tres
ocasiones en lugares muy distintos, en la oficina de la
consignación o en un muelle desierto, bajo la lluvia de
diciembre.

No había de volver a verle hasta el viaje del «Garray».
Pero estando previsto que el «Garray» viajaría a España
al mando de Saint-Izaire y habiendo oído Basterra que el
viaje además de realizarse sin pasaje, encubría una misión
especial, con el pretexto de visitar su tierra y su familia
que no había visto en diez años, solicitó el mando de
aquel barco porque sabía de antemano que sus armadores
accederían a ello.

III

(Menos que en cualquier otra, en esta ocasión no quiere Basterra dar impresión de impaciencia ni dejar que
en el ánimo de sus armadores —o en el de Saint-Izaire—
germine la sospecha. No cuenta más que con cinco días.
Esa misma tarde compra un caballo y al día siguiente
—muy de mañana, con una bolsa de provisiones y una
gran cartera de documentos— parte bajo un fuerte aguacero en dirección a Pinar del Río. Pero en Marianao deja
la calzada principal para tomar la del litoral y seguir hacia
Mariel, donde pernocta esa primera noche, incapaz de
hacer más camino a causa de la lluvia. Algo antes de la
madrugada escampa y, sin despertar a nadie, dejando un
dinero en lugar ostensible, abandona la casa para continuar su viaje por la calzada de la costa hasta un punto
solitario que conoce de tiempo atrás. Allí toma un camino
vecinal que tira hacia tierra adentro y a pesar de que es

más de mediodía y ha comenzado de nuevo a llover, obligando al caballo a apretar el paso se interna por la Sierra del Rosario para llegar al collado de Zamacay bien entrada la noche. Tras reposar unas horas al abrigo de un aprisco, antes de que claree el día se pone de nuevo en camino de forma que hacia el atardecer cruza la carretera de Pinar del Río, más allá de Consolación, que abandona poco más tarde para —de nuevo por caminos vecinales— derivar hacia el sur y alcanzar su punto de destino, unos cuantos diseminados bohíos no lejos de un conjunto de edificaciones más recias que se distinguen más por sus sombras que por sus débiles luces en la primera noche despejada desde que ha salido de La Habana. Es una plantación extensa y rica, bastante poblada, denominada «La Calota», que incluye tres ingenios de azúcar y grano; separado por un bosque de centenarias ceibas un exiguo poblado formado por unos cuantos bohíos y alguna casa de fábrica, vive de su enventual comercio con la hacienda y, utilizado como alojamiento por el peonaje que desde Pinar del Río y Consolación acude allí en busca de trabajo, en la época de la zafra es utilizado como mercado de mano de obra. Pero siempre parece desierto, no se oye una voz, no se ve un alma y tan sólo de detrás de una cerca de vez en cuando el golpe de un martillo sobre unas tablas viene a recordar que aún alienta una actividad que no ha cejado en su lucha contra el hambre.

Empuja la puerta y llama con voz queda, pero no obtiene respuesta. La estancia se halla apenas iluminada por el resplandor del fogón donde aún se queman unas brasas que sin fuerza ni reserva de combustión exhalan un aliento azulado, del color del hielo, para preservar en su agonía su último calor. Se despoja del capote y lo cuelga de una alcayata, encima del fuego; luego repasa sin curiosidad los objetos y enseres de la habitación, examinando con una desdeñosa atención aquellos que no conoce. De nuevo vuelve a sonar en las cañas el repique del aguacero, unos golpes admonitorios y aislados como sobre la piel tirante de un tambor, seguidos de la furiosa y chillona barahúnda de una hueste que ha salido al unísono de su escondite

para lanzar su denodado ataque que pronto ha de amainar,
hasta degenerar en el prolongado susurro por su fraca-
sado empeño. Sale de nuevo para dejar el caballo a resguardo y examinar la calle —en unos minutos convertida
en una lengua de barro bajo la lluvia que fosforea en un
torbellino de partículas paralelas incandescentes— y, sos-
pechando una ausencia más prolongada de lo que ha
supuesto, tras repasar con el dedo una perola con restos
de un cocimiento de harina, se tumba en el banco cerca
del fuego y pronto cae dormido.

Cuando despierta el fuego ha sido avivado, la mujer
bate la harina puesta a cocer y la niña le observa desde
detrás de sus sayas. No le saluda, no le pregunta cómo es
que se encuentra allí, de dónde ha venido, qué le trae por
la casa; le dice solamente que no tardará en darle algo de
comer.

—¿Qué ha ocurrido? —pregunta él.

Pero no le contesta en un principio, atenta a la labor.
Después de secarse las manos, primero en la bayeta y
luego en el delantal, se encoge de hombros y dice:

—Tenía que ocurrir algún día.

A Basterra le basta:

—¿Cuándo ha sido?

—Ya va para un mes.

Basterra pregunta:

—¿Y el francés?

—Vete a saber —dice ella, atenta al cocimiento del
arroz y la harina. Da un manotazo a la niña para que se
aparte un poco de ella.

—¿Qué va a ocurrir ahora?

—Se los llevan a España. Allí los colgarán.

Lo dice sin darle importancia; nada en su talante tiene
prioridad sobre su quehacer ante la cocina, arruinada y
fortificada al mismo tiempo por su abyecta y triunfal de-
gradación, el demoníaco poder de la carne cuarteada y las
ropas harapientas, carentes ya de color, el veredicto de
la noche y de la lluvia sobre el fugaz fulgor del fuego en
su mirada.

—No se andarán con remilgos.

Sin mirarle retira el plato del fuego, vierte sobre la masa unos trozos de fruta y se lo acerca, más allá del fogón, colocando una cuchara a su lado.

A duras penas Basterra puede refrenar su hambre. No ha probado bocado en diez horas ni ha comido caliente en treinta; no puede hablar y aunque a toda costa trata de disimular su apetito, avergonzado de su actitud sólo replica con unos pocos gruñidos. Rebaña el plato hasta los bordes y bebe de un cazo un largo trago de agua. Entonces quiere enmendarse, con unas oscuras, casi ininteligibles palabras de ánimo, alusiones aderezadas de dudas a los sucesos que se avecinan, pero acaso siente que ha llegado tan tarde que su propósito nunca será cabalmente comprendido. Su desánimo y desconfianza han caído demasiado bajo para poder levantarlos en una sola noche, con unas palabras de consuelo, unas promesas que no obligan a nada y una cartera con todo el dinero que ha podido disponer. No pide nada y tal vez por eso Basterra se siente incómodo, muda pero tácitamente acusado del mal que no padece y no puede paliar; porque ya no puede desarrollar el coraje suficiente para tratar de ponerle un torpe remedio, maniatado por sus compromisos. Lamenta haber hecho el viaje, de manera tan imprudente y precipitada, y en pugna con sus vacilaciones abre la cartera para a seguido cerrarla de nuevo, sin extraer el sobre de papeles. En la soledad cree en sus razones, y en una capacidad de persuasión que siempre se demuestra inútil. Todo le inculpa y hasta los más ínfimos agravios se vuelven contra él porque siendo suya la primera falta y habiéndola aceptado, todas las demás se justifican por ella y quedan eximidas ante ella.

Ha acostado a la niña, en un camastro al fondo de una pequeña cámara en penumbra separada de la cocina por una raída cortina de algodón. Pero siente su mirada sobre él, inmóvil y carente de pensamiento, absorta en el silencio que más fielmente grabará para siempre el primer momento de su próxima y definitiva orfandad. Comprende que nunca representará nada para esa niña, inmolada en el altar de la soledad y transportada —palabras duras y terminantes, gestos de excéntrica severidad, la pétrea e implacable economía de la miseria, exponente de ese inconsciente juramento de fidelidad a la muerte— al limbo estañado por el odio para ser preservada de la corrosiva evolución de la carne. Se ve a sí mismo mucho más lejos, perseguido para siempre por las recriminaciones y para siempre incapaz de demostrar su (¿inocencia?) honradez. Y aquel intento de venir en ayuda suya se torna tanto más ridículo... porque incluso el mar se convierte en un juguete.

Las luces de la estancia se han extinguido; solamente en un cacharro de cobre subsiste un débil resplandor procedente de las brasas del hogar. No se ha despedido de él, pero sobre el banco ha extendido un cabezal y una manta, dando por supuesto su propósito de quedarse a dormir. Cuando por su respiración comprende que duerme se levanta con intención de abandonar el lugar y reemprender la vuelta; abre la cartera y deposita el sobre repleto de papeles en el lugar más ostensible de la cocina, pero antes de salir se detiene ante el camastro. Luego la llama por su nombre, con voz queda, y al tercer intento recibe su respuesta, una sola palabra débil y asordinada, pero no confusa, como si el último residuo de un ánimo exangüe fuera aquel único destello de una expósita, ultrajada y desarraigada supervivencia. Se sienta en el borde del lecho y palpa su cuerpo, sus rodillas. Luego a tientas busca su mano, en espera de aquella autónoma, involuntaria y perversa réplica de la carne no sometida al orden de la palabra. Pero no la obtiene; por el contrario, al apretar sus dedos toda la mano se contrae —la piel áspera y un poco húmeda, los huesos sin recubrimiento de carne— como un crustáceo que replegara sus articulaciones lenta y penosamente. Erisaya nuevas palabras de ánimo, con otro tono, y explica cómo obligado por sus compromisos a embarcarse en una semana estará de vuelta antes de cuatro meses. Cómo escribirá a sus amigos de España, personas influyentes. Espera sólo un gesto suyo para revelarle el destino de su viaje, pero solamente consigue mencionar el sobre que contiene el dinero, bastante para

subsistir cuatro o cinco meses. Tiene que estar de vuelta
para el próximo lunes, por lo que le es preciso ponerse
temprano en camino para llegar por la mañana a Consolación. No replica nada ni mueve un músculo (el cuerpo
refractario al movimiento que parece ahorrar sus energías
para fijar su fosilizada huella en el lecho pétreo, más allá
de la aurora de la nada; como si en silencio reconociera
por primera vez el fútil ultraje de sus apetitos a la im-
pávida y armónica rotación sin antecedentes ni devenir
ni siquiera a lo largo de una eclíptica sino al conjuro de
moribundos instantes que han de marcar la esférica nega-
ción de diurnas generaciones y aniquilaciones nocturnas;
como si en silencio se reclamara a sí misma como primer
heraldo de una paz anterior al amor y violada por el
matrimonio, devuelta tras sus nupcias con la podredum-
bre al extraterrenal concubinato con el incestuoso y ascé-
tico afán de supervivencia y, tras la insólita y súbita rotación del día alrededor de un camino enfangado, devuelta
al ardiente y azoico arenal de una niñez desnuda y carente
de imágenes, carente de apetitos, glosada por la fábula
oriental del niño insomne depositario de todos los des-
tructivos secretos del firmamento), un simulacro de carne
enrojecida y espatulada en el latido anterior a su transformación en mármol. No sabe levantarse, su propio brazo
bajo el efecto magnético de la corriente que le une a la
tierra (y observa; observa el mortuorio resplandor que
exhala ese cuerpo exánime y advierte el resultado nulo
que arroja la cuenta de sus días; no existe el movimiento;
bajo el dosel de los inextinguibles y tal vez pseudosonoros
graznidos de las gaviotas, también el mar se contrae para
sedimentar una losa de ágata donde por una venganza
de las aguas queda impresionada su última travesía, se-
llada y rubricada por la imperturbable, empolvada, rosa
y sibarítica mano del astro fijo) queda unido a él por el
mismo voto de sacrificio que le insta a volver sobre sus
pasos y romper todo compromiso. Ha callado, ni siquiera
siente ya la necesidad de confirmar su vuelta porque ese
cuerpo desvanecido en ondulaciones resulta invulnerable
e indiferente a la palabra, en la sombría yuxtaposición

de una colérica y esotérica paz a la quimérica disolución de sus anhelos. Ante él se abre de nuevo la superficie de la mar, colgada sin sustentación de un Destino que aprovecha un momento de silencio para enunciar su acertijo; las palabras son anteriores a su sentido y sólo mucho más tarde advertirá el reflejo de la bujía en las arrugas de las sábanas. Comprenderá también que su propio silencio le ha sido tan hostil como perjuro, que nunca le ha sido permitido expresar sus deseos. Y ahora sin necesidad de entornar los párpados vuelve a la superficie en calma de la mar, un paño de seda iridiscente, bajo un cielo sin promesas que ha trocado su desdén en precoz hostilidad; a la envolvente embriaguez de sus caricias con las que, en su irremisible y solitario destierro, le hará olvidar la mortal desesperanza de sus sueños de tierra y, en su tenebroso éxtasis, en su arriesgado juego, le redimirá por toda la duración del viaje de aquel ilusorio afán de paz ofrecido como decisivo y último premio a la conducta del justo. Le recibirá una vez más con la alegría juguetona de los primeros días serenos y radiantes, a pocas millas de una costa donde queda toda una vida de embuste, con los pies en tierra y la cabeza en las brumas, rodeado por todas partes de avisos amenazadores y noticias imperfectas, para recordarle que —con el aviso del naufragio— en su lecho encontrará aquella reconfortante seguridad derivada de su proximidad y su enfrentamiento con el único, constante y magnánimo Enemigo; ni un solo instante le dejará solo, como el anfitrión solícito que expulsado de la sociedad recibe en su lugar de destierro al amigo de entonces y durante su breve estancia le colma de cuidados y atenciones sin abrumarle a preguntas a pesar de que (pues considera que no es necesario hacerle comprender que soportará y perdurará en el exilio mientras la tierra permanezca dividida en dos bandos irreconciliables) nada espera con mayor ahinco que las noticias frescas de su patria. Se siente detenido y a la deriva, a la merced de minúsculas e imperceptibles corrientes que nunca revelarán el destino que le deparan, incapaz de gobernarse a sí mismo cuando carece de ese impulso al que obedecen los resortes del mando. Y dice para sus adentros: «No he terminado, no he terminado. No puedo dejarlo así.» Y dice también: «Es el orgullo.» Se levanta y yergue la cabeza porque aún le resta —no lo cree, pero así lo espera— una última confianza en sus gestos... o en la póstuma y correcta interpretación de sus gustos y de su inconfesable holocausto. Piensa en el error del mártir; y bien, por muy justa que sea la causa es siempre menos sensible que la carne, y el más devoto sólo cree a medias. Y dice para sí: «Las palabras en la cruz... jamás debió pronunciarlas.»

Pero su cuerpo no se ha movido; ya no espera nada. Y piensa: «No apelaré a tu reconocimiento y a tu fe cuando todo se haya consumado. Sé de sobra que todo sigue su curso, nada se conmueve y el sacrificio sólo atañe al mártir. Sólo quiero librarme de mi culpa y sólo yo tengo derecho a saber a dónde llega. Por consiguiente, no quiero tu reconocimiento, que me privaría de la paz que adquiriré pagando. Estoy dispuesto a pagar y no quiero retribución. Sólo aprecio mi propia recompensa, y por eso considero preferible que sigas en la miseria, dormida y rodeada de miseria y convencida de que nadie volverá a acordarse de tu miseria.»

Recoge la cartera y el tabardo y entreabre la puerta de la cabaña. Entonces percibe cómo su cuerpo se rebulle en su lecho, no en busca de él, sino de la postura propia de su soledad (que ha ansiado mientras permanecía a su lado). Calcula que antes de una hora amanecerá y desarrienda el caballo que levanta la cabeza, insomne, sereno y carente de asombro, depositario de sus designios y compenetrado con las enseñanzas del justo.)

Cuando llegó a La Habana el «Garray» se hallaba listo para zarpar. Los reos —que el Gobierno había decidido trasladar a la metrópoli por razones políticas que le fueron sumariamente explicadas—, custodiados por un piquete de soldados y acompañados por dos oficiales de prisiones, embarcaron en la noche del lunes, bajo la mirada vigilante del señor Chalfont, su segundo, y provistos de grilletes fueron alojados en un camaranchón de la bodega.

IV

Levantó el ancla una mañana despejada, pero excesivamente cálida para tales fechas, de finales de octubre. Con el aire saturado del pronóstico de posibles turbonadas y tormentas, el «Garray» en cuanto cruzó los bajos de Cayo Sal puso rumbo hacia el SE a fin de enfrentarse con las temidas borrascas lejos de los bancos de las Bahamas y de cruzar el archipiélago entre el Cayo de Santo Domingo y el paso de Mayaguana, con el favor de las corrientes. Al elegir tal derrota el capitán Basterra sabía que encontraría cierta oposición por parte de su primero, partidario de abandonar el golfo —incluso en aquellas fechas— por los estrechos de Florida que conocía a la perfección. Pero la decisión del capitán no estaba tomada tan sólo en aras a las condiciones de navegación, sino también en consideración a la seguridad de una misión que no quería ver alterada o entorpecida por un encuentro fortuito en unas rutas muy frecuentadas. Al menos era ése un pretexto que no podía ser puesto a discusión. Así se lo dijo a sus oficiales —en una reunión en la cámara, convocada la tarde del primer día, para darles cuenta de sus intenciones— con el propósito de excluir desde el primer momento cualquier clase de malentendido que pudiese dar lugar a ulteriores discrepancias y antagonismos de mayor alcance.

Durante los tres primeros días no se produjo otra novedad que el constante descenso del barómetro, cuya causa parecía residir mucho más allá de la raya del horizonte. Noche y día el cielo aparecía despejado y la mar en calma y sólo a la hora del ocaso, cuando el sol enjugaba su frente en un velo translúcido, como si tras su agotadora carrera del fondo del horizonte unas manos invisibles salieran a su encuentro para envolverle en la túnica balsámica, a punto de cobijarse en su morada nocturna, asomaba la turbamulta de impacientes y encrespadas nubes —salomónicos turbantes y azulinas guedejas y broncíneos cascos, hirsutas pieles de alimaña y un alto penacho gaseoso y rosado que erguido denuncia su jerarquía tras las primeras cabezas— para otear la llanura donde a la hora propicia habrían de llevar la devastación del temporal y transmutarse poco a poco en la sombra de un recio y continuo escarpe a todo lo largo del horizonte para augurar que en cualquier dirección habría un límite para la osadía, mientras las estrellas avivadas por un viento de altura, tras haber sido informadas del próximo acontecimiento, se aproximaban y cernían sobre los palos, ávidas de contemplar el combate anunciado.

Nada preocuparía tanto al capitán Basterra como el fuerte balanceo y las súbitas arribadas de sotavento y aquella tercera noche, en previsión de una borrasca mañanera, primer aviso del temporal, dio orden a la guardia de estribor de arrizar la jarcia fija. Pero la noche transcurrió en calma, tan sólo alterada por los quejumbrosos lamentos de la madera sometida a constantes guiñadas y cabeceos, aullando como el perro que percibe más allá de las serenas tinieblas los anómalos signos que le advierten de la proximidad de la amenaza. En la cuarta noche de travesía poca gente había de dormir tranquila en el castillo de popa del «Garray»; aquella tensa y susurrante calma, como si todos los elementos templaran sus cuerdas y afilaran sus cuchillas, estirando hasta su límite extremo los resortes de un equilibrio preparativo que sólo podía desembocar en su ruptura, no podía ser sino el preámbulo de una tempestad tan intensa como premiosa y cuyo mejor heraldo, la cifra del barómetro, a cada golpe de dedo en el cristal cubría en sentido descendente una división más de su esfera, como para ratificar con su lacónico y oracular vaticinio la sentencia que las alturas no estaban dispuestas a mitigar. Toda la noche había de persistir aquella proterva e inquietante tirantez, orlada

de lejanos relámpagos, y no trasmitida tanto por el cielo
—ocultas sus intenciones bajo su más augusta capa—
cuanto por la insomne musculatura de las aguas bajo su
aparente descanso en la impaciente espera de la orden
que había de llegar de allende el horizonte.

Al amanecer del quinto día el viento arreció, trayendo
los primeros síntomas de la marejada, pero en ningún
momento su fuerza había de pasar de 4 en la escala Beau-
fort. Sin embargo, el barómetro de nuevo había descendido sensiblemente. Tras las siete campanadas el capitán
se presentó en cubierta, comprobó el rumbo, ordenó
arriar los juanetes y arrizar gravias y velachos, para volver
a recluirse en su cámara tras requerir de su primero que
le advirtiera del menor cambio de la situación. No demostraba el menor interés en permanecer en cubierta en
aquellos momentos; no deseaba ver a nadie ni hacer
partícipe a nadie de sus aprensiones; sólo quería preservar su aislamiento a fin de prepararse en silencio para
el combate que, una vez más, había sido concertado con
su terco y pugnaz enemigo a espaldas suyas, para la nueva prueba que el Otro —sabedor que nunca podría sustraerse a ella— había venido preparando con la ventaja
que le concedía su eternamente renovada juventud, es-
piando todos sus movimientos para elegir aquella circunstancia en que la suprema voluntad de vencer y engañar
había dejado paso a un más sereno y sobrecogido apetito
de tregua. Porque tal vez ya no tenían sentido ni el afán
de triunfo ni el instinto de superación: y si no estaba
vencido de antemano —en verdad la imperceptible ha-
renga con que el Otro trataría de inflamar la fatigada
hueste del océano sólo estaba destinada a sus sentidos,
conocedor de todos los secretos mensajes cruzados en las
alturas— no era tanto porque ya careciera de brío para
llevar adelante su cometido cuanto porque en aquellos
momentos lo necesitaba todo para defenderse de un inesperado agresor; la mirada que el reo, en el extremo de la
escala, había levantado hacia él en el momento de descender a la bodega. Pero demasiado bien comprendía que
no estaba dispuesto a escuchar sus razones ni —porque

conociéndole de antiguo sabía a qué atenerse respecto a sus estratagemas, porque a su alcance estaba la sospecha de que incluso las torvas y advenedizas ambiciones de los hombres podían obedecer al dictado de su eterna enemistad— aceptaría la tregua con la caballerosidad de quien tras muchos años de indeciso combate se hace eco de los compromisos del otro y la prioridad del recién llegado y, deseoso de enfrentarse de nuevo a solas con un rival en pleno uso de su poder, demora la ocasión.

A media mañana del quinto día comenzaron los primeros chubascos; la fuerza del viento subió a 7 y la aguja del barómetro se aproximaba a la temible división del 28.50, con tendencia a seguir descendiendo. Veinticuatro horas antes el «Garray» había dejado atrás el paso de Caicos y la punta oriental de Mayaguana, la última tierra que habría de ver por espacio de varias semanas —un mustio pedazo de corteza de limón—, para poner rumbo al noreste en la confianza de que pasada ya la época de los huracanes un rezagado retoño del estío apenas habría de causarle serias molestias en aquellas latitudes, por mucho que fuera el ansia del temporal de superar los estragos de sus aventajados hermanos. Y de repente en veinticuatro horas la depresión que el capitán Basterra y sus oficiales habían esperado dejar a popa —consumiéndose a sí misma en el holocausto de sus efímeras energías, entre resplandores, turbonadas y aguaceros— fue avanzando y cerrándose a sotavento y cubriendo el horizonte con la inconfundible librea del huracán: mientras que a barlovento el mar se fundía con el cielo, en un torbellino de gasa sobre las puntas de sus bruñidos aceros, y la barra era sometida a la constante presión de una fuerte corriente de través; mientras el viento silba ya en todas las jarcias —todo el aparejo convertido en un coro de voces desafinadas— y los palos, incapaces de sacudirse la tensión que les ha sorprendido, zumban en un aire saturado de un aroma de resina y sacuden el misterioso e iracundo polen de la tormenta, del lomo del océano brota en el arranque de su carrera esa nube de polvo que ha acumulado durante los días de calma, y

la madera gime bajo el oculto apretón de las mordazas
que sólo en su cresta muestran el filo y temple del metal.

Cuando el señor Chalfont, a la vista del empeoramiento de las condiciones climatológicas y la inminencia del huracán, insinuó la conveniencia de cambiar el rumbo, poniendo proa al sureste a fin de enfilar la tormenta por la cuarta de estribor (puesto que cualquiera de las otras alternativas o bien obligaban a deshacer el camino andado —un camino poco seguro en días de mar gruesa y con aquella visibilidad, a causa de los muchos bajos y rompientes— o bien exigía poner proa hacia las costas de Florida donde de seguro se enfrentarían con toda la fuerza del huracán, siempre más intenso en sus extremos occidentales), Basterra no tuvo más remedio que asentir, sin pronunciar una palabra, consciente de que todas las razones del segundo estaban tan bien fundadas que sólo con muchas dificultades podría encontrar otras del mismo peso, ateniéndose a la seguridad del «Garray», a pesar de que —al parecer— nada contravenía más a sus planes que aquel rumbo que en virtud de la fuerte corriente de dirección sur y por breve que fuera la duración de la galerna, terminaría por desplazar su posición de tal manera que ya no le sería posible alcanzar el punto de destino previsto al zarpar de La Habana. Era la mirada del reo (y más allá de sus hombros la de sus compañeros) al descender a la bodega la que podía haber trazado aquella singular derrota entre La Habana y Cádiz y que el capitán habría podido justificar en razón a la especial misión que le había sido encomendada, sin más que ocultar lo que en buena medida le había sido ocultado a él. Es posible que ante aquella tormenta y ante la sugerencia del señor Chalfont cambiara de planes e improvisara una solución mucho más viable y razonable que aquella otra, elaborada a la vuelta de su breve viaje a Poniente, gracias al hecho de que contaba ya con una justificación capaz de despejar cualesquiera suspicacias que despertara su derrota, por lo que cabe suponer que, sin ninguna clase de reservas sobre la resistencia y habilidad de su tripulación y de la fortaleza del «Garray», no sólo en su fuero interno celebró la llegada de la tormenta, sino que se decidió a sacar todo el provecho posible de sus efectos, a fin de alejarse de las rutas más frecuentadas.

Coincidiendo con los primeros aguaceros el «Garray» empezó a manifestar un fuerte balanceo, iniciado siempre por la banda de estribor, para ir periódica y progresivamente venciéndose de proa, como un caballo que sufriera la cojera —más acusada en cada paso— de su mano izquierda. A la media tarde la lluvia golpeó con su más poderosa maza; ese esperado y diferido chaparrón iniciado en un instantáneo acorde de minúsculos tambores para convertirse, tras el chisporroteo de infinitos botones argentíferos, en la violenta y turbia emulsión de agua y viento, tan íntima e inseparablemente unidos como para constituir un quinto elemento de la misma híbrida, vindicativa y transitiva naturaleza del fuego, embriagado de su recién estrenado y desdeñoso poder y decidido a hacer olvidar para siempre la fugacidad de sus pasados arrebatos. En pocos minutos nada quedaría en el «Garray» a resguardo del agua que antes de que caiga o corra parece ascender liberada de su peso para aplastar a su enemigo —la madera metalizada, sus líneas apenas se distinguen, la proa de tanto en tanto se levanta entre surtidores y melenas de espuma bajo el golpe de la roda, caído de bruces y dueño tan sólo del movimiento de la cabeza para sacudirse el peso de su colosal adversario, como si ya sólo contase —las tres lanzas clavadas en su lomo— con el casi espiritual afán de supervivencia carente de materia hipostasiada en el ciego, tenso y desesperado estallido de todo su furor, de su más justa y enojada réplica al ultraje a su austera y virtuosa entidad, para desembarazarse del concupiscente abrazo de la nada— antes que su hermana la lluvia.

El señor Chalfont había dado orden de recoger todo el paño, dirigiendo personalmente la maniobra y designando a Mosámedes y otro corpulento mulato para que aferraran el foque. El hombre que todas las tardes, a la caída del sol, se retiraba tras el molinete para entonar las alabanzas a su Señor, se encaramó sobre el bauprés para cobrar las drizas y recoger el botalón; detrás de él saltó el mulato. Cuando extendió su brazo para retener el cabo que le largara Mosámedes, el «Garray» sufrió una violenta guiñada y picó de proa y cuando emergió el mulato había desaparecido, como si mediante un golpe de inspiración el mar se hubiera decidido a borrar la imperfecta y superflua imagen del acólito para conformarse con la de quien arrodillado sobre el palo extendía aún su diestra hacia su barco, en la ofrenda de aquella voluntad que en su sacrificio no retrocedía ante el poder que su fe denostara; porque así como ninguna mano trataría de detenerle en su descenso, aquella otra señalaría el único pensamiento (la línea tensa del único deber) que podía mantenerlos unidos. Quizá ya se dirigía hacia Basterra; sujeto al cabillero del palo mayor, ausente, con la mirada puesta en cualquier punto del combés, no parecía prestar demasiada atención a la maniobra en su mayestática y casi indolente vigilancia, más cerca de las nubes que de la cubierta y separado del resto de los mortales no por la jerarquía ni la experiencia ni la fortaleza sino acaso por esa delicada galvanización del espíritu que ha optado por inmovilizarse, lejos de todo temor y traspuesta su carne a la misma sustancia de la aniquilación, absorto en la contemplación de aquel sublime y depravado poder que sólo mostraría toda su magnificencia a condición de encararse con él a solas. Tan sólo giró la cabeza para seguir el remolino, no porque hubiera oído el grito, sino porque lo había adivinado y cuando otros dos miembros de la tripulación lograron aferrar el bauprés comprendió, ante aquel cuerpo inmóvil y crucificado en las jarcias, la clase de destino que había elegido. Tres veces trató de desembarazarse de sus ligaduras y sólo a la cuarta lo consiguió; tres veces trató de ganar la cubierta, sujetándose con la diestra al obenque de bolina y pasando la pierna por debajo del palo, y otras tantas tuvo que volver atrás ante las embestidas de un oleaje que, descuidando otras presas, había decidido concentrar todos sus esfuerzos para cobrarse aquélla. Entonces el capitán movió la cabeza y le señaló también con su mano

derecha: una mancha inmóvil y parda sobre la franela
verdosa del cielo, como el informe borrón de un nido
sobre la invernal y desvanecida arborescencia de las jarcias, única réplica de aquel gesto que desde cubierta
—tendiendo la mano hacia el sur— señalaba un único
destino y se identificaba con un solo símbolo, más apto
para el bronce que para la carne.

Todo venía a indicar que el «Garray», bajo los efectos
de una fuerte corriente de través, derivaba rápidamente
hacia el sureste, alejándose del centro de un huracán que
el capitán y Saint-Izaire, atentos a la brújula y la grím-
pola, con los escasos datos de que disponían habían situado a bastantes millas a barlovento, por la cuarta de
estribor. Pero conocedores ambos de los temporales que,
por otra parte, raramente acaecían con tal intensidad en
aquellas latitudes y en aquella época del año, su mayor
preocupación había de cifrarse en el cambio de rumbo
y de dirección del viento que impondría al cabo de diez
horas la rotación dextrógira del huracán. En tales circunstancias, su mayor aprensión la provocaba una posible
intensa deriva hacia el suroeste, con fuertes vientos de
popa, en la dirección de los bajos de las Indias Occidentales y convergiendo hacia el centro de un tifón que, con
toda probabilidad, en su carrera hacia el noroeste corría
a una velocidad veinte veces superior a la del «Garray»;
de suerte que —el compás lo ponía en evidencia— de
acontecer en las próximas horas un sensible cambio de
rumbo de la deriva, el «Garray» podía encontrarse si no
en el mismo centro del ciclón —ese lugar de calma, al
decir de algunos navegantes y geógrafos, defendido por
su propio vacío y rodeado del furor del vórtice— sí en
el periférico cinturón donde la fuerza del viento alcanza
su mayor intensidad. Así pues, se dispuso —con la alerta
de ambas guardias— que en cuanto remitiese la lluvia,
lo cual tenía que ocurrir para dejar paso al huracán descendente, se aprovecharía el lapso de vientos de superficie, que en ocasiones llega a durar turnos enteros, para
largar parte del paño y navegar de bolina en oposición

a la dirección centrípeta de la corriente y a fin de alejarse
en lo posible de la temida succión.

En efecto, antes de la caída del sol del sexto día había
de amainar la lluvia; pero la marejada dejaba sentir ya
el efecto de la duración de la galerna a lo largo de la
carrera atlántica desde las costas orientales del seno mejicano; al día siguiente el barómetro señalaba 27.81 —un
límite que pocas veces había alcanzado, tal vez nunca—
y el viento, durante las horas de luz en que llovió con
fuerza e intensidad, no pasó de 8 ó 9 en la escala —temporal fuerte— con una mar encrespada y rota, olas de
altura media que sistemáticamente barrían la cubierta,
con esporádicos surtidores y crestas de espuma. Pero
ya antes del ocaso la visibilidad había de quedar muy
reducida, no siendo posible hablar de cara a un viento
que silbaba en los obenques en un continuo crescendo,
sin una nota de fatiga, hasta alcanzar el inverosímil y
metalizado chisporroteo del aire en mil partículas incandescentes; el rugido de la mar, los continuos rociones de
espuma no tanto en crestas cuanto en ininterrumpidas
avalanchas que parecían querer adelantar a la ola en el
límite de su carrera, para descargar su golpe desde su
más elevada posición, eran indicios suficientes de que,
antes de lo previsto y sin que mediara transición con el
temporal duro del crepúsculo, el «Garray» se hallaba envuelto por un huracán cuya intensidad trascendía todos
los límites de las escalas y la memoria de sus hombres
más curtidos y experimentados. Y de repente todo se
hizo uno; una mar olivácea y densa, surgida de un abis-
mo sin luz y determinada a borrar para siempre la estampa de un océano soleado, vendría a fundirse en su ímpetu
con un viento anhelante de unirse a ella violando su quimérica y halciónica frontera, conjurados todos los elementos para dar por terminada la intolerable tregua y
desobedecer aquella orden que los separara, restablecien-
do el caos original con un primer torbellino de exaspe-
rada espuma que el iracundo anciano desatará sobre el
«Garray» para disolver su obra y asimilarla a sus tinieblas. Tres veces estuvo a punto de desaparecer y otras

tantas emergerá de proa, absurdo y estupefacto gesto carente de toda decisión, de toda voluntad y de todo apetito, en la abúlica y no altanera y sorprendida disposición de espíritu del cuerpo que en el destello delator no observa su fin, sino el vaticinio de muerte. Ha entrado ya en los dominios del sueño, sin memoria ni causa ni siquiera —cada golpe de mar surge y crece por sí mismo (porque en el caos todo es independiente y nada se perfila) para tomar posesión de un objeto sin valor, codiciado por capricho y afán de saqueo, que acepta la invasión de la nada antes que las manos suelten su último asidero— sorpresas. El hombre no se reconoce a sí mismo cuando, tras tres seguidos golpes por la banda de babor, con una fuerte y casi permanente inclinación, se inician las roturas con los chasquidos de la jarcia fija; al segundo rindió el palo mesana, y fue preciso rifar sus velas y desguarnir las perchas que se desplomaron sobre el puente; al tercero quedaron segados los masteleros de popa, arrastrando consigo la cangreja, que cayó extendida sobre la borda. Entonces varios hombres —anticipándose al fin del «Garray»— quisieron arriar los botes y se perdieron. Los más prefirieron hundirse con el «Garray».

V

Casi dos semanas habían transcurrido desde su salida de La Habana cuando el capitán —por primera vez después del huracán— pudo tomar la altura y situar la posición del «Garray» a unos 8° de latitud Sur y a unas 500 millas al oeste de Fernando Noroña, en el extremo septentrional de la cuenca brasileña donde la corriente central atlántica se divide en dos ramas que corren en direcciones opuestas: la meridional, separándose del tronco común en la zona donde el «Garray» quedó a la deriva y con dirección SSW alcanza el litoral del Brasil a la altura del paralelo 20 para bordear y caldear sus costas hasta su encuentro y disipación, a la altura de El Plata, con las corrientes frías que proceden del estrecho.

A la vista de las condiciones y circunstancias en que había quedado el «Garray», tras superar el azote del huracán, Basterra decidió poner proa al Brasil, a cualquier punto de la costa que le ofreciera posibilidades de avitua-llamiento y reparación, medida que tan funestas conse-cuencias había de tener, pero que en aquel entonces (e incluso para el Tribunal de Cádiz) fue acogida como la más prudente de cuantas podían tomarse.

El «Garray», desmantelado de dos palos, tan sólo con la posibilidad de izar el paño sobre el trinquete, ape-nas podía desarrollar más de tres nudos con vientos favo-rables por lo que, teniendo en cuenta su posición y con muchas probabilidades de enfrentarse con vientos de proa, esto es, sin recursos para superar la fuerza de la corriente del litoral, resultaba más que temerario intentar de nuevo la travesía del océano poniendo proa a las Azo-res. (Las circunstancias en que involuntariamente había desembocado combinaban tal vez la situación más pro-picia para llevar a cabo un plan —muy distinto del pri-mitivo —basado en la posibilidad de hacer escala en un punto no sometido a la autoridad real y, acaso, lo bas-tante apartado como para estar exento de toda clase de autoridad deseosa de entrar en detalles sobre ciertos aspectos secretos del viaje del «Garray». Se adaptara o no a sus proyectos lo cierto es que Basterra, en la pobre situación en que había quedado, no tendría la menor dificultad en justificar el cambio de derrota, poniendo proa al Brasil bien para alcanzar sus costas bien para introducirse en la ruta habitual entre Natal y el golfo de Guinea, lo bastante frecuentada como para encontrar en alta mar ayuda para las más elementales reparaciones y poder proseguir su curso con garantías de seguridad). Tal era también, según quedó cuidadosamente consignado por el propio Basterra en el diario, la opinión de Saint-Izaire, obstinadamente empeñado en que —en caso de poder adquirir en alta mar un par de perchas— no ten-

drían mayores dificultades para enjarciar y halar la mayor
y la gavia, largando así paño suficiente para poder dirigirse al lugar de su mejor conveniencia, que no dudó
en aceptar la nueva derrota, encargándose él mismo del
control de la barra a la vista del estado de la tripulación.
Porque, por otra parte, también habían de pesar en el
ánimo de Basterra —a la hora de tomar su decisión—
otras circunstancias que venían a sumarse al mal estado
de su barco: había perdido cuatro hombres y un bote;
un quinto permanecía inconsciente en su litera, tras haber
recibido un fuerte golpe en la espalda y en la nuca y, por
último, el señor Chalfont había sido rebajado de servicio,
atacado por fiebres muy altas y una tan intensa descomposición que hacía presumir que el huracán, antes de
retirarse, había apelado al azote de la disentería para con-
sumar su fracasada destrucción. Se habían perdido gran
parte de las provisiones, toda la galleta, la carne en sala-
zón y las patatas se habían echado a perder y en cuanto
al ganado sólo un pequeño cerdo —que se encontró ho-
zando entre los destrozos de la bodega— había quedado
milagrosamente vivo e ileso. El informe del sobrecargo,
tras un sumario inventario, era contundente: era preciso
proceder al racionamiento del agua y no podía garantizar
una mediana alimentación para más de diez días. Así
pues, no pudiendo tampoco disponer más que de nueve
hombres (contando con el cocinero y un carpintero abrumado por las reparaciones más forzosas) el capitán, con-
traviniendo las órdenes recibidas y consignándolo así en
el diario, ordenó que bajo su responsabilidad se liberase
a los cuatro reos durante los turnos de día, a fin de contar con dos guardias de seis hombres cada una que en
buena proporción se necesitaban para mantener las bombas en funcionamiento. Empero la primera sensación de
alivio tras la disipación del huracán pronto había de verse oscurecida por las perspectivas de una travesía cuyas
dificultades aumentaban con cada guardia; no compartía
Basterra —con independencia de los proyectos que abri-
gara en secreto— la severa confianza de Saint-Izaire,
siempre seguro de sí mismo y en exceso inclinado a ver

detrás de cada vacilación la pusilanimidad o la incompe-
tencia de un cargo que —a su entender— no podía ser
propiamente ejecutado por quien se doblegara ante las
dificultades. Se diría que la prueba por la que venía de
pasar sólo había servido para incrementar su arrogancia
y para afirmarse en un mando que gustaba ejercer como
si tan sólo tuviera que dar cuenta de él a su propio orgullo.

No parece que Basterra tuviera la menor intervención
en el incidente de rutina que había de poner aún más
de manifiesto su abierta hostilidad hacia Saint-Izaire.
Pero la tripulación tampoco podía permanecer indiferente a la conducta de ambos, a sus respectivos recelos, a la
manifiesta frialdad que uno reservaba para el otro en las
pocas ocasiones —que ambos procuraron reducir a las
más imprescindibles— en que tenían que comunicarse.
Defendido por una jerarquía incuestionable y por la segura confianza de que el recto juicio se encuentra allá
donde termina la ambición, asomaría al puente de vez
en cuando sólo para —tras una somera inspección de
la cubierta— clavar su mirada inescrutable, sin una emoción, sin el menor signo delator, sobre la figura siempre
erguida del primero ante el portalón: acechante, con las
manos a la espalda y un permanente rictus de desagrado,
inquieto por la idea de que algo le había sido ocultado
al salir de La Habana, de cada rincón y de cada movimiento esperaba siempre levantar una sospecha. Siguiendo la costumbre el capitán podía haber tomado bajo su
mando la guardia de babor, pero una vez más prefirió
que sus hombres eligieran al segundo mientras durase
la enfermedad del señor Chalfont; y aun cuando en el
ánimo de la tripulación estaba que aquel puesto debía
recaer sobre Mosámedes, Saint-Izaire —sin abandonar el
portalón ni desenlazar las manos— indicó para ocuparlo
a Macoy, un criollo corpulento que le obedecía como
un perro. «Está bien», repuso el capitán, reteniendo la
respiración; le miró fijamente para darle a entender que
lo aceptaba y no se congratulaba de ello y dijo de nuevo
«Está bien; que sea Macoy» al retirarse hacia su cámara.

Posteriormente se argüirá que no hubo otro responsable de los sucesos que siguieron que el propio capitán, recluido en un silencio que sin duda dio lugar a las más variadas interpretaciones. Porque de haber sido más explícito —tanto con sus subordinados como con el oficial del gobierno e incluso con aquel reo al que parecía estar unido por una extraña y secreta connivencia— es muy posible que el destino de todos los hombres que se hallaban a sus órdenes hubiera sido otro. Se dirá también que quien para sí mismo ha elegido el camino más difícil, con la renuncia de sus intereses más caros y probablemente de su propia vida, bien podía permitirse la licencia de pensar que aquellos que se hallaban bajo su custodia sabrían encontrar su salvaguardia con independencia de él. El hecho de que al salir de La Habana se cuidara de destruir sus papeles y liquidar sus pocos bienes —encomendado el envío a su hija en la península de una pequeña dote que no se sabe si correspondía a la totalidad de sus ahorros— fue interpretado como prueba de que con el mando del «Garray» había tomado también una decisión que había de influir decisivamente en sus instrucciones desde el puente y en su conducta en las vísperas de la tragedia.

Comoquiera que fuese, a partir del momento en que el llamado Macoy tomó a su cargo la guardia de estribor, su talante se fue haciendo más taciturno y desabrido. Parece que la muerte de Chalfont —un hombre de su mejor aprecio, que había navegado con él durante años— influyó también en ello; ocupaba la cámara contigua y recibiendo directamente sus cuidados, fue encontrado muerto, caído de bruces sobre el suelo, la cara adherida al entarimado mediante un líquido negro y pegajoso que había exonerado su boca. Desde entonces apenas aparecía en cubierta y su aspecto denotaba que estaba pasando por una intensa prueba: la cara demacrada y cerúlea, los ojos agrandados y los cabellos hirsutos, un cuello de tortuga, delgado y surcado de profundos pliegues, sostenía una cabeza que en pocos días se había reducido, alteradas todas sus facciones por un síndrome que se había apoderado de toda su persona, un intenso aroma a ropas sucias y polvos medicinales, vinieron a demostrar lo mucho que se había depauperado y envejecido en un par de semanas. Lo más probable es que gravemente enfermo, con fiebres altas y atacado por la disentería, se cuidó de disimularlo administrándose él mismo (pues en su cámara se guardaba el botiquín y no delegaba en nadie la distribución de curas y medicamentos) fuertes dosis de quinina. Lo cual en aquellos días estaba lejos de ser una excepción a bordo del «Garray» cuya tripulación a causa de las privaciones y el trabajo continuo se encontraba, tras una semana de calmas chichas y temperaturas de horno, en un estado lamentable. Los días eran largos y la mar un desierto; el «Garray» no se movía, como si a causa del calor en lugar de flotar hubiera quedado aprisionado como una mosca en una masa de ámbar, bajo un cielo estañado, carente de color y de sonidos, todo él ocupado por un sol ubicuo dispuesto a terminar de una vez con la herejía de su planeta; y los débiles e indolentes chapoteos del atardecer, acompañados de las tímidas sacudidas de los foques, sólo servirían para despertar, con amargos y prolongados quejidos, con el crepitar de las amuras mientras el mar de aceite hierve a sus costados, en la noche paciente metrada por el latido de las bombas, al animal malherido de su sueño de muerte, reducida su conciencia a vislumbrar su agonía.

Soportando aquella calma surgió el incidente que indujo al capitán, en un arrebato de cólera y completamente ofuscado, a rebajar de servicio a Saint-Izaire, por incumplimiento de sus órdenes. Antes había aparecido sobre el puente —vacilante, sujetándose con ambas manos al pasamanos— atraído por las voces de Saint-Izaire; era la segunda vez que amenazaba a un hombre con darle de vergajos. En verdad en aquellos días de calma todo el mantenimiento del barco había corrido a su cargo, el único que parecía resistir los azotes de la disentería, el hambre y la sed sin rendirse al sueño. La primera amenaza, brutal y desmedida, había sido dirigida a un marinero enfermo que tirado en el combés apenas había levantado la cabeza para replicar con una maldición a una orden. Y cuando le arrebató la camisa, entre ambos se interpuso Mosámedes para recibir toda la avalancha de su furia, cerrado a sus espaldas por Macoy que ya levantaba la cabilla cuando el golpe fue detenido por las voces del capitán.

De allí a dos días se levantó, en las primeras horas de la noche, una de esas brisas llamadas irlandesas por la gente de mar, acompañada del estimulante chasquido de los rimeros de proa contra las incipientes olas. Era un viento de proa, por la cuarta de babor, que en minutos hizo dar dos vueltas completas al «Garray» cuando ya nadie estaba atento a la barra. Un Saint-Izaire con muestras de evidente cansancio, sucio y con una barba de varios días inconcebible en un hombre que en las más ajetreadas circunstancias se afeitaba y perfumaba con esmero, fue el primero en advertir el cambio y despertando con el vergajo a los pocos hombres útiles ordenó la maniobra, largando más paño y poniendo proa al noroeste para aprovechar todo el viento. Era una maniobra correcta y bien concebida, que indicaba un claro conocimiento de la naturaleza de esos vientos nocturnos, fugaces como cometas, que aparecen de la misma manera que desaparecen y si se sabe seguirlos, pueden conducir al barco hacia una zona de constantes. Pero Basterra —al que (tal vez por respeto a su descanso) no se le había comunicado la maniobra y hubo de enterarse de ella varias horas después caminando por su propio pie hasta la mesa de la rueda— no sólo la desautorizó y enmendó —ordenando un rumbo SSW, para ceñir de bolina el viento— sino que —probablemente obsesionado por la escena de días atrás, que seguía fija en su mente tras unas noches de delirio semiconsciente— ordenó a Saint-Izaire que se retirara a su cabina hasta nueva orden, quedando rebajado de servicio. Y tal vez era eso lo que había esperado un Saint-Izaire que desde tiempo atrás, confiando en las imprudencias de un capitán carente de vigor físico y mental, había preparado su plan para que en cualquier momento mordiera uno u otro anzuelo. No se sabe a partir de entonces y hasta el momento en que irrumpe de nuevo en la cabina de Basterra para retirarle el mando, cuál es la conducta de Saint-Izaire a bordo del «Garray» y rebajado de servicio. Se ignora cuáles son sus complicidades, por qué clase de acción opta para recuperar al mando, a qué y a quiénes apela. Y aun cuando la desafortunada intervención del capitán simplificara mucho sus planes, eximiéndole de la necesidad de tenderle un trampa y suministrándole causa bastante para llevar adelante su acción, con arreglo a las ordenanzas y sin más justificantes que la impericia de aquél, es probable —pero no demostrable— que la impaciencia le indujera a hacer uso de una coacción o de una violencia que —por no se sabe qué misterio— no pasaría al cuaderno de bordo una vez que el capitán pudo transcribirla. ¿O ya no tenía tiempo tras el crimen? ¿O es que en el momento de estampar su firma en el cuaderno estaba la puerta de su cabina custodiada por el reo, con un arma en la mano?

Navegar de bolina con aquel viento era una locura que ningún rumbo podía justificar. Más de quince horas de una brisa que aprovechada de popa hubiera resultado inestimable para abandonar la zona de calmas, malgastaría el «Garray» en guiñadas y orzadas inútiles para volver casi al mismo punto que pretendió abandonar; y cuando a media tarde del día siguiente —el día vigésimo tercero desde que zarpó de La Habana— cayó de nuevo el viento, poco o ningún esfuerzo había de desarrollar Macoy para convencer a los escasos hombres que se hallaban despiertos —despiertos y exhaustos, los cuerpos extendidos sobre cubierta, las bocas abiertas— para recabar su apoyo en la acción que había decidido emprender. En su consecuencia, a primera hora de la noche el señor Macoy acompañado de cuatro miembros de la tripulación se personó en la cabina del capitán para comunicarle que, con arreglo a lo prescrito para tales casos, por decisión unánime quedaba confinado en su cámara y relevado del mando del barco —que sería encomendado al señor Saint-Izaire, en tanto pudieran comunicar el

cambio a los armadores y recibir de ellos instrucciones
al respecto—, a causa de su manifiesta incapacidad física
y mental para ejecutarlo con propiedad, debiendo trans-
cribirse tal decisión al cuaderno de bordo, con la firma
de los allí presentes. Parece ser que a duras penas se
incorporó Basterra de su lecho para estampar su firma,
un garabato tembloroso y torcido, probablemente escrito
con la mirada puesta en otra parte (posiblemente en la
persona que custodiaba la entrada), para volver a acos-
tarse con un prolongado suspiro, como aliviado por una
decisión que había llegado algo tarde.

Un par de días después el «Garray» navegando con
lentitud proa a las costas de Bahía, fue avistado por el
«Lothian», un cutter de la matrícula de Leith a las órdenes del capitán Eccles. El «Garray» llevaba izada en
el trinquete la señal de auxilio médico y el capitán Eccles,
a la vista de ello y del mal estado de su arboladura, no
vaciló en cambiar su rumbo y aproximarse al maltrecho
«Garray» al tiempo que largaba un bote para prestar la
solicitada ayuda. El capitán Eccles —un hombre bastante
joven y de aspecto saludable y risueño, que posteriormente prestaría su declaración al juicio de Cádiz a través del
consulado español de Glasgow— al conocer por el semá-
foro la situación a bordo del «Garray» se trasladó a éste
y tras recibir de Saint-Izaire cuenta —precisa y contundente— de todo lo ocurrido solicitó mantener una entrevista con el capitán Basterra, que le fue concedida en tanto tenía lugar el transporte de agua, medicamentos, víve-
res frescos y unos cuantos materiales indispensables. No
parece que el capitán Eccles sacara una impresión muy
favorable acerca del estado de Basterra; de acuerdo con
su declaración Basterra sufría una ligera fiebre y su pulso
se hallaba alterado, pero no tanto como su cabeza. Parece ser que le habló de su sangre, de su hijo y de una
tierra maldita. De la vuelta al mar, de los pecados de
juventud. Si bien el capitán escocés, una vez concluida
la entrevista, se ofreció para trasladar a su barco los en-
fermos de mayor cuidado —incluyendo a Basterra y ad-
virtiendo que él mismo, como médico de a bordo, no

ganaría en tierra un desayuno al año, y que ante sí tenía una travesía de tres semanas mientras con toda probabilidad el «Garray» podría fondear en menos de una—, las seguridades y la confianza que le mereciera la actitud de Saint-Izaire le indujeron a volver al «Lothian», una vez satisfechas todas las demandas, en la convicción de que dejaba el barco en buenas manos y en buen orden, dentro de una situación comprometida.

A partir del momento en que el «Garray» pierde de vista al «Lothian» la tragedia se precipita, las intenciones de unos y otros adquieren su forma más violenta y, a la vez, más ambigua. De la misma manera que en el ánimo de Saint-Izaire ya no quedaba lugar para nuevos conflictos —los vientos llaneros y calientes soplando en dirección a la costa—, tampoco podía presumir que en el espíritu del consumido capitán alentase un tal apetito de venganza. La defensa dirá más tarde que ésa es la mejor prueba de una locura lo bastante enérgica como para recluirle definitivamente. No podía imaginar que Basterra —escondiendo sus fuerzas bajo sus sábanas, simulando una completa consunción y procurándose alimentos por las mismas vías que le proporcionarían armas— a medida que el «Garray» se aproximaba a las costas del Brasil recuperaba en secreto sus últimas fuerzas para descargar su último golpe en el momento más oportuno.

Lo eligió a la perfección, a las seis de la madrugada, cuando desde el «Garray» ya se vislumbraban las mortecinas sombras del cabo São Tomé y el relevo de la semiguardia reclamaba la presencia del segundo en cubierta. Gateando hasta la mesa de la rueda ordenó al timonel un cambio total de rumbo —casi toda la barra a babor—, sin necesidad de levantar la mano que empuñaba el arma, cobijándose tras el castillo de popa a la espera de quien incluso dormido advertiría aquel movimiento. En efecto, parece ser que no fue Macoy, sino Saint-Izaire quien lo adivinó en un momento y dio una voz antes de abalanzarse sobre él y caer al suelo, con dos balas disparadas a bocajarro que le atravesaron el pecho, A continuación disparó, con dos pistolas, sobre Macoy y otro tripulante, hiriendo a ambos de muerte, antes de desplomarse al suelo bajo el golpe con que el reo le abatió. Y por cuya suerte fue lo primero que preguntó a los pescadores brasileños que, tras extraerlo junto con el cadáver de Mosámedes de los restos del «Garray» y después de suministrarle los más urgentes cuidados, lograron reavivarlo con aromas y vahos.

Un inglés borracho al que encontramos no recuerdo dónde, y que nos acompañó durante varios días y quizá semanas enteras de aquella desenfrenada locura ferroviaria, llegó a decir —tras muchas noches de poco dormir y en el curso de cualquiera sabe qué mortecina, nocturna e interminable conversación— que no éramos sino unos pobres «deterrent» tratando en vano de sobrevivir. Luego dijo que no comprendía nada; preguntaba que por qué seguíamos empeñados en viajar sin sentido (tal vez por eso nos seguía) y pedía que le explicáramos mejor lo que pensábamos hacer, que —por favor— se lo dijéramos de una vez y claramente, porque de otra forma nos abandonaría siempre a nuestra triste suerte.

Probablemente no le hicimos caso; no le contestamos nada, ni claro ni oscuro. A partir de una de aquellas noches se replegó en un espectacular e infantil silencio, que sólo abandonaba para repetirnos —mil veces por noche— que sí, que ya sabía que había gente como nosotros, que nunca se había tropezado con ella, pero que de sobra sabía que existía; que con gente como nosotros (mezclaba un tono de fatal comprobación y un irresistible deseo de negarla) no se podía hacer nada. Me inclino a creer que durante unos días, o unas horas tan sólo, fuimos para él una especie de aturdida visión, de cuya inutilidad, de cuya falta de sentido y de apetito se resistía a convencerse. Nos dijo que era de cerca de Manchester (con la misma forzada pasión con que debía echar pestes de Manchester en el comedor familiar) y que nosotros, en cambio —nunca lograré saber si aquello lo añadió en forma de interrogación o seguro de sí mismo—, qué éramos sino unos pobres «deterrent» tratando en vano de sobrevivir, «trying to rise again». Y agregó algo con un cierto rubor que le obligaba a dirigirse al cristal, empañándolo con su aliento, volviéndonos la espalda y simulando descifrar el letrero de una estación mientras dormitábamos, algo que nunca logré ni lograré entender cabalmente. Arrastraba los días buscando una definición; empezó a mezclar (de noche, por lo general, para continuar obstinado e infatigable repitiéndose a sí mismo durante las primeras horas de aquellas mañanas húmedas a través de la llanura del Holstein, un cielo de calidad irrompible, y, al norte de Flensburgo: las vacas color leña por los suaves declives de Dinamarca) las generaciones perdidas, la juventud sin ideales, el fiasco de la edad y, sin duda, hasta los años de peregrinaje; pero nunca logró encontrarla. Cambiábamos de vagón; Vicente jamás le escuchaba; hacíamos noches sentados en las maletas en estaciones caóticas, nos desviábamos del camino; pero, a la postre, cuando ya creíamos que nos separaba de él media Europa, volvía a surgir rodeado de vapor, que se esfumaba para que apareciera su sonrisa infantil, sentado en el rincón del compartimento, apretándose contra el cristal y mirándome de soslayo (porque Vicente desaparecía en pos de la mujer), para repetirme, con esa terca arrogancia de la que sólo esa raza es capaz, aquella mezcla de reproches inconclusos con que trataba de definir toda la maldición de un destino pasado que se negaba a darse por tal.

Al fin logramos perderlo. Cuando nos decidimos a permanecer en una ciudad, que he olvidado, más de diez días, abandonando nuestra inspiración y dedicándonos a la fruta, desapareció.

Un día comprendimos que no volvería a visitarnos; debió despertarse una mañana con una repentina energía, dispuesto a no sufrir más. Se puso la bufanda y se largó sin despedirse, borracho de manzanas, tratando de disimularse a sí mismo la expresión pueril con que tantas veces nos quiso corregir y seducir, última pólvora que gastaba en honor a una oportunidad que se resistía a dar por perdida, porque con un poco más de experiencia y sangre fría habríamos logrado aprovechar nuestra común libertad con más fantasía y menos arrogancia. Un día se levantó, cansado de llorar y de seguirnos como un perro, y se fue. Le echamos de menos, desgraciadamente. Eso mismo me llevó luego a pensar más en él: la cara aguda, pero las mejillas coloradas, la chaqueta azul con el latín bordado en el bolsillo circundado de fortitudos y «salutems», una especie de hinchazón facial que le nacía por la mañana para despertar con una apariencia aún más infantil, una actitud suspensa, inconforme e inexplicable, como si solamente contara con una clase de censura moral para protegerse de su perplejidad.

Desapareció él, pero su frase quedó allí, injusta y grave, sin significado reconocido. Cuántas veces antes de dormir la he sentido balancearse encima de mi frente, colgando como un huevo, tratando de atraer inútilmente la maldición que no se podía justificar en otra parte. Tampoco ella me la dio ni logré traducirla, ni siquiera he sabido si la había transcrito correctamente. Y allí quedó, unida a todos los departamentos de tercera; las pantomimas sexuales, los botellazos de medianoche, todos los viajes más que a través de las húmedas llanuras de materia irrompible y las granjas nocturnas, emprendidos desde un punto cíclico del vacío hacia una meta innominada del ayer, girando y balanceándose sobre mi cabeza en su idioma original, sin querer ni saber traducirla, sin siquiera entenderla, pero comprendiendo —por

eso mismo— que debía tratarse de una terrible verdad
que solamente seríamos capaces de superar así que pasa-
ran los años y (además de apagarse los vivos colores del
futuro, además de esfumarse para siempre los misterios
y vértigos de la juventud) se borraran definitivamente las
desordenadas huellas de aquella desenfrenada, casi paté-
tica, lujuria ferroviaria.

Hoy sería soportable, e incluso evocador, si no hubiera encerrado una intención tan... personal. Si la índole del fracaso —a la que implícitamente debía referirse— se hubiera discretamente mantenido en el plano
de las circunstancias normales sin alcanzar la convicción.
No fue así, hoy suena a rayos. Maldita la gracia que le
puede hacer a un hombre tenerla encima cada noche
—girando en círculos de obsesión, con las cavernosas
sombras de la silueta de una tía difunta, con la frente
acharolada y convertida en sibila por culpa de un estreñimiento crónico—, tenerla a flor de labio cada vez que
sale de casa con las manos en los bolsillos y se encamina
—sin saberlo— hacia la cantina de una estación.

Nunca me acordaré por qué emprendimos aquel viaje.
Es decir, he olvidado el pretexto. Un día Vicente se presentó en la oficina para preguntarme si tenía dinero.

—¿Dinero? Muy bien. Admirablemente. Tengo cuanto quiero y más —me levanté, empecé a pasearme por
la habitación, sacudiendo la cabeza—. Se puede decir
que nado en la abundancia.

El era el amigo rico. Habíamos sido ya compañeros
en un colegio religioso, donde ni siquiera, creo, llegamos
a conocer nuestro mutuo apellido. Más tarde nos encontramos —la mirada un tanto hipnotizada, las convicciones relegadas al futuro— estudiando la misma carrera;
nos veíamos una vez al año, en el mes de junio, com-
pareciendo al examen de ingreso. Su fortuna le permitía
acudir allí con cierto desprecio hacia la actitud frenética de
aquel millar de examinandos; sabía llegar tarde a la cita,
arrastrando el tablero con fastidio; sabía mantenerse lejos
e indiferente al escándalo de aquella jauría histérica, albo-

rotada por los algoritmos, más preparada para la caza
de un pichón que para el examen de ciencias exactas;
sabía, en los intermedios, tumbarse a la sombra de un
árbol vecino y evocar las noches del verano inminente
con uno de aquellos compañeros que llevaban diez años
intentando el ingreso con el único objeto de apurar la
renta y prolongar la paciencia de un padre cosechero.
Jamás se le vio discutir un ejercicio, jamás asomó por su
cara la menor preocupación ni el menor interés por el
resultado del examen, jamás —naturalmente— asistió a
la publicación de las listas de los aprobados —ese momento supremo de la ceremonia de inmolación anual
(una noche de verano tradicionalmente cubierta de pe-
sados y morados nubarrones que con majestad e indiferencia cruzaban las copas de los árboles de un jardín
auguralmente iluminados por dos faroles de gas y un flexo) de aquella especial muchedumbre de ojerosos y susu-
rrantes examinandos (tras cuatro, cinco o siete años estu-
pefactos, durmiendo boquiabiertos, incapaces de soltar
en el sueño los hilos de la fetal esperanza ni el compás
socarrón de un despertador incrédulo) y atribulados padres que procuraban conservar la presencia de ánimo, que
contenía la respiración y ordenaba silencio cuando se
alzaba el telón y asomaba, apoyada en el antepecho de
una ventana de la primera planta iluminada por un flexo,
la secretaría que había de dar lectura a la lista de los
examinandos no tanto definitivamente aprobados como
definitivamente indultados de toda incertidumbre, y a la
que siguió el silencio fatídico, el grito de incredulidad,
el aullido sobre la silenciosa consternación de una deca-
pitada multitud retirándose del flexo con el eco de una
ola incapaz de saltar el muro mientras una voz trasera
y desolada seguía llamando un nombre con intolerable
insistencia y un timbre agudo, pero neutro, impersonal,
excitado, emergiendo de detrás de los árboles como desde el reino de las fieras, preludiaba la carrera bajo los
árboles —cuyo resultado debió sorprenderle al volver a
casa, tras una tarde en las afueras en compañía de unas
amigas amaneradas. Tan ancho le vino aquel pequeño

drama, tan poco esfuerzo dedicó a aquel lamentable ingreso que, como era de esperar, ingresó en seguida.

La Escuela empezó a aburrirnos pronto y a proporcionarnos pequeños disgustos y molestias trimestrales, que él —apoyado en su inmensa fortuna y haciendo uso de aquella fórmula mágica de la despreocupación— supo siempre resolver con más habilidad que yo. Porque, en definitiva, cuando al cabo de tantos años que la indiferencia ha desteñido intento aclararme qué es lo que realmente logré —relativamente joven— con aquel triunfo que parecía colmar todas las ambiciones heredadas y que parecía incluso capaz de abrir y soltar y desencadenar nuevas ambiciones inverosímiles, me veo obligado a confesar que se reduce a nada. Porque con el privilegio de llegar a ser un funcionario clasificado con una capacidad de despreocupación suficiente para ahorrarme una tentativa de suicidio inútil, se debió agotar también toda la cuerda que debía haber en mí para intentar algo nuevo, aproximando hasta las narices la perspectiva de consumir mis días fumando en divanes cada día más hundidos, contemplando a través de los cristales, centenariamente fregados por una bayeta harapienta que dejó sus huellas espirales, cómo las tardes caían a plomo. Cuando recuerdo aquel tiempo final de estudiante en la casa materna más que la desgana y la indiferencia, convengo en que lo que mi mediocre triunfo me proporcionó con más satisfacción fue la indiscutida capacidad para aguantar imperturbable la mirada de mi tía Juana cuando, por la mañana, entraba en mi habitación a despertarme, clavándome sus ojos pequeños y negros como las cabezas de sus agujas de tejer:

—Calamidad, nunca llegarás a nada.

Era soltera y cincuentona, hermana mayor de mi madre y algo así como la caja de caudales de todas las virtudes de la familia. Las virtudes más notables y significativas de mi familia (como de todas las familias a la víspera de su extinción) eran el malhumor, el espíritu filistino y la avaricia, lo que en la prensa sensata acostumbraba a definirse como la seriedad, el amor al trabajo y el ahorro, y que mi tía Juana había llevado a un grado difícilmente imaginable de perfección. El destino le había deparado tan amargos trances en sus mejores años de mujer que pasó por la juventud como por una autoclave; allí sólo quedaron virtudes esterilizadas, una afición al almidón y una dosis desproporcionada de tiempo inútil por delante. A los veintitrés, siendo prometida de un brillante militar (su retrato —una especie de melocotón sobre un aro de servilleta—, en un marco de hierro artístico orlado de un crespón negro que olía a cabra, permanecía en su mesilla de noche rodeado de medicinas), tuvo que ver cómo el Destino se lo arrebataba de este suelo miserable la misma víspera de la boda. Al parecer, la despedida de soltero, en una cervecería del arrabal que pasaría a la memoria familiar como el pozo negro de Calcuta, le proporcionó tan soberano cólico que aquella misma noche el capitán vació todas sus entrañas por su parte más ingrata; debió ser hombre sufrido y celoso de su deber, porque, al decir de mi tío Alfredo, aún tuvo la energía necesaria para tirar de la cadena en el último instante de lucidez y vaciar el depósito sobre tanto aparato inmundo a tiempo que caía sin vida. Y en el ala (siempre existe ese ala por grande que sea la decadencia familiar) liberal de la familia quedó para siempre la sospecha de que semejante gesto de honradez fue lo que le valió en la esquela el «muerto en acto de servicio».

A despecho de ese pasado la tía Juana y yo nunca fuimos demasiado amigos; para nuestra mutua incomprensión el demonio familiar había encarnado la contrafigura del tío Ricardo en la persona de su sobrino; al correr los años, de la misma forma que la figura del buen Ricardo y su gesto postrero perdían su calor pasional para elevarse a las cimas del ejemplo patriótico, creció el horror del sobrino a las virtudes domésticas, la puntualidad inútil, el rigor, la seriedad a ultranza, los lamentos (a través del pequeño patio y las ventanas esmeriladas) mañaneros del estreñimiento y las invocaciones piadosas, «más cerca de ti, Ricardo», de mi tía Juana, en el vaso de los suplicios.

Y, sin embargo, hoy, cuando acierto a ser justo, recuerdo con alguna frecuencia a la tía, y, a pesar de la pesadilla colateral, la deuda de gratitud que para siempre contraje con ella; ahora que la pobre estará junto al buen Ricardo (y me imagino que el paraíso consistirá para ellos en una suerte de común y eterno estreñimiento) me doy cuenta que los principios fundamentales de mi existencia se cimentaron —casi como la casa de Austria— en la rivalidad con la tía Juana. Para un hombre sin demasiadas ambiciones, hijo único de una madre que jamás le pidió explicaciones por nada, y que, aburriéndole la conversación de las mujeres, no tiene el dinero suficiente para irse a vivir a un país del Norte, la misma subsistencia hubiera sido un problema difícil si a su debido tiempo no le hubieran excitado el orgullo y una cierta afición a la burla las provocaciones de una tía virtuosa.

Así que cuando ingresé comprendí que todas las consecuencias del éxito se resumían en dos: la llave del portal y la contextura moral, la categoría cívica suficiente para aguantar cara a cara las miradas de censura de mi tía Juana. Como consecuencia de ello, en mi más recóndito interior debió fundamentarse la convicción de que toda mi deuda para con la sociedad (toda vez que me eran indiferentes los dictados de su censor más estricto) estaba para siempre saldada; ni estudié la carrera sino para acabarla de una vez, ni entre los veinte y veinticinco años, logré descubrir nada que me interesara vivamente. De igual forma que cinco años atrás me levantaba todas las mañanas con el «aguanta, continúa, un día lo conseguirás y podrás hacer lo que te dé la gana, mandarla a paseo, reírte en sus narices», mi segunda juventud quedó abreviada en un sinfín de tardes anacrónicas sobre un catre vencido, una habitación cargada de humo en la que flotaba permanentemente la censura social, el desengaño impersonal: «A ver cuándo te convences de que las ilusiones no tienen otro objeto que producir los desengaños. Ahora que estás a un paso de quedar formado a ver si aprendes a quedarte totalmente desengañado para siempre.» Pero tal vez porque la parte heroica de una vocación —que se resistía a ensuciarse— había quedado silenciada por la desgana invencible que me mantenía apartado de mis deberes de calamidad, acaso porque nunca tuve todo el valor necesario para no hacer nada, acaso porque durante veinte años de tardes en blanco había forjado en el techo un programa demasiado rico para abordarlo de una vez, o acaso porque nunca logré llegar a ser lo bastante fuerte (a pesar del conocimiento la voluntad vacila) para hacer una conducta de mi desdén, alimentada cada mañana por la visión de mi tía en bata, lo cierto es que cuando acabé la carrera me puse a trabajar.

Por fortuna, mi trabajo no era totalmente honrado. Me busqué un empleo con un constructor de viviendas, hombre no demasiado limpio. Además de construir de tarde en tarde alguna vivienda chapucera, nuestra actividad estaba dominada por las tribulaciones del negocio: desde la compra de la autoridad judicial hasta la venta descarada, cuando las cosas se ponían feas, de todos los materiales impagados, e incluso las patatas y el carbón de un economato vecino que no debía guardar demasiada relación con nuestra firma. Semejante trabajo —además de ahorrarme el horror y las vergüenza que me producían las firmas respetables— tenía la ventaja de una remuneración total, aquellas contadas veces (yo no viví ninguna) que había dinero en caja.

La única persona capaz de sacarme de aquel caos de indiferencia, terquedad y... pobreza fue Vicente: nunca tenía nada pensado, lo inventó todo. Con la misma alegría con que huíamos una madrugada hacia Soria a la salida de un urinario, para refrescarse en la soledad de una venta del ardor de una huérfana, salimos para París. El pretexto fue lo de menos. Meses después, viéndole caminar de noche, desmemoriado y perplejo bajo la lluvia y las luces caóticas y azuladas del Reeper, llegué al convencimiento de que entonces, como siempre, habíamos sido empujados por una necesidad acuciante de pasión. El día que, en una estación del absurdo más inmemorable que su propio nombre y más angosta en el re-

cuerdo que su desnuda sala de espera, comprendimos
que era inútil seguir buscándola, decidimos volver a
casa.

Para aquellas personas que lo tienen (y aún deben
ser muchas) debe amanecer un día —réplica de aquel
que la insatisfacción lo lanzó a conocer mundo— en
que el pasado familiar manda: mandan las piedras de un
ayer severamente construido, las sombras y esquinas del
rincón que pacificó la furiosa niñez, los árboles y los
setos que desaparecieron para siempre y la gruta margi-
nal de las meriendas soleadas donde terminaron, un día,
los cuentos labriegos, para engendrar, confuso, el primer
deseo de misterio; las cajas delicadas, los dormitorios
prohibidos (con aroma a laca), los encajes amarillentos
sobre el piano que (las teclas más amarillentas que si fu-
mara dos paquetes diarios de tabaco negro) había mate-
rializado el aura fugitiva de Chopin en todas las agita-
das mudanzas de la familia, las torturadas y garabateadas
páginas de aquellos cuentos infantiles deshojados por los
rincones y donde reposa el significado de las palabras...,
sin duda amanece un día en que (los nombres que la
muerte hizo sonoros repitiéndose entre los árboles, las
ramas húmedas y las tardes doradas) emerge el pasado
en un momento de incertidumbre para exorcizar el tiempo maligno y sórdido y volver a traer la serenidad, ridicu-
lizando y desbaratando la frágil y estéril, quimérica e
insatisfecha condición de un presente torturado y anda-
rín, eternamente absorto en el vuelo de una mosca en
torno a una tulipa verde.

Ella tenía (y me acuerdo con horror) un pasado le-
vantino. De todas las personas que, durante todo aquel
tiempo, por una razón u otra, la seguíamos por doquier
creo que yo era el único que se daba cuenta de la gravedad de la situación. Poco a poco me he ido conven-
ciendo de que todo lo que le ocurre a uno en la vida, por
encima de los treinta años, tiene solamente un carácter
honorífico; todo lo que antes de los treinta se ha dejado
de hacer se resuelve luego en un clima tal de prudencia

y sabiduría que a duras penas se turba el ánimo. Pero cuando se ha logrado alcanzar ese límite primero y más razonable de la prudencia, cuando se ha educado el ánimo a despachar con diligencia los perjuicios del día anterior, cuando en todo momento se mantiene la voluntad aparejada para gozar de un humor y un gusto perdurable, el ansia de aventura del hombre avisado pasa entonces por ese momento único en que puede ser felizmente fecundado por el aguijón de una levantina. El primer hechizo tiene un síndrome claro: yo lo veía, apurando la bebida con prudencia en casa de Vera, tumbado en un sofá con las piernas por encima de un brazo, haciendo girar despacio un vaso alto y recogiendo reflejos de una lámpara holandesa: un primer desprecio al pasado seguido de la inmediata aspiración a la seriedad; un no sé qué, una mezcla de trascendencia, estupefacción, predestinación y sumisión depositando en la cara del escogido un precipitado de seriedad. «Luego —pensaba yo— será el laconismo, toda la combustión interna dedicada a la producción de ternura e intimidad en menoscabo de las virtudes sociales, la libertad civil.»

Cuando llegamos a París unos meses después, lo último en lo que yo pensaba era en aquella joven —con una mezcla considerable de turbulencia meridional y alpina— en torno a la cual habíamos prolongado aquellas veladas de verano.

—¿Y cómo andas de dinero? —me preguntó de súbito, dando vueltas distraídamente al pisapapeles, una muestra de mármol artificial.

—¡Oh..., oh..., oh, qué pregunta! —me puse a pasear por el despacho, moviendo los brazos con gestos generosos y comprensivos—. ¡Qué pregunta!

—Ahora debes ganar mucho.

—Un disparate. Un verdadero disparate. Algunas veces pienso si no será inmoral ganar esas cantidades.

—¿Cuántos ganas?

—¡Qué sé yo! No es posible saberlo. Comprende: no es una cosa fija, ni mucho menos. El dinero entra a emboladas...

—¿Cuánto tienes?

—Una fortuna, créeme. Una verdadera fortuna, si se tiene en cuenta mi juventud; realmente empecé hace poco.

—¿Cuánto?

—No insistas, Vicente, no lo sé; tendría que llamar al Banco, revisar los libros, ver la cotización. En fin, no lo sé. Si es eso lo que te preocupa, te diré que todavía no tengo como tú. Aunque de aquí a pocos años..., no sé.

—¿Te vienes conmigo a París?

—¿A París? ¿A qué? ¿Para qué?

—Para dejar esto.

—¿El qué?

—Esos papeles, esa mesa, esa máquina, ese señor que está en el despacho de al lado con el sombrero puesto. Dejar todo esto.

—No puedo.

—No me dirás que el trabajo te lo impide.

—El trabajo es lo de menos. El dinero...

—Tienes toda tu vida para seguir amasando tu fortuna. Hasta ahora no has visto nada. Luego, cada día te será más difícil a medida que te vayas haciendo un hombre de provecho. Tres meses nada más y volverás nuevo, Juan.

—¿Tres meses? Pero ¿tú crees que yo puedo andar por ahí suelto tres meses gastando dinero?

—¿Qué dinero puede disponer para el viaje?

Me volví cara a la pared para contar. Luego, asomándome a la ventana y mirando las chimeneas de la casa de enfrente, tuve que confesar:

—Unas mil setecientas pesetas.

—¿Eso es todo lo que tienes?

—Eso es todo.

—Pero tú eres una calamidad.

—También contaría con la liquidación de este mes. Pero no creo que me la paguen. Tenía más, pero me he hecho un traje.

—Eres un pobre hombre, una verdadera calamidad. Contigo no se puede hacer nada. Adiós.

—Vicente, sé razonable. Me he tenido que hacer un traje que me ha costado dos mil pesetas. El mes que viene...

—Adiós.

—Espera, hombre; sé razonable.

No podía serlo; su familia tenía una fortuna tan seria como reservada; gente tranquila y serena, poseedora de bienes raíces y propietarios de media provincia, ostentadores de un poder tan tradicionalmente admitido que jamás se preocuparon de manifestarlo. No eran industriales, ni comerciantes, ni negociantes, ni demostraban otra actividad que el ejercicio y el disfrute de un cierto civismo objetivo; eran simplemente ricos, gente tan entonada e inmutable que ni siquiera la guerra civil —pasando como un huracán por los lindes de sus fincas— fue suficiente para alterarlos; que las mañanas de sol paseaban por el Retiro para recoger a sus hijos a la hora del almuerzo. Eran gente que decía «almuerzo». Tenían también un coche, un viejo Lanchester negro y charolado, tan serio como para pasear reliquias de santo; un chófer, Miguel, tan prudente y abotonado que aún sería capaz de excitar los instintos de los viejos terroristas. El padre de Vicente era magistrado en activo; su madre, «mujer más virtuosa y discreta sólo se hubiera encontrado en un epitafio» [1]; tenía también Vicente una hermana, un tanto difuminada por la devoción, que fácilmente hubiera multiplicado su interés si la hubieran permitido, a ratos, olvidarse del puesto que ocupaba en la sociedad. Aparte de no hablar, había algo en aquella mujer definitivamente inconcluso: una falta de calor en sus rasgos, un parecido frustrado y que en ningún momento llegaba a cuajarse, con una actriz de películas medievales. Algunas veces, en mis primeros años de escuela, Vicente me obligó a acompañarlos al almuerzo; luego, con mucha discreción y empujados por el sentir unánime de la fami-

---

[1] ¿Tennyson?

lia, no pudimos librarnos de acompañar a la hermana
silenciosa y no persuasiva a las fiestas de sus antiguas
amigas; fiestas convencionales, donde se prodigaba el
vino dulce y los «sandwichs» de queso por los salones
recogidos, utilizados de manera periódica como rampas
de lanzamiento de toda la inocencia filistina de nuestra
juventud. Difícilmente podía yo imaginar por aquel entonces que llegaría un día en que aquella estampa familiar,
tan perfilada, se pusiese a vacilar como la película que
sale del carrete y gira a una velocidad errónea, las figuras no desencajadas, pero temblonas, el propio magistrado convirtiéndose en un borrón instantáneamente ceceante-
te. Cuando el así llamado inconformismo de Vicente, pro-
pagándose desde los salones recogidos, empezó a cobrar
importancia el viejo magistrado no supo o no pudo adoptar otra actividud que la de cabeza señera, recta y no
tan estupefacta como ignorante, tan incapaz de comprender la trayectoria de su hijo como un toro la de una
mariposa.

Pero lo cierto es que un buen día nos fuimos a París.
Yo no sé si fue incluso desde casa de Vera, saliendo una
madrugada a trompicones. Yo no sé por qué en todas
las casas donde se daban fiestas había mueble-bar, que
se iluminaba al abrirse multiplicando engañosamente en
sus espejos un cierto número de botellas intactas que
siempre se consideraban excluidas del consumo de las
fiestas. Cuantas veces tuvimos que acompañar a su hermana, nos quedamos Vicente y yo hundidos en los sofás
de cuero que esa gente —no sé por qué— acostumbra
tener junto al mueble-bar. Allí acudía también un viejo
abogado, hombre hablador y con cierta afición a la tru-
culencia, que, a mi entender, debía haber estado manifiestamente enamorado de ella antes de la guerra; un
crítico que la acompañaba, apoyaba y sancionaba en sus
campañas y mucha gente diversa, de paso entre Europa y
América, que ella había conocido en el extranjero y que,
obedeciendo al frío entusiasmo de la cultura, acostum-
braban a visitarla. Ella fue la primera que me dijo que
no me preocupara por el dinero, licenciándome una entre-

ga que el propio Vicente se avino a adelantar. Me parece,
cualquiera que fuere la farsa, que el dinero salió todo
de él, limitándose ella (y el abogado) a persuadirle y
avalarme.

Lo cierto es que si aquella misma madrugada, al salir
de su casa y tomar un taxi desvencijado, no salimos para
París fue porque, desgraciadamente, hay un tiempo fluido
que enlaza y separa todos los sucesos. Lo que pasa en ese
tiempo nadie lo sabe: ni se recuerda ni se prevé. Yo pasé
de aquella velada en casa de Vera a una habitación sór-
dida de un hotel miserable cerca de la puerta de Vanves.
Tumbado en la cama apenas podía reconocer la relación
—de tiempo o de lo que fuera— que podían guardar
aquellas estanterías de mi cuarto, llenas de latas vacías,
pinceles secos, gomas podridas y alguna bomba de bicicleta con las conversaciones que habíamos oído en casa
de Vera, con toda la travesía por Europa envuelto en un
pijama ridículo, los discursos en inglés y, lo que parecía
más grave, aquella cabellera color mate que parecía haber
empezado a girar en casa de Vera para, como en las películas de los archiduques, salir por un ventanal hacia la
galería, atravesar el parque girando y recorrer media
Europa hechizando a un puñado de mendigos. Ese tiempo, yo creo, no existe, ni siquiera es una impostura, ni
siquiera el líquido neutro donde se disuelve el ácido
amoroso, el viaje a Europa, para rebajar su potencia; no
es nada. Nada.

Pero estábamos en el momento en que decidimos salir. Habíamos hecho todos los esfuerzos imaginables para
encender la chimenea de Vera; apenas logramos otra cosa
que prender unas astillas y atufar la habitación con un
humo agrio cuando, con el vuelo de unas cenizas de papel, cortando la narración, el tiempo falso se hincha
y nos lleva al apartamento de París. Apenas encontré
otra diferenca que la mota de ceniza y el vacío a nuestra
espalda, mucho más incómodo, de aquel sinnúmero de
enamorados que, sin prestar la atención a la narración,
abandonaron la casa. Ella era divorciada —de un noble
italiano, creo que me dijo—, «atrozmente sacudida por el

Destino». Pero cuando volví a entrar con un vaso de noche en cada mano (y por eso recuerdo que volvía a ser de noche, tras un nuevo ardid de un tiempo más tornadizo y zafio que un caricato) tenía la cabeza echada hacia atrás, los ojos cerrados y la boca ligeramente entreabierta en actitud de degustar todo el sufrimiento que era capaz de soportar. Había leído el periódico —que me tendió hasta el otro lado del sofá— y había comprendido que *todo* podía considerarse terminado. Aún recuerdo cómo su mirada, al caer sobre una página interior, subió hasta el techo y quedó allí clavada durante el resto de la noche, con la boca entreabierta, como si hubiera leído el anuncio de su próxima ejecución.

Sí, allí estamos los tres en el sofá prolongando una conversación en la que Vera se negaba a entrar. Allí está, un poco apretado en el centro, con sus ojos saltones y el pelo prematuramente blanco coronando paradoxalmente una cabeza mestiza, evocando las desventuras de su padre, un hombre de una vez. El vive retirado, ajeno a la política, tratando de sacar con su esfuerzo una pequeña hacienda donde fundar una familia y una nueva paz. Pero cuando los realistas queman el establo y se llevan todo el ganado su padre se echa al monte, aun cuando su madre (muy pequeña de estatura y muy hábil con la rueca de lino) arrastra el segundo embarazo. Vuelve al cabo de una semana llevando de la rienda tres caballos realistas con monturas y arneses. Luego es un día que comprende que mejor que meter el arado en una tierra sedienta y maligna, mejor para la hacienda y para la conciencia moral —sin olvidar una infancia europea estrictamente religiosa— resulta, de cuando en cuando, matar un realista al paso. Y otro día necesita la colaboración de su hijo y un indígena vecino para ampliar un establo donde cobijar treinta monturas, todas con sillas azules.

—Un hombre de una vez.

—De esos que ya no existen. Eran terribles. Había que verlos en su salsa, en camiseta y con los tirantes colgando de los hombros; aquellas cabezas leonadas con gesto altivo avizorando el horizonte. Y eran terribles. Pero ellos no lo sabían.

—Mi padre no era así.

—¿Cómo era su padre?

—¡Ah, no lo sé! Pero seguro que no era así. Así debía ser un tío mío, llamado Ricardo por mi tía. Murió de un cólico. Debía andar el pobre en camiseta todo el día. Esa generación salió así.

—Mi padre era diferente.

—Mi tío también tenía mucho pecho, un bigote borgoñón y era un poco legionario. Es imposible saber la cantidad de moros que debió matar aquel hombre.

—Mi padre no mató ningún moro. No es gran cosa matar moros. El destino de mi padre —y hablaba con veneración—, a partir de aquel momento, no pudo ser más desgradiado: una serie interminable de golpes de la fortuna que habían de conducirle a la ruina más negra.

Yo no sabía si la casa de Vera había viajado con nosotros. Allí estábamos los tres, o los cuatro, sentados en el sofá frente a un grabado de casa, satisfechos al menos de que una conversación tropical nos permitiese mantenernos aparte de aquel complicado adulterio. Luego supe que tampoco era la casa de ellos, sino del industrial mejicano (o lo que fuese) que la había amado durante los cinco días de la travesía. El otro era un marido ineficaz, de origen italiano, perlado, delgado y maduro, que sabía sostener sus maneras y su aparente ignorancia de la situación sentado en una silla alta mientras nosotros, a medida que se hundía la noche, nos íbamos hundiendo en el sofá, siguiendo la galopada de aquel padre único. Recuerdo que algunas noches me sacaron de allí y me llevaron al hotel donde debía hospedarme. En ese momento, repito, las cosas se mezclan tenebrosamente no sé si con el único objeto de hacer más patente nuestra propia vergüenza: se mezcla el marido, vestido con afectación de un gales gris y juegos granates de corbatas, calcetines y pañuelos, sosteniendo el vaso con indiferencia, con el señor Charles, al que conocí en una panadería. Era un hotel del distrito 14 que Vicente ya conocía de otras veces. Era un hotel malo, pero grato; el portal se abría de noche con un timbre de eructo, y un ventanuco que comunicaba la alcoba de los propietarios con el primer rellano de la escalera les permitía observar la entrada de los clientes sin abandonar su lecho legítimo. Aquella visión tan fugaz de la legitimidad, además de una llamada a la conciencia, era —aunque Vicente paraba muy poco en el hotel— un estímulo a la aventura. Al parecer, nuestro hotel era el único de todo el distrito que ponía ciertos reparos a la introducción de ciertas visitas a ciertas horas. Nuestra dirección —me dijo el señor Charles comiéndose su barra y mirando a las ventanas de enfrente con pesadumbre— consistía en aquel matrimonio encaramado en su lecho-observatorio, que, sin cumplir los cuarenta, había pasado a la gerencia del establecimiento por defunción consecutiva de los padres de ella. Y un joven de gafas —intelectual «voluntariamente pervertido», como él mismo decía— que vendía o intentaba vender libros viejos y objetos de arte de papel mascado en un pequeño tugurio de la acera de enfrente, añadía que se trataba de «gente de principios, no crea usted. Ella fue una de las chicas más deseables del catorce, con su pequeña fortuna y unos abuelos veteranos de la Comuna. Ahora lee mucho; él es un animal, un mal nacido, ya se habrá usted apercibido». Aunque no tan radicalmente, yo de algo me había dado cuenta; a pesar de llegar siempre tarde y podrido de sueño, nunca dejaba de echarla un vistazo; por desgracia o por ventura, el lado de ella era el que daba al ventanuco, y puedo asegurar que no leía cualquier cosa, no; leía siempre libros forrados, que, por el desplazamiento, bien podían ser enciclopedias; tenía un pelo negro del mediodía, que se soltaba para dormir, y, fuera que mi llamada tardía despertaba en ella ansias inexpresables o fuera que el tomazo apoyado en la boca del estómago desplazaba el volumen del pecho por encima de las páginas eruditas, lo cierto es que emergía con tal ímpetu que no hacía sino producir mucho mal al viajero solitario. Algunas noches, aunque no puedo ni mucho menos recordarlas y creo incluso que hablo de re-

ferencias, me parece que intenté el diálogo desde el rellano; no tardaba en encenderse la otra lámpara.

No sé muy bien lo que pasó a partir de aquella primera
semana. Como tenía mucho sueño atrasado y como empezaron a menudear las veladas fuera de casa y los fines
de semana en el campo en el círculo del americano, dejé
de frecuentar su casa. Una de las últimas noches tuve la
sensación de que se había producido un cruce de mujeres. A las gentes como Vicente les ocurre con frecuencia
equivocarse de mujer algunas noches de lluvia, cuando la
visibilidad es difícil con el goteo interminable de bar-
barie educada y los brillos de las espaldas desnudas junto
a las lámparas bajas de luz polvorienta. Yo creo que era
la primera vez que ella, mezcla de tres razas (levantina
una) y con un matrimonio a sus espaldas, se sentaba con
nosotros para disimular su cansancio en nuestra serie
ridícula de propósitos sobre la sociedad del porvenir...

«... de noche salíamos a robar caballos. Yo tenía entonces no más de dieciséis años. Mi padre, Joel, el mulato y yo. Mi padre y el mulato los seguían por el día,
porque eran los que vendían a los americanos y mi padre
decía que eso era devolver a nuestra tierra lo que estaban
robando los políticos. Salíamos al ponerse el sol, siempre
hacia el Norte, hacia la raya de Nuevo León, y descan-
sábamos al día siguiente en cualquier lugar del río Salado. A la noche siguiente soltábamos los perros y nos
despojábamos de toda la ropa. Es difícil hacerse cargo del
viento que corre por aquellas tierras. Mi padre decía
que a veces habían llegado a las calles de Monterrey,
empujados a lo largo de todos los llanos, los diarios americanos con una sola fecha de retraso. Y mi padre y el
mulato si sabían algo era de vientos. Cuando daba de
cara sabían dónde estaban los caballos a más de quince
kilómetros de distancia, y sabían también hacia qué lado
tenían vueltas las narices. Había que enterrar la ropa bajo tierra, porque la ropa para un caballo es lo que más
huele de este mundo. Había que meterse luego en el río
y nos fregábamos con barro hasta que salíamos oliendo
como lombrices. Entonces mi padre nos daba un vaso

de aguardiente, decía unas oraciones, nos bendecía a
todos menos a Joel y salíamos trotando al pelo. Joel era
el mamporrero, y como mi padre conocía el efecto del
viento en los caballos sabía dónde dejar las yeguas y
sabía el momento, sin necesidad de ningún silbido, en que
había que enmorrarlas y volver al río. Joel era guapo y
buen mozo, como mi padre, y el único que le aguantaba
el pulso. Se untaba de grasa el cabello y relucía como
un negro, y más de una noche, corriendo entre las cercas, lo tomaron por un sátiro, atrancando las puertas de
los dormitorios y descuidando las cuadras. Yo creo que
también había sido rival de mi padre en alguna correría
nocturna y por eso mi padre le había hecho mamporrero
y decía que no importaba que una coz le quitase un día
media cara, porque era un presumido. Así, mientras mi
padre aguantaba las yeguas y nosotros abríamos las cuadras, Joel hacía que los animales se liberasen a sus instintos naturales antes que seguir la mano delincuente
de un cuatrero endomingado.»

Yo recuerdo muy bien su peinado, esa postrer y más
perfecta floración que, unida a un aura de catarro permanente, acentuaba más los síntomas de la decepción:
era un pelo de color castaño oscuro y muy mate, apenas
sin otro brillo que la voluta final por debajo de la oreja;
un pelo negro, denso, más inquietante y tenebroso que
una laguna de montaña al que yo, distraídamente, intentaba aproximarme mientras resonaban las galopadas nocturnas, los ladridos de los perros, el cruce del río Salado
por los jinetes desnudos y la vuelta al hogar a la madrugada a tiempo para desayunarse migas fritas en el calor
del establo. No sé cuánto tiempo me pasé aproximándo-
me a aquel pelo, no tanto en aquel sofá como en la cama
del hotel, repasando sin memoria las latas de pintura
y dejando consumir las horas en una bomba vieja de
bicicleta; en los departamentos de tercera, haciendo confidencias a un viajero sentimental, que, al menos, sabía
consolarme en el más puro estilo parlamentario, y mirando los papeles pintados y los pájaros japoneses deca-
pitados por los boquetes, donde asomaba el revoco, y muy

cerca del despertar, años después, cuando su cara, a los golpes de la virtud y la avaricia, se iba afilando para cruzar el pasillo en sombras —se diría— sin necesidad de andar sobre las zapatillas, ¿cómo iba a explicarle al espectro de mi tía que en gran parte se debía al olor propio de un pelo sin brillo que había vislumbrado meses atrás?

«¿Qué haces todavía ahí? ¿Por qué no te levantas, calamidad?» Creo recordar que una de las últimas veces obligué al señor Charles a acompañarme. Luego le faltó tiempo para echármelo en cara, porque salió, me llegó a confesar, enfermo. La había rodeado en el extremo del sofá y a cada nueva cabalgada nos echábamos por detrás de su espalda un pellizco, tratando de llegar al pelo...

«... y entre seguir los rastros y organizar la caza lo cierto es que tanto mi padre como el mulato se pasaron dos años no pisando la casa para otra cosa que para el desayuno triunfal entre las cabezas capturadas... Pero, ¡ay!, un día mi madre, la pobre, empezó a tener miedo; un día (ustedes me perdonarán si les digo que el miedo, señores, arrastra el daño; podemos servirnos otros vasos) que llegamos a casa con seis cabezas y dos mulas, una mañana que podía ser de septiembre; encontramos la casa vacía, el huerto arruinado, los establos desiertos, la habitación de mi madre..., las sábanas todavía calientes hechas jirones por los suelos, sus ropas colgando por los cajones abiertos... Mi padre lo comprendió en seguida; él mismo nos sirvió el desayuno, recogió en cuatro alforjas lo que consideraba de valor, y aquella mañana, arrastrando las monturas, salimos a buscarla hacia el Oeste. Ustedes no se hacen cargo lo que fue aquello. Casi echamos un año en recorrer los llanos; atravesamos de parte a parte todo el Estado de Coahuila, para entrar en Durango, donde mi padre no era conocido. Mi padre conservaba las sábanas y algún traje carmesí que llevaba echado sobre el borrén y que, de tanto en tanto, mientras miraba las montañas, se echaba a las narices para reavivar en ellas el olor de mi madre desaparecida. Hacíamos noche en los vados, y mientras Joel y yo dormíamos, mi padre y el mulato, cada uno con un traje o una enagua, subían a los altos y olían el viento y auscultaban la tierra, porque, como decía mi padre, mi madre no era mujer que se podía estar quieta en ninguna parte. Cuando llegábamos a la quinta hacíamos lo mismo que con los caballos: la espiábamos de día y al caer la noche mi padre y Joel se despojaban las ropas y la asaltaban desnudos mientras el mulato y yo les cubríamos la entrada...»

A duras penas podíamos encontrar el hotel a una hora que ni el señor Charles ni yo sabíamos resolver de otra forma que con inconexas confidencias, o con la lectura de Dumas, que más de una vez intentamos, en tono declamatorio, en el rellano de la escalera y ante el ventanuco de la propietaria. Porque ella, eso sí, era recia, galicana hasta la médula, y... jansenista, hubiera dicho si en lugar del señor Charles me hubiera acompañado el propio Verlaine, cargado de vino hasta las cejas. Para ser más francesa se ponía a limpiar por la mañana con un aspirador eléctrico vestida con un jersey negro ceñido y abierto de cuello y tocada de la tradicional cinta de seda negra de la que colgaba la pequeña cruz de oro. Habíamos ensayado con ella casi todos los estados del alma; el desfallecimiento nocturno y la reprimida pasión tras la última callejera apelación a una razón inexistente en los cafés y los mostradores de madrugada; yo había alcanzado hasta la envidia taciturna (bajo el dominó color gris de moro) que me impelía a detenerme en el último peldaño, la mano sobre el pomo bruñido, sin querer mirarla, pero sí tratando de distraerla con mi absorta presencia contemplando mi desordenado interior. No dio resultado nada; era una mujer de principios, con una conciencia muy clara del dominio de sí misma y la responsabilidad social adquirida a través de una herencia burguesa y confirmada por medio de una lectura organizada. Todos los que antes de cumplir los treinta años nos atrevimos a arrimarnos a esa linde desde donde se vislumbra la aventura —sin decidirnos a cruzarlo— tropezamos con aquella mujer: recia y blanca, no demasiado alta, ceñida de carnes, morena y un poco aceitada, y en

cuyas manos —para mayor inri— no estaba ni mucho
menos encomendada la fidelidad del matrimonio, injustamente fletado por un marido terco y romo, incapaz de
resistir el primer empellón. Las pocas veces que entraba
conmigo Vicente ni siquiera la miraba. «Perfecto imbécil —le había dicho—, qué ganas tendrás, qué mosca
española te habrá picado para andar por esos mundos
buscando mentiras escuálidas cuando el mismo Platón
duerme en tu casa.» Cuando las cosas —no sé por qué
razón— comenzaron a complicarse, buscando en el aire
un pretexto, tuvimos que organizar una pequeña fiesta,
coincidiendo con una cierta fecha del verano: no sé si
el 14 de julio, el 10 de agosto o la Virgen del Pilar. Me
atrevo a creer que por haberlo organizado él se trataba
de la fiesta de la Raza.

Había estado durmiendo casi todo el tiempo. Tenía
tanto sueño atrasado que desde el momento en que pisé
París por vez primera me había decidido a recuperarlo
para aprovechar los días siguientes con más calma. Aunque el resultado no pudo ser más triste, estaba de cualquier modo resuelto a no dejarme llevar por el frenesí
del viajero y malgastar mis mejores días en un montón
de tarjetas postales. Hasta entonces había tenido confianza en Vicente; el resultado no pudo ser más anacró-
nico. Cayó en mis manos el libro de Dumas y durante
cuatro días no abandoné el hotel más que para acompañar al señor Charles a comprar pan y vino de Argelia,
y tratar de recitar nuestros versos en el rellano de la
escalera. Tenía una habitación del primer piso, que daba
a la calle; muy alta de techo, con una desvencijada antesala flanqueada por dos columnas de fundición, decorada
con viejos papeles pintados y provista toda ella de una
estantería donde quedaban viejos botes de pinturas, pi-
ñones de bicicleta y botellas vacías; había también, tras
unas cortinas harapientas, un sillón «recamier» desfon-
dado, donde el buen hombre se tumbaba a beber vino y
leerme, del otro lado de la cortina, algunos capítulos del
mago, antes de dormir. Como fuera que comenzase nuestra buena amistad lo cierto es que a los cuatro días de

convivencia nos tratábamos no sólo de usted, sino de señor. Era un hombre holgazán y pedigüeño, pero educado.

—Y bien —le dije al cuarto día—, creo que ya es hora de conocer París.

—En tal caso, señor, tendrá usted la bondad de excusarme.

—No faltaba más. Espero que no se sentirá usted obligado a acompañarme. No creo, por otra parte, que le interese en absoluto.

—En efecto. Interés, ninguno. Pena, mucha. Pero usted puede irse tranquilo. Sin duda, ha venido usted a eso, y el que yo pensara de otra manera ha sido, justo es reconocerlo, una lamentable equivocación. A mis años, señor, hay mucho que aprender todavía. Por otra parte, de la misma forma que es mi deber reconocer (y no abrigue usted duda acerca de la educación recibida al respecto) las atenciones de usted, creo que estaría fuera de lugar llevar el agradecimiento a ese extremo exagerado que tanto usted como yo, no dudo al afirmarlo, repugnamos.

—Me tranquiliza usted. Y debo confesarle, a mi vez, qué cerca me encuentro de lamentar mi decisión.

—No, no lo haga usted. Será mejor para los dos. Un último trago, eso es todo. Adiós.

—Créame que lo siento. Lo siento de verdad.

—Lo comprendo, lo comprendo —se había ido; había cerrado la puerta con tal delicadeza (ese último y traicionero clic de un picaporte vencido por la pesadumbre para ocultar los sollozos) que me sentí avergonzado y no pude salir en un par de días más.

Una noche, en un momento de percepción entre dos sueños profundos, comprendí que nos habíamos equivocado y que quien debía haber salido era yo. Pero era tarde para remediarlo. Por fortuna volví a verle unos pocos días más tarde, asomando con picardía la cabeza por entre las cortinas raídas para espiar mi sueño: a las seis de la tarde, cuando el sueño se prolonga en una continua agridulce sucesión de reproches sobre el empleo del tiempo; a las siete, vencido por el peso de la fatalidad vespertina, cuando la voluntad se resigna a no servir más señora que a la cama; a las nueve y media, cuando el último y definitivo crepitar de las brasas de una actividad agonizante, confundiéndose con el parpadeo de los letreros luminosos, es capaz de desvelar el sueño de los cruzados caídos delante de Jericó; a todas horas entró, carrillos hinchados, la mirada burlona, una compuesta sonrisa de candor para tratar de superar la falta de intimidad. Qué sé yo la cantidad de gente que al cabo de poco tiempo era capaz de alojar aquella habitación. Sobre todo a partir del momento en que, por una razón que desconozco, dejamos de ir al apartamento del mejicano. Yo le había hablado al señor Charles del «whisky» y del pelo, y al punto quiso conocerlos. Pero cuanto más cerca estábamos de él, cuando, sintiendo tan próximo en torno a nosotros el zumbido de las noches en los llanos, cargadas de venganza, deseos y hombres desnudos, tratábamos de abismarnos para siempre en aquel terrible y estupefaciente remolino de color epiceno junto a la oreja pequeña

«Estamos en el momento en que mi padre y Joel, armados de pistolas y desnudos, irrumpen precipitadamente en el dormitorio principal de la quinta. Imagínenlo, señores...»
tratando de llegar a aquel mechón en forma de cuerno naciendo en la sien y, tras rodear la oreja, acabando en un punto que casi tocaba el lóbulo con un punto brillante, quieto y sereno, donde quería converger toda la dramatizada sucesión de alucinantes tardes galopando desde la adolescencia hasta el departamento tapizado, y el despertar de mil mañanas hambrientas preconizando en el compás de los pasos por el pasillo de la tía embrujada el horror y el desprecio de una edad miserable, todo el insatisfecho apetito de una juventud premonitoria tratando de calmar su inextinguible acidez con la pequeña píldora color cera y un punto de brillo como todo adorno

«... más que el miedo, la sorpresa. Cuando en la claridad que entra a través de la mosquitera ven acercarse al hombre terrible imagino que ella se esconde bajo las sábanas. Y que el hombre (e imagino también que en la mayoría de los casos debía tratarse de matrimonios muy dispares en la edad) intenta por un momento pedir auxilio, pero es pronto reducido a su condición más vergonzosa con un cañón colocado en su entrecejo. Y mientras Joel apunta y vigila, mi padre enciende un candil, se acerca a la cabecera, levanta las sábanas y dice: «Sal de ahí, perdida.» Pero cuando se apercibe de su error la arroja de nuevo en su cama, con un gesto de desprecio. Furioso, perplejo, recorre la habitación rugiendo como un poseído, abre los armarios, lanza los vestidos por el aire hasta que, tratando de encontrar la explicación, encuentra una enagua en la que olfatea afanosamente. «Ustedes las mujeres son todas...», dice, abrumado de dolor. Y poniendo su manaza sobre el hombro del viejo marido le aconseja que la deje y abandona la casa decepcionado para unirse a nosotros y seguir cabalgando toda la noche. Al cabo de unos meses la locura en aumento de mi padre le lleva a las proximidades de Torreón. Una noche, algo raro sucede. Tal vez es la desesperación, el desengaño definitivo o solamente la fatiga, el deseo de probar una cama después de dos años de dormir al raso. El marido y Joel esperan a la puerta y cuando a la mañana siguiente se abre la puerta mi padre ya no es el hombre incorruptible y temido, sino el Adán avergonzado, escondiéndose de la voz en las alturas. Cuando Joel intenta entrar él se vuelve:

—Imbécil, tráeme los pantalones. ¿No ves que estoy desnudo?

Y allá atrás, enmarcada en una melena suelta, una cara pequeña y temerosa, pero agradecida. Salimos de allí; en cabeza va mi padre, en silencio; el último va Joel, también en silencio. Al cabo de un mes, con aspecto cada vez más taciturno, habían asaltado más de doce quintas sin ningún resultado positivo. Al correr de aquel año la fama de mi padre se fue extendiendo por todo el estado de Durango y la alegría, en parte, volvió a renacer. Ya no era necesario hacer la guardia ni cubrirles la salida. Mi padre y Joel se desnudaban en las cuadras y entra-

ban en la casa llamando a la puerta principal. Al mulato
y a mí nos metían en la cocina y nos daban una sopa
caliente. Luego, cuando el concierto en el piso de arriba
se iba haciendo más fuerte, el mulato subía también y
yo me quedaba solo; a veces el viejo hacendado venía
a hacerme compañía; se sentaba a mi lado, mirando el
techo y acariciando mi cabeza repetía toda la noche:
«Dios mío, Dios mío.» Al cabo de un tiempo cambió
hasta la cara de mi padre. Pronto se hizo viejo, y no se
hizo cínico, por fortuna, porque su naturaleza era demasiado noble, porque tuvo siempre a bien dilapidar su
fortuna sin mirar a su provecho. Pronto empezó a echar
de menos el riesgo y la aventura, el asombro en los dormitorios en penumbra cuando entraba incontenible con
el cuerpo aceitado. Huimos hacia otras tierras, hacia el
Sur, donde no era conocido. Recorrimos de nuevo el
país; entramos hasta en los lupanares de la capital; volvimos hacia el Norte, hacia Nuevo León. Un día —mi
padre había llevado tan lejos su misión—, un día...
entramos en nuestro viejo hogar. Todo estaba intacto:
en la cocina, junto al establo, ardía el fuego y se freía
una sartén de migas...»
surgía, tras un pequeño giro insolente, la nariz recta
(como la costa calabresa en la neblina mañanera) y un
ojo aguamarino que miraba un instante con tal indiferencia que todo el Sinaí se derrumbaba sobre mí y encima de los escombros se posaba mi tía Juana, apoyada
en su futuro bastón de anciana.

En realidad, no estoy seguro de que se tratara de una
fiesta. Lo cierto es que algunas tardes —y repito que
las noches en casa del americano pertenecían al pasado,
un pasado en el que se había esfumado, sin que nadie
supiera cómo, aquella cabellera meridional y toda la cohorte de maridos compuestos, pero fatalizados, y escotes
abiertos— un grupo de gente, por lo general vestida de
negro, encabezada por el propio Vicente irrumpía en
nuestra habitación para interrumpir la lectura. Recuerdo
aquella noche que había que buscar café y servicio a
todo trance. La señora Mermillon nos sugirió que tal

vez nos lo pudieran suministrar todo Chez Lucas, en la misma acera y un poco más abajo. El señor Mermillon opuso una serie de reparos, su amistad con Lucas y «la correcta condición de todos sus clientes que en cualquier momento era preciso considerar», tal vez para evitar los comentarios de una calle que cada ventana cobijaba y ocultaba un envidioso. El señor Charles, discretamente apoyado en el umbral y sosteniendo a un lado el viejo sombrero manchado de grasa, con una elocuencia tranquila, discreta y razonablemente apasionada, que muy bien podía quedar registrada en los anales de los martes literarios (el propio Boileau, con la nariz como un dátil y una melena de piña tropical, y toda su cara con la civil, libertina y frutera hinchazón académica, enmarcado en un óvalo de funeral dorado, le contemplaba complacido) supo convencer a la señora Mermillon para adquirir en nuestro nombre, y a nuestro cargo, media docena de tazas de café, de porcelana (?) negra que la señora Durand, su amiga, tuvo a bien venderle a un precio exagerado, «si se consideraba exclusivamente su valor real»..., «aunque usted me permitirá decirle que no tengo por qué admitir otra valoración que la real...» «No vale la pena entrar en detalles. Ahí están las tazas. Es lo que usted quería. Y no olvidemos el gesto de la señora Mermillon, y no lo que ahora se ha dado en llamar un acto gratuito», dijo con suficiencia, riéndose para sí mismo. Estaba embriagado con su triunfo; caminaba por la calle Losserand delante de mí y a un paso vivo, la barbilla levantada y deteniéndose cada veinte pasos para sacudirse el polvo de las rodillas, con un gesto de gladiador. Hasta después que adquirimos el café molido Chez Lucas, fue a contárselo al artista, que nos recibió sin ningún entusiasmo:

—Todo eso es un disparate. La señora Mermillon pisa muy bien la tierra. La conozco desde niña. Créame, un disparate.

—¿Quién es ese señor que asoma en su ventana?

—No lo sé. Es que usted, como de costumbre, se deja arrastrar por su entusiasmo. Aunque su aspecto le desmienta, tiene usted un alma infantil.

—Ciertamente, así lo confieso yo también. ¿Y qué mejor?, me pregunto...

—Pero ¿es que ella le ha dejado entender algo...?

—Nada en absoluto. Pero él se cree con derecho a adivinar sus sentimientos.

—Nada de eso. Experiencia, psicología. O muy mal ando yo de conocimientos de la naturaleza para suponer en ella una ausencia total de pasiones o...

—¿Aun las más bajas? El otro día nos dijo usted que aún guardaba una botella para una ocasión como ésta.

—Qué gran verdad. Pero ¿quién es ese señor de la ventana?

—Volvamos a la realidad, caballeros. En primer lugar, es necesario sacarle de allí.

—¿De un hotel? Usted me asombra; no comprendo la necesidad de añadir nuevas dificultades.

—¿Y pretende usted asaltarla en su propia fortaleza? No ve usted que a ello se opone su descrédito.

—¿Descrédito? Nada de descrédito. Ya veo que no me conoce. Yo pico más alto, caballero, mucho más alto, infinitamente más. Le asombraría a usted, no me cabe ninguna duda, conocer la altura de mis ambiciones.

—¿No saben ustedes quién es ese señor que asoma por la ventana?

—No he querido molestarle. Créame. No soy un intruso. No me tome por un hombre indiscreto.

—Esto está bueno de verdad. ¿Qué dice, señor Charles?

—Desde luego. Y ahora verá usted quién soy yo.

—Alto. La idea partió de mí.

—Debe usted respetar la edad.

—De ninguna manera. Es más, creo que lo último que he de respetar en esta vida es una edad tan... lasciva.

—¿No va usted demasiado lejos, joven? Yo también tengo mis principios...

—Principios humildes, supongo.

—Humildes, sí, como todos. ¿Acaso procede usted de una buena familia?

—Buena, buena, no; pasable.

—¿Quién será ese señor que no deja de mirarnos?

—Es mi amigo Vicente. Un plomo. Un hombre inmensamente rico.

—Pues nos está buscando; no hay tiempo que perder.

—No salga, no salga. Usted no salga, no sabe lo que hay allí. Unas señoritas que al segundo vaso alargan los labios, cierran los ojos, se bajan los tirantes y se meten en un rincón a pedir café. No hay derecho.

—Ahora hace gestos. Está gritando.

—Vamos a ocultarnos. ¿Usted lee a Dumas, señor Charles?

—Todas las noches, señor; todas las noches. ¿Cómo cree usted que podría tolerar esta porquería de vida?

—Entonces usted sabe lo que quiero decir. Huyamos.

—Sí. Huyamos.

—¿Y las tazas?

—¿Qué tazas?

—Huyamos, huyamos todos.

—¿Están ustedes borrachos?

Luego volvió la serenidad, la compostura. Estábamos los tres sentados en el sillón central del tresillo de mimbre, tras haber cruzado la calle agazapados; la señora Mermillon se prestó a hacer el café y el señor Mermillon, el cuervo, dejó la lectura del vespertino para indagar el contenido del paquete: además del café, unas frutas endulzadas, unas galletas que parecían coral y una extraña pieza triangular veteada como un ágata que al saber que se trataba de extracto de hígado dulce americano, el señor Charles pasó al señor Mermillon con un gesto de impaciencia, «se lo advertí, allá usted con su conciencia». Yo estaba ya debajo de la mesa cuando advertí detrás al señor Charles:

—¿Está usted loco? ¿Pretende usted acompañarme a todas partes?

—A la cocina nada más. El señor... (lamento haber olvidado su nombre) obsequiará al señor Mermillon.

—De ninguna manera. No quiero cómplices ni testigos.

—Vamos, vamos, no sea niño. El tiempo apremia.

—He dicho que no. No me obligue usted a emplear la violencia.

—De nada le serviría. Soy fuerte, señor; muy fuerte.

—En fin, usted será el primero en lamentarlo.

Se había hecho de noche y empezaba a caer una lluvia fina. Nos volvimos a meter bajo la mesa cuando el señor Mermillon volvió a pasar, con el hígado en un plato, en dirección a la cocina. De un salto el señor Charles alcanzó la pared y apagó la luz.

—Usted será el primer perjudicado. Un fracaso a sus años puede ser fatal.

—Sepa usted que esa mujer sólo tiene ojos para mí.

—Calle usted, hombre. Usted abre la boca sólo para decir groserías.

—Algo de cierto hay en eso. Entremos. ¿Qué hacemos aquí?

Cuando el señor Mermillon volvió dando voces, yo, que conocía la distribución del pasillo, me escabullí por él dejando al señor Charles en su rincón. A través del ventanuco y del hueco entreabierto de la puerta del dormitorio vi cómo la señora Mermillon pasaba el café por la manga y distribuía los dulces en cinco platos. Cuando empezó a cortar el extracto de hígado gelatinoso algo gelatinoso y horrendo de mi memoria infantil hizo saltar en mi interior toda la insuficiente banalidad de una tarde acidulada de pasión. Allí quedó mi cabeza como la copa atónita caída en el mantel tras haber estallado inexplicablemente su peana de cristal; toda la obsesión de un aburrimiento infantil, temporalmente olvidado al friso de los quince años para reaparecer a la vuelta de los treinta, cuando un cierto grado de conocimiento (no lo suficiente para alejar la desolación, pero sí lo bastante para borrar aquella irascible soberbia ante la medicina gelatinosa) resulta ser el único precio alcanzado, tras muchos años de inútil puja, en la enajenación de todos los misterios y las furias de la edad ninfa, que se deja sentir en los crepúsculos y las manchas de vino, en el momento de sentarse en la cama y mirarse los pies. Nos sentamos en el arranque de la escalera.

—Huyamos —dijo, apurando el vaso.

—¿Cómo vamos a huir? Usted no está en su sano juicio.

—Usted tampoco.

—Tampoco. ¿De qué se trata?

—Se trata... de la señora Mermillon.

—¿Qué le pasa?

—Que está ahí.

—¿Y bien?

—La señora Mermillon.

—¿Y qué?

El artista quedó pensativo, sobre el primer peldaño, balanceándose sobre la punta de los zapatos y mirando el vaso vacío:

—Bien mirado, a mí tampoco me importa. ¿Por qué no nos vamos?

—No; a mí sí me importa. Ya está bien de hipocresía.

Era un dormitorio que olía a colchas rojas, con aterciopelados flecos y dragones deshilados, decorados con fotografías familiares, un paisaje suizo y una gran cama con cuatro bolas en las esquinas, un armario de luna, donde me quedé contemplando la ingrata brevedad de mis días [1]. Entreabrí la puerta al tiempo de ver cómo el señor Charles, cruzando el «comptoir», entraba en la cocina; aún veía detrás de él las piernas cruzadas del señor Mermillon sentado en un sillón de mimbre y sosteniendo el plato sobre las rodillas. Me parece que llegué a dormirme un rato, sentado junto a la jamba del dormitorio a oscuras, y cuando desperté, ella se estaba cambiando el vestido detrás de la luna abierta; se puso unos zapatos altos, un vestido negro que dejaba al aire los hombros y salió con una sonrisa significativa, alargando el paso para no pisarme, al tiempo que yo encogía las piernas. En la cocina encendieron la luz eléctrica y debajo de la puerta surgió la raya de luz amarilla que había de terminar con la incertidumbre de una larga, ambigua y

---

[1] Véase pág. 45 de la edición de Alianza Editorial.

cerrada tarde prolongada en la penumbra; esa línea de luz capaz de metamorfosear los susurros intermedios y los ruidos de goznes y la monotonía de la lluvia en la recortada, lenta y detallada conversación de dos sirvientas en un cuarto de costura. El otro vino por el ventanuco para decirme que «el señor Charles jugaba ya con su cordón». El señor Charles siempre había dicho que había que empezar por el cuello, la mejor playa para iniciar el desembarco, dentro de una cierta legalidad, y avanzar ulteriormente bien hacia la península de la cabeza o bien hasta el mismo continente. Casi abrimos la puerta de par en par y vimos que, efectivamente, el cuello podía darse por perdido; por encima de sus hombros —que se estaba perfumando con un dedo que mojaba en el frasco— (y por encima también de un cepillo) los ojos pardos y brillantes del señor Charles surgían como un par de boyas en la galerna para volver a hundirse y aspirar el aroma en el nacimiento del cuello.

—Yo creo que va a besarla.

—No, no puede ser.

—Ya lo verá. En el hombro. De un momento a otro.

—No puede ser. Sería intolerable.

—Ya lo creo que es. Mire.

—Es inaudito. Qué diablo de hombre. Quién lo iba a pensar.

—Es un demonio. Mire, otra vez.

—Y con más ardor. Yo no sé si debemos tolerarlo.

—Qué remedio nos cabe. Ahora en la boca.

—Con verdadera pasión. ¿Y ella? ¿Qué me dice usted de ella?

—Se ha entregado.

—¿Y el marido? Me parece que hemos ido demasiado lejos.

—No lo crea. Estamos en el principio. Diga usted mejor que ha de llegar un día en que estas cosas sean tan necesarias como la agricultura.

—En absoluto. Yo creo justamente lo contrario. El mundo no va por ese camino. Este es el final de una época, amigo mío.

—Nada de eso. He ahí los precursores. Día llegará en que una mirada intensa será suficiente para desbaratar todo el orden local.

—De tanta maldición, ¿qué hacen ahora?

La señora Mermillon, la expresión un poco atontada —sacudiéndose la melena y destapándose el oído como si acabara de salir del agua— nos miraba con indiferencia cuando el señor Charles le susurraba al oído algo que no podíamos oír, y de tanto en tanto en la comisura de su boca asomaba una sonrisa inquieta y juguetona, como el rabo de una lagartija debajo de una piedra.

—Me parece que se burlan de nosotros.

—Mientras quede un poco de vino.

—Venga, venga. Me parece que lo necesito. ¿Dónde ha dejado usted la otra botella?

—Fíjese, fíjese ahora. No hay derecho.

—¿No se irá usted a poner triste?

—Lo soy por naturaleza.

—Bueno, esto se ha acabado.

—¿Y qué hacemos nosotros aquí?

—Estamos —dijo el artista, pervertido por sí mismo, echando la cabeza hacia atrás y quitándome la botella, sentado en el suelo a oscuras—, estamos como el día que vinimos al mundo: tratando de convertir la desgracia en falsedad.

Primero no lo oí, como me ocurría siempre. Luego, dentro, ello mismo fue repitiéndose por un conducto oculto (la puerta se había entreabierto introduciendo una cierta claridad en todo aquel ámbito donde ahora se extendía un antiguo, pero instantáneo, silencio acentuado por unos ruidos de loza en una habitación próxima y el sonido de una gota cayendo en la pila trayendo el olor de la madera fregada con agua y lejía precipitando esa antinómica materialización del vacío por las puertas abiertas y las paredes cadavéricas, esa definitiva claudicación ante el vacío que toda habitación parece llevar consigo cuando más allá de las puertas entreabiertas alguien ha olvidado una luz encendida y entre la fortaleza donde irrumpen no triunfalmente las cenizas, el

silencio y el horror y las tinieblas intemporales con sus
harapientos estandartes envueltos en una gasa de mate-
rializada y fatal temporalidad) para emerger, unos días
después, tumbado en la cama y tratando de encontrar
el dibujo de los boquetes en los papeles pintados. Se
había ido sin decir nada; se levantó como un perro abu-
rrido y se fue; cuánto tiempo permanecí allí, rodeado
del silencio del rellano y el olor de la madera fregada...,
no lo sé.

Luego seguí oyéndolo sin necesidad de comprenderlo.
En mi habitación, y por la tarde, y por las calles del 14,
y por la estación de Mercancías, y durante todo aquel
viaje estéril por el norte de Europa, atravesando la llanura irrompible a través de los cristales empañados, toda
la Westphalia y Hannover y creo que hasta el mismo
Mecklenburgo; en todas las estaciones húmedas, sentados el inglés y yo sobre las maletas mientras Vicente
y la mujer buscaban «nuestro» alojamiento; en todas
las habitaciones precarias con olor a colchas rojas y los
departamentos de tercera tratando de encontrar el pretexto de un viaje que el inglés se resistía a abandonar:
«... Pues ello es menester atribuirlo a la firme asistencia
de Dios Nuestro Señor y, en consecuencia, a vuestra
perseverante dirección y prudente sabiduría, honorables
Lores y Comunes de Inglaterra...» Bebía como un demonio, tenía una cara infantil y sonrosada como si hubiera salido de la ilustración de uno de sus libros juveniles:
sin haberla mirado más de un par de veces, sin haber
cambiado con ella ni con Vicente más de cuatro palabras, se comprendía que al primer estímulo por parte
de ellos habría abandonado su tierra, su familia y su
carrera para seguirlos hasta el fin del mundo.

Una tarde de lluvia y de cielo pesado les encontré en
mi habitación, casi a oscuras, echados en el sillón de espaldas a la ventana.

—No enciendas, Juan.
—¿Qué pasa? ¿Qué haces ahí?
—No pasa nada. ¿De dónde vienes?
—Qué sé yo. De ningún sitio.

—Hace tres días te fuiste a buscar café.

—Está ahí abajo. Lo tiene la señora Mermillon.

Me senté al borde de la cama. Apenas distinguía otra cosa que la claridad del espejo, la sombra de ellos contra la ventana (un cierto clima de tregua o desfallecimiento) y la lumbre del cigarrillo, que se repetía en el cristal iluminando en parte una frente.

—¿Tienes ganas de volver?

—¿De volver adónde?

—A casa. A España.

—No lo sé. No sé qué hago aquí; me parece que estoy perdiendo el tiempo.

—Yo no pienso volver.

Ella le susurró unas palabras, incorporándose algo; estaba tumbada encima de él con las piernas por encima de un brazo del sillón y la cabeza sobre el otro.

—Qué tontería. Eso lo dices ahora porque te encuentras bien.

Ella volvió a susurrarle algo al oído y le dio un beso.

—No pienso volver, Juan.

—No seas imbécil, no digas tonterías. No me queda salud para oír esas cosas.

—Tú también debías quedarte.

—Vamos a tomar un vaso de vino. Hace tiempo que no lo hacemos juntos.

Empecé a sacar la botella y a lavar el único vaso. Yo me llené una de las tazas de café. Ella se había levantado, estirándose la falda y el jersey; al pasar junto al espejo se atusó la melena sin encender la luz y salió de la habitación diciendo algo en francés.

—Es una mujer extraordinaria.

—Qué duda cabe.

—Tenemos que ayudarla.

—¿A qué?

—Está pasándolo muy mal.

—A ver si logra dormir un poco.

Vicente bebió en silencio; se había arrodillado sobre el sillón y miraba la calle escondido detrás de la cortina.

—Esto es serio, Juan —dijo, volviendo a su postura, sosteniendo el vaso en alto y mirando a través de él.

Ella entró de nuevo; yo me levanté de la cama; durante unos instantes estuvo mirando con mucha atención la calle, ocultándose detrás de la cortina. Era casi de noche. Luego se sentó en el brazo del sillón y estuvieron contemplándose abrazados, y susurrando palabrejas durante un largo rato.

—Bueno, yo me voy.

—Espera; ¿te veré luego?

—No lo sé.

—Tendrás que dormir en mi cuarto. La señora Mermillón te ha preparado una cama.

—¿Y por qué?

—Ya te lo explicaré más tarde.

A mí todo aquello me importaba poco. O si me importaba algo, lo cierto es que me enteraba de muy poco. El nuevo cuarto estaba forrado con papeles pintados con dibujos orientales. Me metí en la cama y no sé lo que dormí, me parece que un breve rato; allí estaba de nuevo la cabellera morena y mate, con olor propio, la voluta naciendo en la sien y rodeando la oreja encajada en un desgarrón blanco cerúleo del papel, girando, borrándose y reapareciendo en blanco y negro hasta producir el golpeteo insistente de una vena bajo la nuca, como la válvula quemada de un motor viejo: era —me lo dijo ella misma, completamente cerúlea, volviendo un poco la cara y dejando asomar la nariz puntiaguda con cierto ademán de desdén— lo que tú decías, el final de una edad; y a costa de dejarte exánime en ese lecho durante un par de semanas sin otro quehacer que contemplar tu propia descomposición traspasada a una pared desportillada, te diré que viniste aquí forzando un viaje lleno de esperanzas, a fin de alcanzar el definitivo desengaño. El dibujo repetido y enlazado representaba una complicada trenza de pájaros orientales y hojas exóticas verdes y negras cruzando como una espina de pez una trenza de girasoles. Te encontraste con el pelo, el bucle y la oreja y ello te servirá para hacer de ti un hombre desengañado, un hombre de una vez. Tiene razón tu amigo el artista: os engañáis en la desgracia. Porque cuando se emprende un viaje nada debe esperarse si se ha alcanzado ese límite deseable de la incredulidad que ha de coartar el nacimiento de nuevas ilusiones. Ya no eres joven. Ya no eres joven. Ya es hora de que te des cuenta que cuanto más exijas de un futuro engañoso, cuanto más pretendas disfrutar de él, aparejándolo con las gracias de una imaginación zalamera y adúltera, más duro y contradictorio será el destino que te aguarda. Porque tu destino no será otra cosa que lo que tu imaginación no incluye no porque lo desdeñe ni porque lo olvida, sino porque su misión es justamente dejar de incluirlo hasta el día que te hayan convertido en otro hombre sinsabores como éste. Al cabo de unos días, Vicente entró a despertarme, sacudiéndome fuera de la cama:

—Ven, ven en seguida —me arrastró a la otra habitación, donde estaba su amiga, oculta detrás de la persiana, haciéndoles gestos afirmativos con una expresión muy grave.

Yo estaba tan dormido que ni siquiera la saludé. Vicente me arrastró detrás de la persiana:

—¿Ves ese hombre de gabardina parado en la acera de enfrente?

—¿Quién?

—Cuidado, hombre. Que no te vea.

—¿Ese hombre de gabardina y gafas? ¿Qué le pasa?

—Cuando yo te diga, sales a la ventana y te quedas mirándole durante un rato. Venga.

—Allá voy.

Estuve un rato mirándole. Era un hombre normal, con gabardina, boina negra y gafas, que ni siquiera se molestó, a pesar de mirarle como un búho durante unos minutos.

—Venga, métete ya. Ahora vas a salir a la calle. Procura pasar junto a él y mirarle a la cara despacio. Vete al Dupont, te compras un periódico y te estás tomando un café hasta las... hasta las siete. ¿Entendido? Si te sigue vente al hotel dando un rodeo.

Así lo hice; yo estaba bien despierto, qué demonio. El hombre estaba apoyado en el hueco enrejado de un banco, fumando y mirando a la cornisa de enfrente tan distraídamente que ni siquiera me devolvió la mirada. Me leí todo el periódico en el Dupont, me tomé dos cafés, no apareció nadie y a las siete estaba de vuelta en el hotel.

La habitación estaba vacía; se habían llevado todo, e incluso mis trastos los habían metido, con cierto orden, en mi maleta. La señora Mermillon me dijo que Vicente había pagado la cuenta y se había ido en un taxi con la señorita sin decir más.

—Dígame: ¿ha abonado también mi cuenta?

—Ah, no, señor.

—¿Y no le ha dicho dónde ha ido?

—Ah, no, señor. Se fue con la señorita.

—Yo también me tendré que ir, señora Mermillon... Ahora que estamos solos... y tranquilos, ¿por qué no sube usted a ayudarme a hacer la maleta? Tomaremos también un poco de café.

—Voy a avisar a mi marido.

—No se moleste, señora Mermillon. Buenas tardes.

No sabía qué hacer. Anduve dos días desorientado. Me metía en la cama y al cuarto de hora volvía a salir a beber un poco de vino; volvía a mi cuarto a ver si encontraba algún recado de él y acababa siempre en la cama, no tanto para dormir como tratando de sumirme en delirios semiorientales o en discretas y alentadoras evocaciones de mi primera juventud y última madurez de mi tía, asociada a un pájaro verde tropical con un boquete en la cresta.

Unos días más tarde me sacaron de la cama porque un señor me llamaba al teléfono. Era Vicente; con voz tranquila y con arreglo a un plan bien estudiado me indicó todo lo que tenía que hacer: hacer la maleta, pagar al día siguiente la cuenta del hotel y presentarme, dispuesto a hacer un corto viaje, en determinado restaurante del distrito 9. Me señaló también, una por una,

todas las seguridades y precauciones que debía guardar,
a fin de no ser seguido desde el hotel al restaurante.

El restaurante era un local pequeño, con mesas alar-
gadas y una sola mujer, que servía comidas a un prome-
dio de 950 francos. Encontré a los dos en la última mesa,
casi ocultos detrás de una percha. Metió mi maleta debajo de la mesa y no me preguntó ni lo que quería comer. Por primera vez veía yo a la joven a la luz del día.
Llevaba gafas oscuras, hablaba muy bajo y se notaba que
durante varios días había dejado de cuidarse la cara.
Solamente nos dimos la mano.

—Pero ¿qué pasa?

—No pasa nada. No pasa absolutamente nada. ¿En-
tiendes?

—No, no lo entiendo.

—Pues lo tienes que entender.

—¿Te has metido en algún lío?

—¿Quieres hacer el favor de dejarnos tranquilos?

Allí mismo, cuando acabamos de comer, sin cambiar
cuatro palabras, empezó la odisea. Primero salieron ellos,
cogidos del brazo y arrimándose a las paredes como si
cayera un chaparrón. A mí me tocó esperar hasta que
desaparecieron en la esquina. Luego, correr a la esquina,
arrastrando la maleta, vigilar las cuatro calles y cubrirles
de nuevo. Atravesamos así media docena de manzanas
hasta que con una breve carrera se metieron en un discreto hotel para turistas modestos. En una pequeña habitación interior de una sola cama, invadida por una profusión de combinaciones y peines y frascos de belleza y
un cierto olor a crema cutánea mezclado con el de los
zapatos femeninos colgados detrás de la puerta, parecían
haberse refugiado de un mundo hostil que preparaba su
ruina. Toda aquella tarde me la pasé en la habitación con
ella —Vicente salió a arreglar determinados papeles y
reservas—, tratando de fumar lo más posible para evitar
el mareo que me producía el olor de las cremas. Se quitó
las gafas: su cara no tenía nada que ver con la anterior.
Al principio sólo advertí que era notablemente mayor
que Vicente; luego comprendí que aquel solo hecho era

suficiente para apercibirse de la gravedad del asunto, cualquiera que fuese. Tenía una cara expresiva, que cambiaba a su antojo, desde una actitud analítica y dura —mirándose los ojos y rizándose las pestañas, casi pegada al espejo— hasta la mirada de tierno interés, preguntándome si era la primera vez que estaba en París y quitándose el vestido para darse una ducha. Apenas hablamos, pero sabía jugar con sus ojos —parpadeando y reanimándose como una bombilla pueblerina en una noche de tormenta— para sostener un estado de conversación sin pronunciar una palabra. Se duchó, se secó, se perfumó, se hizo el repaso de la piel y se vistió —en menos de tres horas— como si yo no estuviera en la habitación. Al principio simulé dormir, luego pensé que eso no se veía todos los días y me quedé tumbado, cruzando las manos bajo la nuca, siguiendo con atención toda la faena. Cuando se estaba poniendo las medias la llamaron por teléfono y tuvo la discreción de cerrar la puerta —el teléfono estaba en el pasillo— para impedirme escuchar. Fue una conversación de una hora, lo menos. No sé qué pasó después. Cuando me desperté era bien entrada la noche, se oían unos silbidos lejanos y una luz rojiza subía del patio. Todavía la habitación seguía en desorden, había un cenicero lleno de colillas manchadas de rojo de labios. Aquello me gustó poco; en el patio no se veía más que alguna ventana alta iluminada, unas conversaciones en un piso bajo, tras las cortinas de otra ventana abierta. Escuché un rato; no entendí nada. No sabía qué hora podía ser, aunque se me figuraba que muy tarde por el silencio un poco cavernoso que salía del pasillo y del hueco de la escalera a oscuras. Aunque tenía bastante hambre me sentí invadido por tal sensación de fatalidad y desamparo que no encontré fuerzas para salir a buscar la cena y decidí, por una vez, tratar de dormir un rato.

Al mediodía siguiente me despertó la camarera con una llamada telefónica. Otra vez Vicente me citaba a comer en un sitio distinto, cerca de la rue Dunkerque. Era un bar para viajeros, pequeño y rápido, donde la

gente entraba y salía cargada de paquetes y maletines
para tomar sus sandwiches y sus cafés mirando al espejo
(donde en un rincón, un tanto desmemoriados, pero sabiendo mantener un punto de animación, permanecen
sentados bebiendo pernod desde que acabó la gran guerra un par de veteranos). Vicente parecía nervioso. Se
levantó tres veces a llamar por teléfono; del bolsillo superior de la chaqueta sacaba una pequeña tira de papel
arrugado, donde había escrita una dirección y un número
con una letra muy grande. Mientras comí salió un par
de veces a la calle, estuvo hablando con la mujer del
mostrador, a la que, al fin, le entregó la nota escrita que
ella colocó entre dos botellas de la estantería.

—No sé qué ha podido pasar.

—A lo mejor ha encontrado su hombre.

—¿Por qué no te vas a reír de tu madre? ¿Por qué
no te largas de una vez y me dejas en paz?

—Mi madre, la pobre, tiene poco que ver en esto. Si
me dijeras mi tía...

—¿Quieres tomarte eso de una vez?

Era una copa de coñac de 160 francos. Lo menos hacía tres días que no lo probaba.

—Si tienes tanta prisa, ¿por qué no vas pagando?

—Porque esta vez lo vas a hacer tú. Empiezo a can-
sarme de alimentar a un inútil.

—Está bien, está bien por esta vez —mis pobres
francos salían del bolsillo de billete en billete—; recuér-
dame cuando volvamos a Madrid que te presente a mi
tía Juana. Estoy seguro del flechazo.

—Te guardas tus gracias para otro momento, ¿entendido?

—Entendido. Dos mil ochocientos y pico francos.
También te podías guardar las tuyas.

—Vamos, vamos.

Yo no sabía —ni me importaba— dónde diablos teníamos que ir. Nos metimos en un taxi y durante casi
dos horas estuvimos dando vueltas por París (aunque
bajo el efecto del coñac estaba decidido a dormitar, creo
que por primera vez llegó a desvelarme el espectáculo

de unas calles que hasta entonces me habían pasado inadvertidas), preguntando direcciones inútiles, haciendo averiguaciones absurdas, tratando de despertar en porteros escépticos un algo de interés en no sé qué. Volvimos a nuestro viejo hotel; bajé a saludar a la señora Mermillon, que —acaso porque aquella visita postrera la tenía de colores sombríos— me pareció mejor peinada y peor intencionada que nunca. Cuando cruzamos la rue des Thérmopyles y me volví a contemplarla por última vez —más ancha de caderas también— pensé que volverla a ver habría de contribuir a creer en una modesta, acaso incómoda, supervivencia. Luego continuamos por Emile Richard, rue Gassendi hacia el Boulevard Raspail. En una esquina Vicente se apeó; me dijo que estuviera a las ocho en el hotel, todo listo para salir.

Aquella misma noche nos encontramos los tres en la estación del Norte. Ella se había puesto un abrigo color canela, unos zapatos cerrados, unas gafas oscuras y llevaba el pelo echado hacia atrás atado en la nuca con un pañuelo de seda. Por primera vez me di cuenta que era de la misma estatura que Vicente, que miraba a todas partes nervioso y la llevaba del brazo. Ella parecía muy tranquila y reservada; se diría que no tenía ninguna necesidad de que nadie se desvelase por ella ni, mucho menos, intentase llevarla del brazo.

Por más que he intentado reconstruirlo jamás he logrado desentrañar el itinerario de nuestro viaje. En Alemania nos vimos aquejados de súbito por una falta de dinero y tuvimos que prolongar nuestra estancia en Hamburgo, esperando un envío de Madrid. Vivimos unos cuantos días en una pensión caótica, cerca de la calle Lincoln, que olía a colchas pardas y marabúes polvorientos y caprichosas y malogradas muñecas gitanas que parpadeaban todavía una demencia de preguerra por las ornamentadas repisas de un pasillo incongruente. Debieron ser días terribles y tormentosos para ellos, porque cada uno por su parte se dedicó con alguna frecuencia a pasear conmigo bajo la lluvia. Ella tenía un paso lento, inalterable, y no le importaba quedarse atrás; no le importaba comer patatas y dejar pasar las horas mirando las gabarras, escondida tras las gafas oscuras, las manos metidas en los bolsillos del abrigo canela, con el cinturón muy apretado y el pañuelo anudado en la nuca. Se me aparece ante mí (más tarde, días y kilómetros más adelante), tristemente sentado en el mismo banco y mientras las ratas corren por el borde del espigón para ocultarse en las escaleras del embarcadero, el último vendedor de un periódico anarquista. El último suscritor desapareció a raíz de la guerra, pero la doctrina —ese vespertino afán de entendimiento bajo el signo de un mitigado coraje (o transustanciado en comprensiva dulzura)—, queda; bajo el cielo calizo, contemplando los remolcadores silenciosos o el torbellino de gaviotas gritonas en torno a un desperdicio en el agua negra, el viejo anarquista nos hablaba todavía de un próximo entendimiento universal; tenía una gabardina manchada de grasa, una barba de una semana, no llevaba corbata y se tapaba con una camisa de lana cruda anudada con una cuerda. Me acompañó muchos días (él sabía que ya no nos quedaba ni juventud ni fe y ella, sentada en el extremo del banco, cruzaba las piernas, oculta tras las gafas negras, con las manos en los bolsillos) por la misma razón que me empujaba a contemplar las estatuas —todas las estatuas de puritanos sin grandeza colocados en corro, toda la cohorte de Kingos cubiertos de malla en actitud de afrontar la independencia, o la efigie no humillada de Domela— o a terminar las tardes en los muelles, arrastrado por las obras piadosas, y los apostolados marineros, y los depósitos desiertos, y los barracones para comer patatas, mirando las gaviotas del Brook o del Osterok y adivinando en las estelas de los remolcadores, en las maromas cubiertas de vegetación y en el lento y acompasado sonido de los motores ralentizados de las barcazas una cierta proporción o una elemental sinceridad que en otras partes se me ocultaba, por esa única razón que, llegado el momento, me puede dominar sobre cualquier otra: sin saber para qué. Tiempo atrás, mucho tiempo

atrás, me decidí un día o colgar de un clavo de la puerta
de mi dormitorio una combinación de color rosa, con los
bordes de encaje, que despedía un intenso aroma a perfume barato y que con mucho trabajo y tras muchos
ruegos me había, finalmente, regalado una conocida mía
de vida irregular. Cuando a la mañana siguiente mi tía
vino a anunciarme la hora del despertar, empezó a aspirar, cerrando los ojos con tal vehemencia que las ventanas de la nariz se le subieron hasta los ojos y los lentes
montaron sobre las cejas. Y creo que todavía seguiría
aspirando (con pequeñas y continuas sacudidas del moño
hasta extraer dos palmos de cuello) si yo mismo no la
hubiera detenido con una explicación:

—Se trata de un recuerdo, tía. Es una prenda íntima
de una amiga mía que se gana la vida ejerciendo la pros-
titución.

Fue su último portazo (yo estaba acabando la carrera),
el más radical: recortada en el marco de la puerta empezó a girar como un maniquí, su barbilla dio aún tres
sacudidas borbónicas hacia el techo, como si tratara de
buscar el contrapeso con un moño excesivo. Más tarde
vino mi madre (yo seguía en la cama), vio la prenda, la
olió y, mirándome con pena, se retiró en silencio, cerrando la puerta sin violencia. Aquella misma tarde un tío
mío —hombre acomodado— vino a tomar café expresamente comisionado para mantener conmigo, a puerta
cerrada, una conversación decisiva. Si no hubo acuerdo
no se debió a la dureza de mis condiciones: retiraría la
combinación el día que desapareciera el retrato del buen
Ricardo, el de los intestinos delicados, de la mesilla de
noche de la tía. La paz se hizo sola: mi tía no volvió
jamás a despertarme y yo, al cabo de una quincena, con-
sideré prudente y político arriar para siempre la enseña
rosa del ultraje.

Y, sin embargo, sentado junto al anarquista de corazón, comprendía que toda la epopeya de una juventud
mediocre, pero insultante, se viene abajo en cuanto el
hombre es capaz de engendrarse un momento de goce:
allí estaban los «Heligoland», todos los «Fairplay» con

sus chimeneas negras y sus formas rechonchas de enanos forzudos, los caparazones pintados de amarillo, baluartes y rodas protegidos de neumáticos, borras y lonas, como las manos de un boxeador. Había allí, entre el olor encepado de las adujas y el horizonte calizo que abrevia las tardes y resume el cielo a los granizos de las gaviotas histéricas, ese instante de sinceridad que una juventud desdeñosa podía haber estado buscando en vano durante treinta años de afectada indiferencia. Era un discípulo fiel, amado en otro tiempo; aún guardaba bajo el abrigo de aspecto judío media docena de ejemplares del semanario que meses atrás se había visto obligado a suspender por carencia total de fondos... Se llamaba el... «De Vrije Socialist»; el abono trimestral costaba 1,95 florines y había sido fundado por el buen Domela, ante cuya reverenciada estatua empezábamos a emborracharnos de comprensión, hombría, buena fe y deferencia a los viejos principios. Conservaba otro amigo con el que se escribía todos los meses, editor de «The Word», que últimamente se había visto obligado a aceptar un trabajo en una fábrica para poder sacar con semanal puntualidad el periódico hermano. Yo también, le dije con algo de vergüenza, había claudicado. Ella nos miraba de tarde en tarde, sin decir una palabra, pero sin extrañeza.

Cuando nos llegó el dinero salimos hacia Dinamarca, o por el contrario, de la leñosa Dinamarca volvimos de nuevo a Alemania, acompañados ya del inglés, ebrio de tristeza, que caminaba por el día con la mirada en el suelo y siempre en diagonal, y que sólo se atrevía a mirarla a la cara cuando la ayudaba a apearse del tren. Era tal la emoción que le producía bajar su maletín de belleza y sostener un instante su mano en el aire que a duras penas lográbamos salir de la estación tres horas después de haber descendido del tren, orando por los comedores iluminados y repitiendo con pesadumbre «... agradecerlo a vuestra sabia dirección e inalterable presencia de ánimo, honorables Lores y Comunes de Inglaterra. Mi discurso, por ello, más que un trofeo ha de ser un testimonio...» por el largo y desierto mostrador; fue al principio un viaje mustio, con un tiempo de perros; apenas pudimos hacer otra cosa, el inglés y yo, que tratar por todos los medios y bebidas de evitar el contagio con el mal humor que reinaba en aquella pareja. Viajaban siempre en otro compartimento, sentados junto a la ventana, mirando al techo y separados por la mesa repleta de cigarrillos, periódicos que no leían, cajas de chocolate y botellas de agua mineral. Me parece que viajaron todo el tiempo con las gafas puestas y las bocas un poco entreabiertas, como si acabaran de tragarse la primera espina del bacalao.

Hacia las últimas semanas de septiembre mejoró el tiempo y su estado de ánimo. Pasamos unos días tranquilos en una zona donde se recogía la manzana, una manzana pequeña y agria con la que aquella gente hacía una especie de agraz repugnante que a punto estuvo de acabar con nuestra salud. Se quitaron las gafas, hicimos algunos pequeños trayectos todos juntos; cuando llegaba la noche el inglés y yo nos retirábamos al aguardiente y ellos se acurrucaban en el mismo rincón. Las pequeñas tormentas surgían, más que en el tren, en las ciudades donde parábamos; en algunos hoteles en los que escaseaban las habitaciones en más de una ocasión tuvimos que dormir los tres juntos, porque ciertos días ella exigía una habitación para ella sola. Y hasta hubo noches también que no pudimos salir de la estación, con la ayuda retórica del inglés y su maleta de botellas. Una madrugada —estábamos pasando dos días en un pueblo llamado Celle o algo así— Vicente nos despertó muy temprano:

—¿Tú sabes si hay consulado en Hannover?

—¿Si hay qué?

—El día que tú sepas algo...

Tuvimos que salir precipitadamente para Hamburgo. La tormenta debió ser fuerte, porque ella salió con la cabeza altiva, anudándose el pañuelo y sacudiendo la barbilla. No sé qué diablos pasó con nuestras maletas, el caso es que tuve que meterme en el tren enfundado en una gabardina, tiritando como un gato recién nacido,

apenas cubierto por la chaqueta de un pijama, floreado
y cerrado por el cuello, que Vicente me alargó en el
último momento. En Hamburgo se casaron; celebramos
un pequeño banquete, en una torre elevada sobre el
puerto, al que tuve que asistir con la gabardina aboto-
nada hasta la nuez porque las maletas habían quedado
en consigna. Me compré una bufanda y salimos de luna
de miel hacia el Oeste; a Vicente le ponía enfermo la
idea de pasar su primera noche matrimonial en Hamburgo. Varios días después todavía seguíamos viajando
entre Hamburgo y Coblenza, por el Palatinado, hacia
la frontera francesa, sin otro sentido ni otro rumbo ni
otro objeto que alargar todo lo posible aquel frenesí ferroviario y retrasar indefinidamente la llegada de la
sibila que había de aparecer en la madrugada, en una
cantina de cristales lechosos, para indicarnos la fecha
de la vuelta. Nos refugiábamos en los muelles del río
—que ella rara vez pisaba—, en la proximidad de las
estaciones, entre los muros negros con olor acre y las
vías abiertas hacia el caos, huyendo paradoxalmente de
la tácita e inapelable sentencia de un destino —escrito
en las flechas y en las tablas, en las horas escritas y las
salas vacías y el aroma a aceite y hollín pulverizados—
opuesto a un deseo desconocido.

Una noche —viajábamos ya con dirección a Francia—
decidimos festejar un cercano adiós. Apenas pudimos
pronunciar tres palabras —y regar el suelo de cerveza—,
porque en el compartimento viajaba una persona más:
un hombre de gabardina, con gafas oscuras y pelo mo-
reno y brillante, atusado con fijador. Los tres viajaban
en silencio, mirando el techo y resolviendo el largo compás con lectura de periódicos y revistas. Creo recordar
que el inglés y yo nos habíamos cambiado las chaquetas
y pretendimos divertirlos un rato. Qué demonio, volvimos a tumbarnos en nuestro compartimento para continuar el recitado:

—¿Conoce usted bien Antonio?
—Admirablemente.
—Adelante, sir. Estoy escuchándole.

—*This common body, like to a vagabond flag upon the stream, goes to and back, lackeying the varying tide, to rot itself with motion.*

—Eso es..., el final, el final.

—*To rot itself with motion.*

—Admirable, admirable. Muy propio. Adelante, sir.

Habíamos adquirido la costumbre de meternos mutuamente los dedos cuando nos cargábamos de verso. En medio de un recitado salimos precipitadamente —qué sé yo si serían las cuatro de la mañana—; yo me detuve en el extremo del corredor; cuando aparecí en la plataforma ella le estaba entregando un papel —semejante a un documento oficial con algunos sellos y pólizas, muy doblado y arrugado— que se guardó rápidamente en el bolsillo del abrigo al darse cuenta de mi presencia. Los dos se habían quitado las gafas; el otro me miraba con suficiencia: una cara torcida y chulesca, unas facciones grandes que despedían olor a loción y una frente pequeña y trapecial; en la mano tenía otros papeles, un poco de dinero, me parece, y un pasaporte. Volví al compartimento de Vicente sin saber qué decir.

—Esto...

¿Dónde has dejado a tu amigo?

—Esto, Eugenio...

—No me llames Eugenio.

—¿Dónde has dejado a tu mujer?

Ella entró; me miró tranquilamente. En el espejo se estiró las cejas, se arregló el peinado y se puso las gafas. Luego entró el inglés, que se puso a dormir sobre mi hombro, y al cabo de una media hora entró el individuo de la gabardina, que se sentó junto a la puerta, fumando con afectación, golpeando el cigarrillo en un encendedor de oro y en el reloj de pulsera con la cadena plateada. Horas más tarde, cerca del amanecer —una línea color tiza morada bostezando detrás de granjas cerradas y luces somnolientas y filas de árboles— me desperté porque una botella vacía se me clavaba en los riñones. Vicente, pegado al cristal, miraba el paisaje. El otro miraba al techo y ella parecía dormir.

—Dámela.

—No abras —le dije—, nos podemos morir todos.

Vicente se subió al asiento. El otro le miró con indiferencia y aplastó el cigarrillo en el cenicero de la puerta, recostándose en la orejera y frotándose los ojos. Entonces, desde la altura de la rejilla, Vicente le estrelló la botella en la cabeza; sus gafas saltaron hasta el asiento opuesto y el hombre —atónito y peinado, toda una rodaja de pelo sujeto con gomina se levantó como una tecla salpicada de sangre— se desplomó contra el respaldo, con los ojos abiertos, deslizándose lentamente hasta que la nariz tropezó con un botón de la tapicería, volviendo su cabeza, que se abatió, girada en el asiento, como el muñeco de un ventrílocuo al final de la representación.

Bajamos de distintos vagones; el inglés seguía dormido, apoyado en mi hombro. Aquella misma noche desaparecía para siempre. Ella volvió hacia Alemania, a Colonia, donde nos debíamos reunir tres días después.

Durante tres días no hicimos otra cosa que dar la mayor vuelta ferroviaria posible para llegar a Colonia. Vicente no salió del hotel en toda la semana. Apenas probaba bocado; se pasaba el día tumbado en la cama, mirando la bombilla o mirando la calle a través de los visillos, sentado en un pequeño sillón de mimbre. Cada media hora bajaba en camisa a la conserjería a preguntar si había algún recado para él. Sin poder alejarme demasiado de su lado, refugiado en la vecindad de la estación, pensaba en mi próxima vuelta, pensaba (prescindiendo del fracaso) quién sabe si influido por esa indeterminación moral que un día se transforma en anhelo ferroviario, los silbidos lejanos y los nombres nocturnos y el silencio mercurial de las vías en la noche, si un día sería posible dejar de preguntarse por la clave de un porvenir que por fuerza había de estar en alguna parte.

Me tropecé con él en la escalera, acompañado de dos policías. Se había echado el abrigo sobre la camisa abierta, y, sin afeitar, sorbiendo en el aire un catarro inminente, cruzó ante mí sin volver la mirada.

La habitación había sido ordenada; había hecho las maletas dejándolas abiertas. Junto a una chaqueta vuelta por el forro y encajadas junto a la tapa había metido con cuidado aquella media docena de tazas de café con las que, una vez, quisimos demostrar la espontaneidad de una aventura insensata.

Estaba atándome un zapato, con el pie apoyado en el zócalo de la reja de la colección Frick, cuando un personaje de espesas y aplastadas cejas, a lo Breznev, en el momento de cobijarme con su paraguas me preguntó si yo era el caballero que esperaba a miss Devenant. Era evidente que, después de aquel breve claro, se pondría a llover como sólo llueve en América los fines de semana; era una de esas mañanas de sábado de Nueva York en que, a poco que se haya descuidado el programa del weekend, lo único que cabe esperar con cuarenta horas por delante es una reconciliación con los padres de la Iglesia.

Para escapar del chaparrón me había refugiado en la Frick cuando el reloj me advirtió que de no tomar una resolución me vería devuelto a los años de internado, con cuarenta horas por delante. Y además, la pintura flamenca, cuando se combina con el rumor de la lluvia en el césped, los pasos de los silenciosos vigilantes y el aroma de solapas y hombros mojados, me fastidia. Pero no viendo claro otro camino para tomar una resolución,

contrariado por todo lo que se me venía encima y to-
mándome una pausa para atarme bien los zapatos, le
contesté que sí y le dije —tras obligarle a repetir más
lentamente la pregunta— que sin duda alguna yo era el
caballero que estaba esperando a miss Devenant. Entonces me explicó que —lamentándolo mucho— a miss Devenant le había sido imposible acudir a la cita, por haber
surgido una contingencia imprevista que no estaba en su
mano desatender. Para salir al paso de mi expresión de
contrariedad me explicó que, obedeciendo sus órdenes,
tenía instrucciones empero de acompañarme a la casa,
tal como ella y yo habíamos quedado, si es que yo me
mantenía en mi intención de ir allí incluso en ausencia
suya.

Reclamando para ello a mi educación colegial, con-
sulté a un cielo que por encima de West Park bajó su
frente apesadumbrada para indicarme la respuesta y,
tras obligarle a repetir el ofrecimiento, le dije que estaba
dispuesto a ir allá aun cuando miss Devenant no me
acompañara. Y asegurándome que en cualquier caso me
telefonearía el lunes —y rogándome que la disculpara
mientras tanto— me obligó a cruzar la calle en pos de él.

Al llegar a la otra acera se detuvo ante uno de esos
portales con túnel de lona roja y al preguntarme por
mi equipaje —decidido a aprovechar la oportunidad hasta
sus últimas consecuencias— por toda respuesta le miré
hasta los zapatos con una de esas expresiones de suficiencia que mi madre me enseñó a componer para cuando
me ofrecieran una taza de chocolate. Y a continuación me
dirigió a una enorme limousine negra, me abrió la puerta
trasera y —al tiempo que yo me acomodaba en el asiento
y, sin sacarlos del bolsillo, recontaba a tientas los dólares
que me quedaban a pesar de que sabía (con una certeza
que ya quisiera para otras cosas) que no pasaban de cuarenta— dando la vuelta al coche por detrás se sentó en
el lugar del conductor al tiempo que se calaba una gorra
negra.

En el momento de arrancar asomó en la esquina un
hombre joven y alto, con una trinchera issue, de oscura

cabellera, que escudriñó en ambos sentidos la Quinta
Avenida hasta donde alcanzaba su vista, consultó el reloj
y se decidió a esperar con el talante confiado de los primeros cinco minutos. No era difícil adivinar que no podía
ser otro que el acompañante de miss Devenant; nada
consuela tanto como la correcta redistribución que el
azar impone de vez en cuando a las fortuitas horas de
unos y otros, premiando en aquella ocasión mis esfuerzos con un fin de semana gratuito que aquel otro (por
la mucha ligereza de su alma) se veía obligado a consumir entre hamburguesas de mostrador y películas eró-
ticas.

Así que mientras aquel hombre de cejas de gran político atravesaba Central Park y se dirigía a Riverside
Drive, acomodado en el asiento y observando con displi-
cencia a los automovilistas que dejábamos atrás, me com-
prometí ante mí mismo —y con el más rotundo y afri-
cano juramento— a no gastar en el fin de semana arriba
de diez dólares. Me inventé un nombre y le pregunté si
sabía si estaban en la casa pasando unos días, todo para
impresionarle favorablemente con mi familiaridad; no
sabía nada, para responderme echaba la espalda y la
cabeza hacia atrás presentándome su oído derecho, y yo
por el retrovisor pude comprobar que quedaba favorablemente impresionado por mis maneras de perfecto caballero.

Tardamos cosa de tres cuartos de hora en llegar a
Mamaroneck, un pueblo que es una delicia —en un
extremo del Sound—, habitado casi exclusivamente por
gente de dinero. Pero antes de llegar a la casa, fingiendo
una confusión sólo excusable por el poco tiempo que
hacía que conocía a miss Devenant, acerté a que aquel
ejemplar de la especie que desahuciada de Hollywood
ha buscado refugio en los gobiernos conservadores (es
decir, al contrario que Lugosi) me revelara el nombre
de mis anfitriones: Mr. and Mrs. Mark Devenant, de
Beacon Falls, una familia de lo más Conecticut; y él,
Mark, hermano de Garet, hombre muy dado a las cosas
de mar.

—Perfecto —dije.

—Sin duda usted también es aficionado…

—He dicho perfecto —le corté.

La casa por fuera era tan poca cosa que a punto estuve de ordenarle media vuelta. Desde luego que —aparentemente— no se correspondía con la limousine. Rodeada de un jardín no muy grande —un césped bien cortado y un camino engravillado para que en aquel clima de nieblas bajas y lluvia menuda las limousines anunciaran a los de la casa la llegada de los invitados, como debe ser en esos ambientes de alta comedia en que seres y objetos de lujo se anuncian por sí mismos, relegando al desuso campanas, timbres y aparatos de alarma; unos cuantos hermosos arces con algunas hojas ya de color guinda—, era una sólida construcción de madera, sin ninguna galanura exterior, forrada de tabla a solape como el depósito de un muelle, con la cubierta de zinc y todas las ventanas y huecos protegidos con doble malla, con los marcos pintados de esmalte blanco destacándose sobre el almagre de las fachadas. Efectivamente, la casa de un hombre aficionado a las cosas de mar.

La entrada más parecía apta para el servicio que para una notable familia de Connecticut: una puerta doble, ambas hojas forradas por ambas caras con malla metálica. Y ni siquiera un hall sino un cuartucho con unos estantes repletos de botas y trajes de agua, algunos paraguas y —creo recordar— unas cuantas maromas de diversos calibres recogidas en adujas. Tras avisar a los de dentro allí se retiró mi hombre, llevándose sus cejas y la impresión de que, tras dejarme en buenas manos, se reintegraba a sus deberes de gobierno.

Pero lo más asombroso era la caldera: el corazón de la casa, una habitación alta y espaciosa, forjada con unas vigas de madera de una escuadría desconocida para mí y dejando en el centro un foso rodeado de barandilla de tubo, estaba ocupado por un boiler (que de haberle acoplado un propulsor habría hecho navegar a toda la casa y sus environs hasta encallarla en las laderas del Ara-

rat) tan cuidado y solemne que más que para calentar
podía servir para rendir culto, como la Kaaba.

Había cinco personas —dos hombres y tres mujeres—
charlando y bebiendo sin entusiasmo en el drawing
room. La casa, como pude comprobar más adelante,
estaba montada con la conseguida despreocupación de
esas viejas y opulentas familias americanas que parecen
tener horror a la ostentación y que, sobre muchas otras
cosas, gustan que el dinero se sienta pero no se vea.
Había bastantes libros y carpetas de mapas, tres o cuatro
mesas desordenadas, un mobiliario de cincuenta años
atrás, una chimenea encendida, modelos de cascos antiguos y grabados y acuarelas marinas bastante mediocres
y naïves, colgadas de las paredes a la altura que en España se reserva a los radiadores. Y sobre todo tubos:
tubos por doquier; sin duda procedentes de aquel mons-
truo, todas las habitaciones y corredores de la casa se
hallaban recorridos por paquetes de tuberías de diferentes
calibres y colores; porque aquel boiler omnipresente como
toda divinidad celosa de sí misma no podía tolerar que
un solo rincón de la casa estuviera desprovisto del símbolo de su fe. Tubos que aparecían por detrás de los sofás
y camas, junto a los antepechos de las ventanas, por debajo de las repisas de los lavabos.

Eran gente agradable, con ganas de empezar a comer,
creo yo. Para mi sorpresa Mark era ya un hombre cin-
cuentón, de pelo blanco y crespo, corpulento, desenfa-
dado y apuesto, vestido con unos pantalones kaki muy
caídos y un jersey escocés, que tras presentarme a la
concurrencia me preguntó qué quería beber. «Sí, con agua
y un poco de hielo, eso es» mientras pensaba para mis
adentros que la tal Garet debía ser otra cincuentona
para quien ya no sería fácil encontrar el joven de fin de
semana. Y pensé también en el joven de la esquina de
la calle 70, condenado por cuarenta horas a las conversaciones de mostrador, que tenía su merecido por dedi-
carse a las cincuentonas opulentas.

No, yo no era francés, estaban en un error. Es que
Garet a veces no sabía lo que se decía, con una vida tan

intensa. Sí, nos había presentado o nos habíamos conocido a través de no sé qué Hurst, pero yo no era francés sino español, y pensaba volver a España a los pocos días. Así quedó salvado el primer escollo y la conversación resuelta —con las sartas de vulgaridades que todos ellos exhumaron acerca de España y Europa— hasta la hora de la comida.

La que no dijo demasiados disparates fue una mujer alrededor de los treinta años, con un cuerpo espléndido y un peinado a lo paje que dejaba ver el arranque del cuello, que conocía Barcelona y Mallorca y que —casi exclusivamente— se sentaba en los brazos de los sillones para cruzar y enseñar las piernas.

Así que cuando yo di por terminado el brebaje pasamos a comer, no a un comedor, sino a otro salón contiguo, igualmente confortable, lleno de sillones y sofás en torno a una mesa cuadrada y baja donde estaban dispuestas una botella de agua mineral y una jarra de té frío cubierta con una servilleta. La cosa no parecía prometer mucho. En efecto, como nos sentáramos de nuevo en sillones —menos la belleza que lo hizo en el brazo del asiento ocupado por Mark—, un sirviente blanco nos colocó a cada uno en la mano una taza de caldo templado. Y cuando terminamos con el caldo lo sustituyó por un sandwich asado con un huevo, un pedazo de jamón de Virginia, unos vegetales y una cucharada de uno de esos dressing que ahorran el sabor para añadir color, que todos comimos con moderación —hasta la belleza de Connecticut— in situ.

De la conversación se vino a deducir que Mark se había casado, por tercera o cuarta vez, recientemente; y como no llegara a adivinar quién era la mujer me temí lo peor. Parece que respiraba hacia las izquierdas, pero se sentía muy decepcionado con la New Left; había sido editor de una revista que por su elevada disposición intelectual había gozado de vida muy breve, se negaba a vivir en Nueva York, no tenía el menor aprecio por los hombres del partido demócrata y en cuanto a Nixon, dijo no tener palabras para expresar su desprecio por ese hombre. Y a mí me dejó la impresión de que a la vista de las circunstancias que concurrían en su país aquel año, los hombres de su clase habían decidido meterse en casa por cuatro años, para hablar lo menos posible de política y dedicar el período a las cosas del mar y, a ratos, al matrimonio.

Después de la sobremesa el dueño de la casa me enseñó el barco y el embarcadero; la casa —según me dijo— existía ya a finales del XVIII; la actual no era sino el aprovechamiento de una estructura que en líneas generales seguía intacta, me dijo, señalando con orgullo pilares y vigas de madera pintadas de un barniz contra incendios. De su estudio, a través de un cobertizo húmedo y frío donde se acumulaban mesas de pimpón y aparatos de gimnasia, un bote salvavidas y un banco de carpintero con un panel de herramientas que valdría una fortuna (me enseñó también una serie de ensambles y piezas inútiles fabricados por él mismo en los inviernos y épocas de decepción), se pasaba al embarcadero donde no estaba fondeado el barco que recogido y cubierto de lonas y toldillas, lo vimos de lejos. La casa —me dijo, y yo me atrevo a atestiguarlo— estaba tan metida en el mar, que, dos o tres veces cada siglo, con la pleamar viva equinoccial la marea refluía por las juntas del entarimado.

Lo más admirable de esa gente —lo he pensado luego— no es que gusten de invitar a cualquiera —dentro de ciertos límites— a pasar el fin de semana en el campo, sino que una vez en la casa le dejan a uno en paz, permitiéndole que haga lo que le venga en gana y ni siquiera reclamando su presencia a las horas de comer. Razón que les ha llevado a prescindir del comedor para ahorrarse el embarazo de comer ante unos asientos vacíos, que en mi familia era lo que más podía irritar a mi abuelo. Así que aprovechando que dos mujeres se fueron a sus cosas y para ahorrarme más vulgaridades y lugares comunes, me fui a visitar el pueblo. Contra lo que dice la gente tales demostraciones del espíritu de independencia son muy bien acogidas en un país donde, una vez alcanzado el límite de lo obligado, hay un gusto y toda una educación basada en la no interferencia con los demás. Me fui a pasear por Mamaroneck, me tomé dos whiskies y un par de hamburguesas —porque estaba lejos de sentirme satisfecho con aquel lunch—, me compré tabaco y un cepillo de dientes —un gasto total de unos siete dólares— y me volví paseando por el embarcadero, en el momento en que la niebla se hacía más pesada y sugerente y se dejaba oír el eco de un lejano cuerno.

Una vez que se es introducido en una casa como yo lo había sido, lo único que no se puede hacer es sentirse intimidado. Incluso puede llegar a considerarse de mala crianza que se carezca de la soltura de maneras que capacita para tomar posesión de ella con absoluta despreocupación. Así que —sin deseos de interferir en la mortecina y casi aspirante conversación que se traían los tres en torno al fuego (y ella estaba sentada en el brazo de un sillón)— me limité a dar las buenas tardes y me dirigí a la mesa de las botellas para servirme una bebida, según mi costumbre.

—¿Le ha gustado Mamaroneck?

—Me ha gustado mucho. Incluso la estación de servicio y el embarcadero. Pero a mí lo que más me gusta es el boiler.

—Oh, sí, el boiler. Se trata de un buen ingenio.

—¿Y para qué sirve?

—Para calentar la casa, naturalmente.

Yo a eso le llamo el lujo, el lujo subyacente.

—¿Sólo para calentar la casa?

—Justo, sólo para calentar la casa y no toda ella.

De forma que pasamos la tarde, antes de cenar, contemplando el boiler que a lo que pude comprobar ni siquiera apreciaban porque lo desconocían. Nadie sabía cómo se ponía en marcha ni cuál era la función de tantos manómetros y termostatos. Se sorprendieron de mi curiosidad y quedaron impresionados de mis conocimientos cuando les demostré, abriendo y cerrando un par de llaves, que estaban perdiendo el tiempo y el dinero mientras no utilizaran debidamente el circuito de recirculación.

La cena fue más formal; en el mismo lugar de la comida las damas —a lo que se veía todo el servicio libraba el sábado por la tarde— nos sirvieron un excelente roastbeef con vino rojo que, al objeto de poder repetir, yo puse por las nubes asegurando que ni en las mejores tablas que yo había conocido se podía probar nada más sazonado y exquisito. Y con el café, los brandies y el porto, la conversación —cómo no— de la nueva izquierda vino a recaer sobre la reciente crisis que estaba sufriendo Garet y sobre la que yo, sin duda, también tenía algo que decir.

Al hablar de Garet, Mr. Devenant se sentía obligado a pasear delante de la chimenea con las manos en los bolsillos, a encender la pipa con frecuencia y a dejar que se apagara tras tres chupadas. Evidentemente, la estancia en Europa no había resuelto nada; más bien había venido a complicar las cosas un poco más, decidida como estaba a su vuelta a llevar una vida americana, cuando justamente la mucha confusión y la falta de confianza nacional imponía la necesidad de reconsiderar a fondo tal concepto.

Yo dije que sí, naturalmente; nada me podía parecer más atinado: la falta de confianza.

Y me serví otra bebida, para interpretarle mejor.

Entonces se sentó para extenderse en una disquisición —tan dirigida a mí como hacia las damas que le escuchaban con respeto— acerca de la afición americana a la expenditure, en cuando que verdadera profesión de fe pública, procedente de una concepción de la sociedad como algo nunca acabado y siempre transitorio, moral que tiene su fundamento en la idea de un contrato social en permanente revisión. Cuando Mark Devenant hablaba de tales cosas hacía como los personajes de Henry James antes de dar una respuesta de cierta trascendencia: se apoyaba en el respaldo de la silla, cruzaba los brazos tras la espalda y echaba la vista al techo. Yo no entendí mucho del discurso y, sobre todo, al no saber qué tenía que ver aquello con el caso de Garet, cuando me preguntó si yo estaba de acuerdo con él lo único que se me ocurrió decir fue que siendo todo tan cierto no habría tenido, para el caso, tanta importancia de haber acertado en el matrimonio. No sé por qué dije eso, lo cierto es que di en el clavo. Se quedó cabeceando, comprendió que ya no podía dejar la vista en el techo un minuto más y, en medio de la moderada expectación de las damas, vino a decir:

—Está usted en lo cierto, muy en lo cierto.

Palabras que vinieron a confirmarme como persona responsable, amigo desinteresado de Garet —no como tantos otros que sólo fingían amistad para su propio provecho—, a la que había dedicado un cariño fraterno a pesar de no haber recibido de ella más que desaires. A punto estuve de protestar. Me contuve porque mi expresión era más elocuente. Y como colofón añadí:

—Pero todo se arreglará. Hay algo en Garet que inspira confianza, profunda confianza. Lo mejor de ella es que ignora hasta qué punto se puede sentir segura.

Con lo que los Benson, el matrimonio que también había venido de Nueva York el día anterior, se fueron a la cama despidiéndose hasta el domingo que prometía ser —si era posible— más pacífico que el propio sábado. Tampoco tardaron en irse Mark y su mujer así que, sin que mediara por mi parte el menor esfuerzo, me encontré delante del fuego con una buena provisión de leños y una botella a mi disposición, frente a la belleza sentada en el brazo del sillón vecino, con las piernas cruzadas.

—¿Está usted muy incomodado con Garet?

A mi cara debió ascender la expresión de la resignación, la fortaleza para el sacrificio.

—Es muy de ella. Siempre hace cosas así, pero no se le puede tener en cuenta.

—No me quejo. El mayor mal se lo hace ella misma.

—Tiene usted que olvidarlo.

—Depende de con qué lo haga.

—Toda la gente está de acuerdo en que a Garet no se le puede sustituir con nada.

—Lo decían antes más bien, a lo que tengo oído.

—No parece que lo diga usted muy convencido.

Obedeciendo a la doctrina que afirma que esas gentes cuando están molestas en un sitio se van y cuando están a gusto se quedan, me mudé de mi sillón al suyo. Además cambié el vaso de mano.

—¿Qué trata usted de hacer?

—Trato de poner en orden mis pensamientos. De buscar una explicación a toda la confusión que me rodea.

—¿Cree usted que es manera de conseguirlo?

—Conseguir, ¿el qué?

—La explicación.

—No, no lo creo. Más bien lo dudo. Me habían asegurado que se trataba de un método infalible, pero cada vez lo dudo más.

—Bastardo, saca la mano de ahí.

—¿Son esas maneras de dirigirse a un caballero de respeto?

—¿Y son esas las maneras para dirigirse a una desconocida?

—Lo ignoro. Y aun cuando no sea muy educado por mi parte, puesto que descubre la índole de mis intenciones, debe usted reconocer que son maneras más apropiadas para dirigirse a una desconocida que a una persona conocida.

—No sé qué clase de personas debe tratar usted.

—Eso es lo que yo me digo.

—Saca esa mano de ahí.

—Demasiado tarde. Lo confieso: me siento ofuscado. Sólo en parte soy dueño de mis actos.

—Entonces, bébete eso de una vez.

Pero en el momento de levantarme tomé la botella por el cuello, porque hay que estar prevenido cuando no se duerme en casa.

* * *

Se llamaba Augusta y era una mujer de una vez. Un tanto pasiva al principio pero, como toda mujer de una vez, que cogía cariño a las cosas. Estaba casada, su marido no debía ser excesivamente importuno, y había que pronunciar su nombre con los labios apretados al principio para abrir la boca en redondo después, como para decir Yocasta. Aquel domingo a la tarde urdimos un pretexto y antes de cenar volvimos a Nueva York. Mi hotel se hallaba en Lexington, no era demasiado bueno aunque bastante grande, con una droguería en la planta baja que no se cerraba en toda la noche y en la que a todas horas entraban y salían señoritas de mala nota, sin distinción de sexos; pero a partir de las diez de la noche desaparecían todas las negras para ser sustituidas por el mismo número de blancas, como si la oscuridad de la hora y de la piel fueran incompatibles por una discriminación solar.

Le cogía cariño a las cosas y sólo necesitaba unas horas para actuar con una naturalidad que desarmaba. Yo le quise regalar un cepillo de dientes —que compré en la droguería mientras un corpulento caballero, sin tapujos ni bajar la voz, se dirigía a ella sin quitarse el cigarro de la boca para susurrarle una cifra que me pareció escandalosa— pero prefirió usar el mío, recuerdo de Mamaroneck. Se duchaba mañana y noche, siempre salía del baño en actitud tizianesca, oliendo a colonia de hombre. No tenía demasiado pudor pero tampoco era descocada. Era de un equilibrio envidiable, con un cuerpo duro y flexible como un cinturón. La puerta del baño estaba frente a la cama y cuando —atento a los ruidos de agua— comprendía que se estaba lavando los dientes empujaba la puerta para verla de espaldas y frente al espejo, con una toalla en la cintura anudada sobre una cadera que, a causa de la vibración que sufría todo su cuerpo a efectos del oscilante y enérgico movimiento del cepillo, se venía al suelo en el espectáculo íntimo más fascinante que me ha sido dado contemplar, hasta estas tristes fechas.

—¿Qué estás mirando?

—Miro cómo vibras.

—¿Qué tiene de particular?

—Vibras de una manera admirable. No he visto un cuerpo que vibre como el tuyo.

—¿Es que tú no vibras?

—Yo sólo vibro de emoción. No al lavarme los dientes. En España sólo vibramos de emoción.

—¿Cómo se vibra de emoción?

—No lo sé. Sólo los de derechas vibran de emoción.

—¿La izquierda no vibra?

—Muy rara vez.

—¿Y por qué?

—No tienen nada que les embargue. Sólo tienen el pensamiento.

—Y el pensamiento, ¿no sirve para eso?

—No lo sé. Pregúntaselo a Mark.

Con el pie dio una patada en la puerta que se cerró de un golpe. En aquel momento sonó el teléfono y una voz femenina desconocida, con un acento intencionadamente afilado e inquisitivo, me lanzó tal sarta de preguntas que no cogí ninguna.

—Soy Garet —dijo al fin.

—Hola Garet, ¿cómo estás?

—¿Cómo dices?

—Hola, Garet.

—¿Con qué derecho te crees que puedes...? —y lanzó una andanada incomprensible que al cogerme tan de improviso no dio un solo tiro en el blanco. En aquel momento comprendí que faltando a la más elemental previsión —tan impropio de mí— le había dejado a Mark mi tarjeta, con las señas del hotel escritas de mi puño y letra. Así que tuve que pasar al contraataque:

—¿Y por qué no acudiste a la cita? ¿Cuándo vas a dejar de hacer esas cosas?

—Soy yo quien pregunta, no contesto... —la segunda andanada, difícilmente inteligible también, cayó más cerca.

—No comprendo cómo puedes andar con tipos como ése. No puedes olvidar, Garet, que te debes a los de tu clase.

—Escucha, voy a explicar a Mark lo que pasó... —como su puntería se iba afinando peligrosamente tuve que hacer un nuevo viraje y recurrir a otra finta.

—¿Qué vas a hacer esta noche?

—No sé lo que voy a hacer. Sólo sé que no voy a ser tan estúpida como para decírtelo.

Por fortuna, en aquel momento salió Augusta del baño, enrollada en una toalla anudada en la cadera, y me preguntó con un gesto de la nariz de qué se trataba.

—Es Garet.

Hizo un gesto irrepetible y se metió de nuevo en el baño; pero antes de cerrar la puerta me dijo:

—Pregúntale si va a ir a casa de Jane esta tarde.

—¿Qué Jane?

—Jane Hurst, naturalmente.

—Dime Garet, ¿piensas ir a casa de Jane esta tarde? El ataque estaba progresando como había esperado.

—¿A casa de Jane?

—Jane Hurst, naturalmente.

—¿Cómo preguntas tú eso?

—Pensaba encontrarte allí, a eso de las siete, para explicarte unas cuantas cosas.

—Espero que no aparezcas por ahí.

—Creo deberte una explicación.

—¿Te lo ha dicho Augusta?

—Exactamente: Yocasta, como tú dices.

—Has andado muy rápido, ¿no es cierto?

—Por culpa tuya. Tengo a ese y otros respectos la conciencia muy tranquila. Mis manos están limpias.

—¿Has hecho el amor con ella?

—El amor exactamente no; todavía no. No nos precipitemos.

—¿Está ahí contigo?

—No, Garet. La he dejado llorando en el portal.

—Touching. ¿Está ahí contigo? Por favor, ponme con ella.

—Te digo que no está aquí, Garet. ¿Quieres venir a comprobarlo? —se iban desterrando las sospechas de que se trataba de una cuarentona. En aquel momento calculé unos treinta y ocho, aunque de aspecto poco simpático y costumbres —sobre todo la manera de vestir— un tanto ajadas. Y por supuesto, un cuerpo que no se podía comparar al de Yocasta.

—Ya la veré esta tarde.

—Entonces, ¿en casa de Jane a las siete?

—Por supuesto que no —por la manera de decirlo su edad se situó entre los treinta y ocho y treinta y cinco, los zapatos bajos.

—¿Te viene mejor a las ocho? ¿A cenar tal vez?

—Hijo de perra... —de repente se puso a la par que Yocasta y su falda —un traje estampado de una sola pieza— remontó por lo menos cinco dedos por encima de la rodilla.

—Garet.

Había colgado. Salté de la cama, fui al aseo y —pasando como una exhalación delante de Yocasta, que arrimaba su ojo al espejo— me introduje en la ducha, ciego como un guerrero homérico, a todo lo que el grifo daba de sí.

—¿Te ha dicho si va a ir a casa de Jane?

—Me ha dicho mierda.

—¿Cómo has dicho?

—He dicho mierda.

En aquel momento todas las flechas de vapor de la ducha se clavaron en mi espalda.

—¿Qué te pasa?

—¡Ay!

—¿Estás rugiendo, amor mío?

—Sí, rujo.

—¿Y de qué ruges?

—De amor, de celos, de vapor, de sufrimiento.

—¿No son demasiadas cosas para un rugido tan breve?

—Añade además que rujo por este país de mierda. Este país de tubos y contramaestres.

—¿Quién ruge mejor en España, la derecha o la izquierda?

—No se puede decir; unas veces unos y otras veces
otros. Por lo general la derecha lo hace más alto y también es más soez. En cambio el centro no ruge nunca.

Aquella misma tarde, a eso de las siete, caímos Yoc
y yo por casa de Jane, en un edificio moderno en un
barrio elegante, en una esquina alrededor de la calle 80
con East River Drive, no lejos de Gracie Square. Ateniéndose al mobiliario se diría que Jane estaba de mu-
danza: todas las habitaciones eran corridas, casi desprovistas de muebles, una consola holandesa en una, un
cupboard colonial en otra, pintadas de blanco y forradas
con una moqueta color tabaco o gris perla, con grandes
ventanales que llegaban hasta el suelo a través de los
cuales la vista caía a plomo sobre un East River un poco
más oscuro que la moqueta, surcado de petroleros y
barcazas que cruzaban majestuosos frente a Welfare
Island. Afirmo que era un espectáculo como para permanecer sentado horas y horas junto al ventanal, con
una botella en el suelo, para contemplar las barcazas y
apagar las colillas en la moqueta. Que fue lo que más
o menos vine a hacer —de 7 a 8— en el dormitorio de
Jane a donde fuimos introducidos los dos por una sirvienta enana.

Jane era una mujer notable, de mucho predicamento
entre sus amistades, que algunos años atrás había publi-
cado un par de artículos no sé si en el New Yorker o
en el Atlantic. Artículos de un cierto sabor a izquierdas
y preparatorios de la era Kennedy porque, con toda su
inmensa fortuna, también se había sentido atraída por la
New Left de la que también ella se sentía decepcionada.
Además le habían quitado un pecho y hacía mucho reposo. Su dormitorio era una habitación igualmente desnuda y espaciosa, pintada de blanco, con un óleo no figu-
rativo en la pared, una cama con dosel en el centro, debajo de la cual había un teléfono blanco en el lugar que
antiguamente en España se reservaba para el orinal. Nos

recibió recostada en su cama —un par de periódicos y libros tirados en el suelo y un perezoso dálmata que dormitaba en un rincón, completaban el decorado— y yo me senté en un puff blanco junto al ventanal para meditar al paso de las barcazas al tiempo que Yoc lo hizo, cruzando las piernas, a los pies de la cama. Era lo que se dice una mujer distinguida, culta y agradable —un tanto entrada en edad—, que conservaba el aspecto inocente de esa belleza señorial anglosajona. Y al parecer hablaba con dulzura un inglés —disciplinado en Vassar, corregido en el Surrey— tanto más perfecto cuanto que le habían extirpado un pecho a causa de un tumor. Y tenía esa conversación mitad culta y mitad banal porque entre esa gente distinguida está mal visto —además del entusiasmo y la vehemencia— hablar de una sola cosa y tratar de agotar un tema. Tampoco se dijo una palabra de Nixon por lo que empecé a sospechar que quizá no existiera, cosa que ellos sabían muy bien y que nosotros —europeos— no lográbamos alcanzar por un exceso de escrúpulos.

Repito que era una mujer inteligente y perspicaz, que dejaba frases y juicios a medias; cuando yo —por halagarlas y no parecer ni mal educado ni exclusivamente interesado en el paso de las barcazas— quise tocar el tema de la confianza nacional, debió apoyar un timbre blanco escondido en su cama porque al punto apareció la sirvienta enana con una botella de whisky, un cubo de hielo y unos vasos que depositó en la moqueta al alcance de mi mano.

Haría una hora que estábamos allí cuando sonó el teléfono que Jane cogió y, tras un cambio de saludos, pasó a Yoc que recibió la comunicación con grandes muestras de alegría. No hacía más que reír y lanzar exclamaciones entre frecuentes miradas hacia mí, por lo que intrigado le inquirí con un gesto de qué se trataba y por toda réplica me hizo callar, poniendo el dedo sobre los labios. No sé qué debían decirle porque a cada carcajada me miraba como para comprobar las muchas razones que había para el regocijo, colocándome en la ridícula situación del paciente que sufre las bromas del prójimo sin llegar a saber qué motivos de su conducta les mueve a ellas. Hasta que, comprendiendo mis sentimientos, tapó el micrófono con la mano para decirme:

—Es Garet.

—Mis mejores recuerdos.

—Me lo está contando todo. Enhorabuena.

—Dile que no haga esperar al de la gabardina. Déjame que se lo diga yo.

Pero no me hizo el menor caso y al término de tres o cuatro carcajadas colgó el teléfono, sin extenderse en más comentarios.

Aquella noche fuimos al piso de Yoc que no sé por qué estaba deshabitado. No se hallaba lejos de la casa de Jane así que fuimos paseando por la orilla del East River hasta tomar una calle a la altura de la 70 para cenar en uno de esos pequeños, simpáticos, old fashioned restaurants con mesas en fila adosadas a la pared, separadas por mamparas de madera y cubiertas con manteles de cuadros blancos y rojos. El dueño, nieto de sicilianos, vino a sentarse con nosotros al lado de Yoc, muy honrado —a la explícita manera italiana— de contar entre sus clientes con tan ilustre huésped.

—¿Y qué es lo que más le gusta de América?

—Todo menos la comida italiana.

—No le hagas caso, Massimo. No sabe lo que dice. Es completamente necio.

—Pero, ¿no le gusta nada América? ¿Qué le has enseñado?

—Le he enseñado exactamente lo que le gusta —respondió Augusta—. Las mujeres, los boilers y las barcazas.

—¿También los boilers y las barcazas?

—Sí, también. Y también me gustan mucho esos paquetes de tubos de pequeño y gran diámetro, hasta diez pulgadas; he observado que algunos tienen bridas ciegas de bronce y hay unos operarios —de ignoro qué organismos— que provistos de llaves fijas...

—Augusta, ¿cómo está tu marido?

Aquella noche como digo nos fuimos al piso de Yoc que, como todos los que vi, era espacioso y agradable, sin demasiados muebles. Contra lo que mucha gente cree y dice, casi todos los pisos de Nueva York son grandes, tan grandes que en la mayoría hay piano de cola y buen número de sirvientes entran y salen para servir al huésped bebidas y preguntarle su opinión sobre el clima neoyorquino. Por lo general —tengo observado— si el huésped opina que el clima neoyorquino le parece bueno el sirviente se retira al punto, un poco amoscado, pero si el huésped afirma que el clima neoyorquino le parece malo, y aun pésimo, entonces el sirviente permanece un rato en el salón para dar conversación al huésped mientras se arregla la señora.

A media mañana Yoc tenía que ir a hacer no sé qué en una agencia de publicidad. La seguí al garaje donde dos jóvenes mecánicos a duras penas —y dando horrendas voces para comunicarse a través de catorce plantas— consiguieron bajar su coche en el montacargas mientras, embelesado, no podía apartar la vista de un cartel que con grandes y alarmantes caracteres decía literalmente:

THIS GARAGE WILL BE OPEN FOR AT LEAST
5 YEARS

—Yoc, no te lo creas, nos están engañando. Está todo previsto para antes. Eso es una mentira piadosa de los ecólogos. Vámonos de aquí, pronto, pronto.

Como yo no tenía que ir a trabajar a ningún sitio, Yoc me llevó al hotel donde me proponía dormir hasta la hora de cenar. Advertí al pasar por la conserjería que en mi casillero había un papel —cosa bien rara— en el que estaba escrito, con esa letra americana al mismo tiempo cuidada y suelta, y con trazos muy rápidos, un mensaje bastante breve:

«Estúpido, inmoral, ¿por qué no has dormido
en el hotel esta noche?
Gar...»

Como será fácil de creer, tal mensaje me puso tan nervioso que una vez en la habitación no logré hacer otra cosa que tumbarme en la cama a dar vueltas y más vueltas al billete, en busca de un número de teléfono que al serme privado me hundió en el sueño.

De cuyo repetitivo y negruzco torbellino me vino a sacar la llamada telefónica de mi superior jerárquico desde Madrid. Decidí recluirme en mi habitación, los días que fueran precisos, a esperar la llamada de Garet, pero cada vez que sonaba el teléfono surgía, entre oleadas electromagnéticas, la voz de mi superior jerárquico instándome a firmar el contrato y volverme a Madrid lo antes posible. Hasta que los propios apoderados de la firma americana me sacaron de la habitación para arrastrarme a su domicilio social donde firmé un contrato que (creo yo) nadie necesitaba. Y además se empeñaron en llevarme a comer y acompañarme al aeropuerto.

El conserje no me dio una sola palabra de aliento, y en cuanto a Yoc, ignorando que mi marcha era precipitada por la furia comercial, se había ausentado de Nueva York por tres o cuatro días. Yo hice todo lo humanamente posible por retrasar mi salida e incluso, en el último día, por perder el avión con el inocente recurso de dejar olvidado un paquete en la habitación y que el portero me entregó con una escrupulosidad impropia de aquel hotel.

Ya estaba todo dispuesto en el coche cuando en la puerta giratoria me crucé con una criatura que —por un instante— me hizo olvidar todo lo demás, el paquete, Garet, la vuelta a Madrid, el contrato, Yoc y Mamaroneck, anuncio de lo mucho que podría haber borrado de haberme topado con ella un poco antes. Tenía una melena rubia, tirando a roja, bastante larga; llevaba un abrigo muy largo, con un ribete de piel, una falda muy corta y unas botas negras hasta la pantorrilla. Se fue derecha a la conserjería y mientras esperaba ser atendida yo me las arreglé para comprar un paquete de tabaco en la droguería, a pesar de que dos americanos me tiraban de las mangas con el pretexto de que iba a perder el avión. Por fin, al señalar el conserje hacia la puerta dio media vuelta y todo su cuerpo se silueteó contra el vuelo negro del abrigo, siguiendo el giro de la cabellera. Como el conserje insistiera se adelantó ella hacia la puerta, con pasos tímidos, con la boca un poco entreabierta. Acaso le llamó la atención la manera ruda con que sus compatriotas me inrodujeron en el coche, las cuatro puertas se cerraron de un solo golpe. El conserje abandonó el mostrador para acompañarla hasta el punto que había señalado y cuando ella empezó a empujar la puerta giratoria, uno de los americanos que me emparedaban dijo «Go ahead» y el coche arrancó sin que me fuera posible distinguirla hasta que apareció en la acera, observando la marcha del coche hasta que abandonó Lexington para tomar una calle a la izquierda. Era Garet, estoy seguro de que era Garet, como estoy seguro de que otra sería hoy mi vida de no haber dicho «Go ahead» aquel americano.

En aquellos veranos apenas había gente en las playas, ni siquiera a finales de julio. Y aun cuando eran escasos los excursionistas domingueros, que el tren de las 11 dejaba en el apeadero, su presencia era motivo suficiente para que nuestro grupo desdeñara el baño los días festivos.

Tampoco había coches. No había otros coches que el taxi de Domingo Caldús, el viejo Hotchkiss que comprara a mi padre al no decidirse a instalar el gasógeno, y el 11 ligero de los Durán. Los dos andaban bien poco: el uno, a falta de clientes, era utilizado por su dueño para —con la gorra echada sobre los ojos—, a la sombra de la rotonda de plátanos frente a la estación, prolongar una ilimitada siesta de postguerra de la que a veces era arrebatado por las voces de una paisana con su niño en brazos, enfermo y estupefacto, o por el corro de parientes y amigos en torno al reciente matrimonio de la montaña, de vuelta de su viaje de novios con un par de cajas de pollos, un baúl-mundo y un envidiable aspecto de carnal y soleada satisfacción; y el otro porque las pocas

5   129

veces que C. Durán tenía dinero para la gasolina no contaba con el permiso de su padre para pasear a sus amigos.

El verano se iniciaba con una procesión de barcas el día del Carmen. Las barcas, empavesadas con flores, gallardetes y grímpolas de todos los colores, alguna complementada con una rústica cabina de cañizo o ramaje, para que la familia merendara a la sombra y al recién nacido no le dañara el sol, seguían un itinerario de unas cinco millas tras la nave capitana —la «María Auxiliadora», la mejor y más marinera de todo el puerto, de casi nueve metros de eslora y sesenta caballos de potencia— en la que se instalaba un pequeño altar con la imagen de la virgen y en la que se embarcaban las autoridades y fuerzas vivas del pueblo, en compañía del propietario, su familia y sus íntimos, para meterse en el cuerpo una fastuosa merienda —toda clase de mariscos y embutidos, tortillas y empanadas de varias especies, ensaladas, chuletas de cerdo adobado, codornices escabechadas en casa, todo ello rociado con vinos de marca y licores— cuyo volumen e importancia el párroco era el encargado de disimular, con sus paseos a proa entre plato y plato para asperjar el océano por ambas amuras y entonar algún breve salmo alzando las manos al cielo, con miras a la propaganda hacia la segunda embarcación. Porque, en contraste, la segunda barca se ponía a la disposición de todas las viudas de marineros del pueblo, que, enlutadas, de pie y de rodillas —como el coro de las Erinnias—, resistían las tres horas de procesión cantando al Señor y lanzando flores al mar, sin probar bocado. En aquellos tiempos siempre era posible encontrar algún hueco en alguna de las barcas de cola, para inaugurar el verano con vino del país y una fuente de pulpitos con ensalada de pepino (la especialidad del pueblo), y algún que otro pellizco furtivo a las chicas. Era demasiado pronto, estaba la estación demasiado tierna para intentar algo más audaz.

El verano entonces era el encuentro con las mismas caras del anterior, que se dejaban de ver por espacio de nueve meses. Eran amistades y noviazgos que sólo en contadas ocasiones lograban prevalecer y perdurar durante los meses de frío y separación; a lo más se prolongaban con una correspondencia otoñal que comenzada en octubre, agonizaba en diciembre y a fin de año era cancelada para tener las manos libres con vistas a la próxima temporada. Todos teníamos las novias de verano, pero —hijas de buena familia, de nuestro mismo medio y educación— ya se comprende que se trataba de mujeres de bajo rendimiento carnal; a lo más un agarrón bajo el agua, un beso en el cine y un pellizco en el baile, en medio del estruendo. De lo demás, nada. Así que nos turnábamos para tratar de mejorar tan escaso rendimiento, en la idea estadística de que una oportunidad excepcional sólo podría encontrarse agotando todas las posibilidades usuales. Eran chicas muy decentes; guapas, jóvenes y muy entregadas.

Desde mucho tiempo atrás habíamos optado por El Rancho para el aperitivo de la mañana. Al otro local apenas le hacíamos caso. Pasado el mediodía y antes del último baño era obligado tomar cerveza o vermouth y saludar con los vasos y botellas en alto a los viajeros del tren de la 1 para despertar su envidia. Para despertar esa clase de envidias, aquellas mujeres eran únicas.

En el Rancho se estaba a gusto; tenían cerveza fresca de barril, bocas, cortezas y mojama las más veces; un cañizo, unos pocos veladores y unas sillas de tijera; y allí cuajaba siempre el mejor momento —tras los saludos poco elegantes a los viajeros del tren de la 1— para los chistes procaces y aquellas adivinanzas intencionadas con que pretendíamos poner a prueba la sensualidad, siempre a resguardo, de las chicas. En verdad, que eran mujeres simpáticas y atrayentes. Y amigas de verdad.

Al otro sólo acudíamos cuando se terminaba la cerveza de El Rancho. Estaba además más allá de las rocas y la escollera, cerca de las últimas casas del pueblo y para llegar hasta él era preciso atravesar una de esas charcas someras donde se acumulan las algas. Por añadidura, era una barraca sucia y hosca, alquitranada por sus cuatro costados, cuyo propietario nos servía a regañadientes la

cerveza cuando se terminaba la de El Rancho. Aparte
de eso las chicas no nos acompañaban hasta allí porque
según ellas el barracón tenía mala fama. Tal fama le
debía venir de la soledad. El propietario era un marinero
retirado que se ganaba la vida durante la mayor parte
del año cosiendo redes de otros y que en verano sacaba
al exterior una mesa de pino y un par de sillas de anea,
donde jamás vimos sentarse a nadie, y en un poste colgaba un cartón que decía «Hay vino y cerveza fresca». La
cerveza no estaba fresca sino del tiempo, en unas botellas de litro que no guardaban presión, que el marinero
nos despachaba sin siquiera mirarnos a la cara. Las chicas
decían que allí no se podía ir.

Hasta que un día de comienzos de verano de no sé
qué año, alguien descubrió a la Martina. Descubrió no
sólo a la Martina, sino también su nombre y se hizo lenguas de ella y todos los demás nos hicimos eco de las
lenguas que se hizo aquél, que no recuerdo quién fue.

La Martina... tardamos bastante en dar con ella porque apenas salía de la barraca; bien es verdad que tampoco había salido en sus anteriores dieciocho años, sin
duda por imposición de su padre, aquel marinero desalmado. Durante aquel primer verano sólo llegamos a verla
lejana y furtivamente, envuelta en la sombra rota de la
parra frente a su puerta o metida en el agua hasta los
tobillos, buscando chirlas siempre muy lejos, tan lejos
como esa figura —confusa pero reconocible— que el
pintor de marinas sitúa en la orilla solitaria para dar idea
de la lejanía. Era imposible además acercarse a ella porque con un golpe de cabeza parecía alejarse cuanto quería para restablecer la distancia, como la gaviota que si-
mula estar siempre quieta pero que —con la mirada la-
teral heráldica— nunca queda al alcance de una piedra.

Así que el verano siguiente la convocatoria de la virgen del Carmen tuvo lugar en secreto en la barraca del
marinero, un tipo detestable que cada día nos había de
gustar menos. Pero la Martina parecía haberse acostumbrado y haber tomado gusto por el exterior; ya no era
tan raro ver a padre e hija, cada cual por su lado, arro-

dillados sobre las redes extendidas delante de la parra,
pero como siempre usaba la misma larga falda de rayadillo de las pescadoras, que se ajustan con una goma a
la cintura, no había manera de prolongar la mirada más
allá de las corvas; y con frecuencia pasaba no lejos de
nuestro grupo, con un cesto en la cabeza. A pesar de
que siempre la habíamos de ver vestida desde el cuello
hasta las pantorrillas, descalza, con una blusa negra de
mahón y la falda de rayadillo, nuestra desmedida atención obligaría a las chicas a volver la cabeza a su paso;
quién sabe si uno de sus mayores atractivos no era la
monotonía de su atuendo, en contraste con los floreados
trajes de baño de las chicas. O la manera con que saltaba
sobre los zoques y echaba a correr por la escollera, ha-
ciéndolos sonar como crótalos.

Hubo quien aseguró que se bañaba en el mar la mayor parte de los días, muy de mañana, casi de madrugada; y como carecía de traje de baño lo hacía con una
enagua que se transparentaba y ceñía a su cuerpo. Así
que durante quince días hubimos de contemplar el amanecer desde detrás de las rocas sin otro resultado —creo
recordar— que un poema a la salida del sol escrito en
alejandrinos por el joven Manrique de Lara para dar fran-
quicia a sus emociones, y una irrefrenable tendencia a
desayunarse con vino y grasas por parte de los demás.

No obstante haberse acercado bastante en aquel verano nunca llegó a aproximarse lo deseable, a causa de
su padre, un marinero ensoberbecido por nuestras atenciones. Porque en cuanto nos sentábamos a su mesa bajo
la parra, sin otra intención que gozar del céfiro vespertino y saborear su cerveza. Martina era obligada a desaparecer en el interior de la barraca. Era el auténtico ogro.
También llegamos a saber que tenía un hermano menor,
de unos diez años, que nos había pasado inadvertido acaso porque ayudaba al párroco en ciertos menesteres y
que a su vez le pagaba con unas lecciones para ingresar
en no sé qué escuela profesional; por eso, durante unas
semanas nuestra estrategia se dirigió hacia el chico al
que colmamos de atenciones y dulces, y hasta hubo quien

se ofreció a darle clases particulares en la habitación que
compartía con su hermana, sin ninguna clase de retribución. También supimos que tenía otro hermano mayor,
ya casado, que vivía en el pueblo y tenía una barca en
propiedad con la que todas las noches salía a faenar. Al
parecer era hombre abierto y poco suspicaz, ayudaba a
su padre con algún dinero y no vaciló en hacernos un
sitio en su barca, siempre que no molestáramos durante
la faena; de cuya experiencia apenas salió otra cosa que
un himno a la noche, en seis cantos y exámetros, que el
joven Lara compuso en permanente trance, y un gusto
por el pescado crudo y limpio, sin más, con un poco de
sal gruesa y unas gotas de limón, por parte de los demás.
    Por lo mismo Eduardo y yo nos decidimos a coser.
¿Queda alguien en este mundo que sepa lo que es coser
una red? Lo dudo. Porque para coser una red no hacen
falta ojos ni dedos ni siquiera riñones ni rodillas; lo único
que se necesita es alma, una cosa en desuso a lo que yo
veo. Buen Dios, todo lo que pudimos llegar a coser, de
sol a sol y en algunas ocasiones hasta el amanecer. Porque aquel desalmado, aquella escoria, aquel recipiente
de inmundicia cuyo hedor podré reconocer aun inmerso
en el más harapiento y amoniacal estercolero, viendo
cómo nuestras manos podían hacer en un día lo que a
él costara meses, no cesaba de solicitar y recibir encargos
que le llovían de toda la costa. Buen Dios lo que pudimos llegar a coser, ¿por qué no decirlo? incluso a la luz
del carburo mientras... Pero lo que sigue al mientras
da un poco de reparo confesarlo. Hasta las chicas —más
intrigadas que ofendidas— optaron por acercarse a la
barraca prohibida tanto para investigar nuestra obra cuanto para, con rebequiano talante, tratar de redimirnos de
nuestro voluntario castigo con una sesión de cine. «Imposible, imposible» — «¿Pero qué tenéis que hacer?»
— «Coser, coser» — «Y, ¿tenéis para mucho?» — «Todo ese carro. Tiene que estar listo para el sábado a la
mañana». Se ofrecieron a ayudarnos porque, cosiendo
Eduardo y yo, pescando Manrique de Lara e Iturralde
ocupado con sus clases al niño —desaparecido además

C. Durán— ¿qué podían hacer? La verdad es que se trataba de las chicas más serviciales y simpáticas de toda la costa; no las había más atractivas, pero eran de buena familia. Eso es lo peor, una buena familia como los Durán.

No sé lo que llegamos a coser; cuando todo el pueblo dormía callado y apagado, sin otros sonidos que el chapoteo de las barcas, las horas en el reloj de la torre o los ladridos intermitentes de un perro cerca del cementerio, ni otras luces que la esfera del reloj o las débiles lámparas del embarcadero, balanceándose a un compás diferente al de las olas, nuestras dos luciérnagas de carburo se paseaban aún por la playa con la lentitud de dos insectos que tardan una noche en aparejarse, tras un juego de fintas y escaramuzas.

Y mientras tanto.

Apenas levantábamos la vista al paso de la gente y ni siquiera recogíamos las piernas para que no nos pisaran —mucho más atentos al cuidado de las redes— los bueyes que sirgaban las barcas fuera del agua. Hasta que una noche a punto estuvo de atropellarnos el 11 ligero de C. Durán que a bastante velocidad y haciendo eses en la arena todavía húmeda por la marea, se dirigía a la barraca con las luces apagadas. Entonces comprendimos en un instante su ausencia de un mes. La Martina no sólo parecía familiarizada con el coche, sino que llevaba una de aquellas faldas largas con una fila delantera de botones, casi todos desabrochados; y, por último, aceptó una chupada del cigarro del conductor antes de darle un beso y salir corriendo hacia la barraca, saltando por entre las redes.

De todas maneras —y por comprometido que para él resultara el descubrimiento de su secreto— C. Durán no nos habría admitido en la intimidad de su aventura de no haberse enterrado el coche en la arena. Cuando quiso arrancar —sin invitarnos a subir, sin siquiera desearnos las buenas noches— las ruedas delanteras no lograron más que levantan dos chorros de arena, con un silbido de sierra de disco, para enterrarse un poco más. Viéndose perdido, tuvo que recurrir a nosotros. Toda la noche estuvimos empujando con poco resultado y solamente ya amanecido el día, y a cambio de una discreta participación en la aventura, pudimos sacarlo de allí antes de que se abriera el mercado, con la ayuda de una pareja de bueyes.

No podían ser excursiones más alegres y desenfadadas. Que en ningún momento se piense que nos movían los celos o la envidia. La envidia, una envidia sincera y generosa, en todo caso. Viajábamos los cuatro, por lo general a los merenderos de la montaña o a las playas próximas y todavía más desiertas que la nuestra, a unos veinte o treinta kilómetros del pueblo. Le había regalado un traje de baño negro, que se colocaba tras los arbustos, y de vez en cuando la acariciábamos la espalda para quitarle unas motas de arena o ahuyentar un insecto, o nos dejaba embadurnarle las piernas con crema. Ocasionalmente le escurríamos el pelo y de tarde en tarde también echábamos un baile con ella, apretándola por la cintura, en las fiestas y romerías de la montaña. En el pueblo no nos dejamos ver por el resto del verano en la seguridad de que tampoco nos habían de echar de menos, el uno con sus clases, los otros con la pesca y las chicas —qué simpáticas y qué buenas eran en el fondo— resignadas a despertar la envidia por sí solas.

El lugar que más frecuentamos era un fondaco de una carretera vecinal, situado a media ladera en una revuelta frondosa de chopos, olmos, nogales y toda clase de frutales, con un pequeño huerto escalonado hasta un riachuelo muy limpio y fresco, en cuyas pozas Eduardo y yo nos bañábamos desnudos y comiendo fruta, sin más que alargar el brazo. Regentaba la fonda un viudo de bastante buen talante y considerable jugador de dominó, y aparte de regalarnos con jamón poco curado y un vino cabezón que se bebía sin sentirlo pero pegaba fuerte, allí cenábamos a nuestra guisa y hacíamos noche por poco dinero.

La Martina se divertía de lo lindo día y noche, a juzgar por las risas y gritos que filtraban paredes, puertas y ventanas y a C. Durán nada le gustaba más, por otra

parte, que abandonar la habitación descalzo y de puntillas, para echar la partida de dominó contra nosotros
dos, de pareja con el ventero.

Descubrimos que tenía una mancha en la espalda,
como la silueta de una calavera, que añadía una nota
más a su atractivo. Descubrimos también que poco a
poco la influencia beneficiosa de C. Durán le había hecho
despojarse de diversos prejuicios y escrúpulos de la misma manera que C. Durán no oponía ninguna clase de
reparos a ciertas cosas que con otro talante, con otra intimidad y otra educación que la nuestra, probablemente
habrían hecho correr la sangre. Cuando volvíamos de
la partida —y para ello era condición haberla ganado—
nos permitía echar una ojeada a la cama envuelta en la
penumbra de la habitación al tiempo que C. Durán levantaba las sábanas, con bastante recato, para que con-
templáramos su cuerpo de espaldas, arrinconado contra
la pared; andando el tiempo en el momento en que C. Durán tocaba con sus dedos el borde de la sábana, simulaba
despertarse, se rebullía y desperezaba para que también
pudiéramos admirarla de frente. Al mismo tiempo que
supimos que había perdido algo de su natural rubor, el
día que al vernos metidos en la charca sin pensarlo más
se despojó de su ropa para lanzarse de pie al agua —apretándose las narices con una mano, con la otra recogién-
dose el pelo en un efímero moño—, comprendimos que
había sido rebajado algo el celo de C. Durán, contento
de ver desde una roca cómo los tres nos divertíamos con
nuestras zambullidas, aguadillas y algún que otro empu-
jón procaz.

Todo habría seguido su natural curso hacia la extinción de aquel pasatiempo si en el taxi de Domingo Caldús no se hubiera presentado en el fondaco, justo cuando
habíamos concluido la partida y la pareja se había ido
a echar la siesta, un sujeto —oficial del Ayuntamiento del
pueblo, con un ojo de cristal como resultado de una
herida de guerra, que por las tardes trabajaba en la administración de la finca de los Durán— con la exigen-
cia de ver inmediatamente a C. Durán. No sin grandes

esfuerzos de persuasión le hicimos comprender que en aquel momento (había ganado la partida y ya se habían extinguido las risas en el fondo del pasillo) C. Durán no estaba para ver a nadie y que, si quería esperar, con mucho gusto nos aveníamos a aliviar su espera con una partida de garrafina, a peseta el punto. El hombre parecía preocupado y de mal talante y decidió esperar en el coche, sentado junto a Domingo Caldús que ya dormitaba con la gorra sobre los ojos, recostado sobre su asiento. Fue una espera interminable que consumió fumando sin parar, con la vista clavada en el frente de la carretera, sin mover un músculo ni mudar de expresión —tan inmutable, pero menos sonoro que el sueño de Domingo Caldús.

A media tarde le sugerimos que pasara dentro a tomar algo, pero sólo aceptó un vaso de vino y un cigarrillo. Ya nos disponíamos a dar el paseo hasta un pequeño pueblo cercano cuando C. Durán apareció en el extremo del pasillo, con una toalla alrededor de la cintura, bostezando y restregándose los ojos. Al primer instante quedó un tanto sorprendido, pero no logramos oír lo que le dijo, fue un cuchicheo muy rápido e imperceptible y tan decisivo que la toalla se vino al suelo, obligando al tuerto a agacharse a recogerla.

Un minuto después C. Durán salió precipitadamente de su habitación, medio vestido, abrochándose la camisa, sueltos los cordones de las alpargadas. Al pasar junto a nosotros dijo unas palabras incomprensibles al ventero, algo que (no digo que lo fuera) sonó un poco humillante. Puso el 11 ligero en marcha, el tuerto se sentó a su lado y, ante el asombro de Domingo Caldús, desapareció en la revuelta de la carretera sin que hasta la fecha le haya yo vuelto a ver.

Aquella noche Eduardo y yo jugamos hasta el amanecer. Fue una hermosa partida, de poder a poder; una partida reñida con mucha pasión y mucha astucia que ambas partes derrocharon sin la menor reserva; con mucha fortaleza y sangre fría, sin que en ningún momento cundiera el desánimo en los malos trances de uno y otro, perfectamente responsables de que nos jugábamos algo importante. Fue una de las buenas partidas que recuerdo haber jugado, de la que guardo imperecedera memoria, y que Eduardo ganó por un pelo, pero con todo merecimiento. Ya de madrugada entramos a verla, una pieza de nácar coloreada en su propio calor y envuelta en la crisálida de su sueño del que no debería despertar si, por la parusía de su belleza, fuera posible abandonar la nada de la conciencia para introducirse en él y gozar dentro de su fárfara de la resurrección de la carne. Le acaricié la espalda y le dije adiós, depositando un beso en su nalga, muy emocionado.

Aquella mañana volví al pueblo y supe que el padre de C. Durán, un hombre relativamente joven y con una considerable fortuna, estaba agonizando. Murió dos días después, sin haber recuperado el conocimiento.

El verano siguiente tuvo otro color, por la incomparecencia de muchos amigos y amigas, y tal vez por el precipitado matrimonio de Eduardo con la hija del pescador. Fue un hombre que (y eso parece que le viene de familia) nunca demostró tener demasiado juicio, que lo ha echado todo a perder y que, a lo que me han dicho, malvive gracias a un puesto de refrescos que abre en verano para los numerosos bañistas, aunque al parecer todo el peso del negocio recae sobre su mujer.

Llamaron de nuevo.

Rara vez se había abierto aquella puerta del jardín de atrás, que permanecía todo el año cerrada con un candado enmohecido y atrancada con una barra de fundición. Empero casi todas las tardes de domingo —y algunos días festivos— los cascabeles colgados de una cinta negra al final del pasillo eran repentina y violentamente sacudidos por las llamadas perentorias y fugaces, que dejaban agonizar por los corredores en penumbra de la casa. Jamás la puerta había sido abierta como consecuencia de la llamada, insolublemente frustrada a lo largo del triste correr de los años y las mortecinas tardes, no tanto por el hecho de que ya no quedase en la casa ningún servidor de buena voluntad, ni que en ella se hubieran dejado de recibir visitas o recados desde tiempo inmemorial, como por la indiferencia de los hombres que la habitaban, indolentemente sentados en las altas sillas que quedaban en pie de un hosco comedor —de madera negra y huesuda, tallada con cabezas de conquistadores romano-españoles comidos por la polilla—, sosteniendo un vaso en la mano con la mirada por las manchas azuladas de humedad y los pálidos reflejos del atardecer por los suelos, toda vez que se agitaban —con la desesperada e impotente rabia infantil que el sonido y el balanceo conferían a la pequeña plateada cascarilla— los cascabeles colgados de una cinta de seda negra.

No era el miedo. No era el miedo ni el aburrimiento; era, a lo más, una costumbre, una actitud ante lo irremediable; porque aquellos campanillazos —en las pálidas tardes, las horas evanescentes concentradas en el fondo de un vaso diluidas por los pasillos en silencio sumergidos en la otoñalidad y la pobreza— no podían ser otra cosa que la habitual advertencia ante el próximo peligro.

En otro tiempo la casa había tenido un cierto tono; una residencia de tres plantas, construida en un cuartel apartado con la honorable pretensión de figurar un día en el centro más estricto de un futuro barrio distinguido —aprovechando y cediendo un conjunto de corpulentos olmos para una quimérica plaza pública, para la que incluso se proyectó una fuente ornamental, encauzando un regato cuyos labios cadavéricos estaban sembrados de cacerolas viejas y paños desteñidos puestos a secar—, y condenada para siempre, rodeada de huertos malsanos, pequeños y negros, y vertederos humeantes, y pirámides de bidones vacíos, y chabolas de chapa, y lonas, y charcas de agua parda, a encabezar el sumario de las invenciones hiperbólicas de una sociedad hiperbólica; salpicada de pináculos y estípites, y escudos elementales —más falsos que los de los hostales de buen tono—, y cabezas leonadas y atrevidas y maldicientes gárgolas, que si un día parecieron capaces de encender el orgullo y alterar el orden de un pueblo en marcha, quedaban reducidas hoy a la absorta y melancólica concurrencia de su propia inestabilidad; chimeneas y cubiertas inglesas o alsacianas, entramados y balaustradas y vencidas balconadas que parecían haber iniciado ese primer secreto y picaresco movimiento anterior a la caída —estallido de tablas y figuraciones de ruinas, obleas de cal en el agua sucia— el día que las aguas del tiempo terminaran, por fin, de descalzar los muros para restablecer el verdadero equilibrio del caos; había por detrás una tapia coronada por una malla de espino, con una puerta de hierro, que encerraba un pequeño jardín presbiteriano y una parra virgen sostenida por unos postes de madera, que sombreaba el ventanal, donde los hombres, los días templados, se sentaban en torno a una vieja mesa de madera cruda, para gozar del tramontano o contemplar la puesta de sol en las montañas donde se habían refugiado los nombres aristocráticos, los Collados de Antelo, o Santo Murano, o Valdeodio, o la Vega de Bobio, con una botella de castillaza claro.

Debían beber bastante. Era, sin duda, la misma costumbre, otro aspecto de la misma actitud. Las únicas personas que los visitaron en el curso de los últimos años —la mujer de la comida, el hombre del vino, la mujer de la ropa, la mujer de la venganza y, algunas veces al año, el doctor Sebastián, una de ellas con carácter solemne— los habían de encontrar con el vaso en la mano, la mirada perdida. Pocas personas —acaso sólo una— debían comprender hasta dónde llegaba esa mirada; tal vez se quedaba muy cerca (muy cerca, remota y trasera, iniciada al azar con el primer sorbo y dirigida al azar por el formato del respaldo para terminar con el último trago —hasta semanas más tarde— oblicuamente perdida sobre los últimos confusos despojos de un oblicuo y dudoso ayer) o tal vez se conservaba (a través del vaso, atónitamente hechizada por la coloración repentina de la tarde quintaesenciada en el fondo de castillaza y vinculada —a pesar de mil brillos espúreos y saltando por encima de mil y mil odiosos (existía todavía colgado en la pared un viejo reloj de pesas que jamás había marcado la hora convencional, pero cuyo silencio era capaz de llenarles de inquietud; muchas noches se paraba de repente, pero levantaban la cabeza y tiraban los vasos; el más viejo de ellos, conservando mejor el equilibrio, se encaramaba a una silla y le daba cuerda; si, por casualidad, sonaba el carillón, se reclinaban despiertos para entrar en un breve éxtasis de amor y pena por la infancia) tic-tac— a un cierto aroma de almohada y a una cierta mirada en la noche de un padre cansado y a un cierto lejano, pero no pasajero brillo de un hombro femenino en una escalera; y luego, la carrera, al saltar por encima del guardián de noche, escaleras abajo, que interiormente había de perdurar hasta siempre (hasta apagar en su cara el brillo del hombro), rota por la presencia instantánea de su padre, que avanzó hacia él para traer consigo el definitivo término de una escapada concluida, una puerta cerrada, una malla metálica, el suspenso adiós a una ambición infantil disuelta y licuada en el vaso de medicina torrencial que había de provocar su primera arcada por encima de las mantas apretadas. Pero no era, sin embargo, tanto lo que esperaban como el tiempo que llevaban en ello: semanas enteras —pensaba el doctor—, generaciones y generaciones de abortivas e infinitesimales tentativas de abandonar el respaldo y alejar el vaso; de heroicos e infinitesimales gestos para vencer esa forma licuada de la nada hacia otra no menos solitaria, más ambigua, desolada e inquietante, pero menos espectacular que la espera.

No eran sordos; ninguno de ellos era sordo. No habían llegado, siquiera, a la edad de empezar a perder oído. Más bien era el oído lo que —a través del vaso, sentados en las sillas del comedor de alto respaldo de rejilla— estaban tratando de educar y fortalecer para el momento definitivo de la prueba. Sabían que había de venir; sabían, incluso, que no había de tardar, pero no sabían con certeza el qué; llegaría el momento, sin duda, en que, tras la muerte del padre, el hijo recobrase su personalidad jurídica y tuviera que salir de la casa para tomar posesión de unos bienes que los antiguos socios administraban —antes que las aguas alcanzasen el nivel del comedor— tal como, al parecer, se acordó ante un abogado de renombre, al día siguiente de la muerte y en el mismo lugar donde..., o tal vez lograse entrar antes la mujer de la venganza— que muchas tardes se acercaba al lugar, envuelta en un abrigo y con un pañuelo anudado a la cabeza, para mirar desde detrás de los árboles, o tal vez le

vinieran a buscar si se llegaba a saber lo que había hecho
con aquella mujer. Tan sólo se trataba, decía el viejo, de
saber esperar («si han de venir, ya vendrán»), si se está
esperando y se sabe esperar más de lo que se debe puede
incluso que no pase nada y se encuentre... la eternidad.
Las mañanas, en cierto modo, eran tranquilas, pero rui-
dosas; el ruido de la garrucha enmohecida, el agua sucia
de los sótanos que regurgitaba por sumideros insuficientes, los lavatorios, gárgaras terribles y penosas que
duraban hasta el mediodía y parecían infundir en todo el
arrabal un ambiente mañanero de nuevo mundo y ruidos
de cristal pobre desde la primera hora de la mañana hasta
que el sol comenzaba a declinar introduciendo en las
paredes del comedor las sombras reverberantes de las
hojas movidas por el soplo sutil y extraño emparentado
de alguna manera —el balanceo de las viejas cortinas
comidas por los ratones, los crujidos de la madera— con
la carrera violenta de la infancia y el rito del hombre en
esa hora vacía, solemne, familiarmente condicionada en
que los habitantes de la casa parecían sumidos en un
sueño interminable, en las habitaciones de la segunda
planta. Las tardes... era otra cosa; volvían a bajar cuando
el sol se acercaba al ocaso; volvían a sentarse frente a
los restos de la noche anterior, el oído instintivamente
inclinado hacia el ventanal para alcanzar toda la ampli-
tud de aquel silencio singular, enfatizado por el reloj
—cuando la luz retirándose anaranjaba el piso—, que
incluso eran capaces de percibir las tardes de domingo,
más allá de los campanillazos furiosos e insistentes, pero
incapaces de aniquilar el silencio, volviendo majestuosos
tras el eco del último sonido frustrado, como el brillo de
la luna momentáneamente ofuscado por la quema de los
fuegos artificiales, que se extingue con una nube de humo y voces infantiles.

    Tal vez creyeran que tras aquel silencio —más allá de
las tapias negruzcas y los árboles que duplicaban su volumen de sombra a la hora del crepúsculo, a donde, desde muchos años atrás, solamente se habían atrevido a
acercarse con la premonición y el miedo— había algo.

El viejo, sí. El viejo, sin duda, lo sabía, aunque sólo
fuera por el hecho de que si nada hubiera un oído tan
inconsciente como el del joven no viviría en la escucha
permanente; que si nada hubiera un oído tan tenaz y
ávido lo despertaría al fin del oculto poder de los setos y
los corpulentos árboles y del agua dormida y somera,
pero creciente; un momento desconocido y voraz que
había de procrear, inflándose a sí mismo, la sombra terrible de la venganza sobre la pequeña casa. Todos los días,
en efecto, a primera hora de la mañana se asomaba por
aquel ventanuco del lavabo, protegido con una malla
metálica: una cara blanca, espatulada, descuidada y con-
tradictoriamente simple (los ojos saltones y el pelo pla-
teado), que se diría había alcanzado cierta cuarentona
madurez por una simple yuxtaposición de canas y años
encerrados en casa. No hacía nada, solamente miraba con
fijeza, una estucada melancolía. El día que murió su padre allí estaba —los ojos saltones y el pelo cubierto de
polvo— mirando hacia el campo cuando llegaron los
amigos de su padre en un taxi negro. Le habían vestido
de luto, y antes de echar a andar, alguien —por detrás
de la puerta entornada— le colocó sobre la cabeza un
sombrero negro de grandes alas anchas; un amplio sobre-
todo negro le llegaba a los tobillos, para encabezar la pre-
sidencia del duelo —escoltados por los amigos y socios de
su padre, que, en lo sucesivo, habían de velar por su
salud.

Hasta entonces habían llamado por espacio de casi
veinte años, más que su juventud, toda su inicial reserva
de pasión. Habían llamado con insistencia, pero nunca
con prisa, como si en lugar del pasado vengativo se tratara tan sólo de una mano infantil —salida de las aguas—
que agitaba la campanilla por un juego inocente que
debía por fuerza recordarles— aunque los habitantes de
la casa trataran de olvidarlo, pretendiendo flotar sobre
el horror de las aguas —el hundimiento final que un
día u otro había de sobrevenir, vivificado todas las semanas por el campanillazo admonitorio. En los últimos
días o habían llamado con más fuerza o empezaban a

envejecer. No podía ser otra cosa; hasta los vasos —parecía— habían empezado a tintinear como si cerca de la casa pasara el tren; hasta las manos de alguno habían empezado a tamborilear con inquietud sobre una mesa (o la caja) de pino. Pero él seguía allí, la mirada sostenida por aquella mezcla de alcohol y antigua pasión trocada en paz interior desde el día en que —después de pegarle, sólo el más viejo sabía cómo y a costa de qué, y a la postre instintivamente convencido, pero no disuadido— logró apagar su escasa, pero inflamable dosis de esperanza. Apenas oía; no tenía necesidad de ser sordo, «los tiempos que se avecinan son tan malos —se había dicho— que no vale la pena salir de casa». Después de la muerte del padre casi no había pronunciado cuatro palabras, un taxi enorme y desvencijado le había devuelto una mañana a la casa y allí quedó, mirando los árboles a través del ventanuco del lavabo y las tardes sentado ante el ventanal, con un vaso sucio medio lleno de castillaza, en el mismo piadoso abandono que le había dejado su propio padre al morir.

Lo había ido a comunicar uno de los antiguos socios, sin duda el más joven: un hombre que frisaba los cuarenta años, de maneras pulcras y estrictas en las que se adivinaba una profesión administrativa; se había cambiado el traje habitual por una combinación más circunstancial —despedía un intenso perfume de afeitado— y trajo consigo un gran paquete envuelto en un papel de tintorería. No habló con él, solamente se lo comunicó el viejo haciéndole saber que, aunque el padre, al morir, no había expresado ninguna voluntad en tal sentido, era deseo unánime de todos sus amigos y deudos que presidiera el duelo aquel a quien en vida tanto había amado. Y que, naturalmente, se hacía necesario tomar las debidas precauciones para evitar que aquella nueva salida supusiera una nueva reincidencia en su terrible —«no sabía cómo llamarlo»— vicio o enfermedad.

Le pusieron, además, unas gafas negras. No había traspuesto el umbral de la puerta lo menos en tres años. Desde que su padre —«agobiado de dolor»— había decidido internarlo con el viejo guardia en la casa deshabitada del arrabal, no tanto para evitar un nuevo escándalo en su propia casa, donde tan mal acogidas eran las visitas del juez o del médico o de cualquier interesado en hacer un pequeño negocio, y las preguntas indiscretas, como para ocultarlo de la familia de la víctima. En realidad, su padre sospechó desde el primer momento, y supo luego con evidencia, que nunca hubo tal víctima. El viejo tampoco llegó a saberlo; mucho más bajo que el otro, apenas le miraba, porque no lo necesitaba para saber qué estaba haciendo y hacia dónde se dirigía. La carroza se detuvo ante ellos, quietos y juntos delante de la cancela. Escucharon un responso y se metieron en un taxi negro, donde también subieron tres o cuatro amigos del difunto.

Cuando sacaron el féretro de la carroza él se quedó dentro del coche. Estaban a punto de depositarlo junto a la fosa abierta cuando media docena de ellos tuvo que volver corriendo al taxi para sacarlo del asiento delantero; él mismo era una especie de figura de mausoleo, que el taxista era incapaz de zarandear —el labio caído, mechones de canas juveniles sobresalían por debajo de las rígidas alas del fieltro negro, los ojos totalmente fijos en el parabrisas hacia la carretera de macadam que en una pendiente pronunciada caía recta hacia los tejados humeantes de Región. Al principio se negó; quisieron sacarlo a tirones, pero los pudo apartar y cerró la puerta. Luego, moviendo el volante como un niño, intentó echarlo a andar con unas sacudidas de su cuerpo hacia delante. Abrieron las puertas, pero él trepó por el asiento y se refugió atrás. Quisieron echarlo y lo agarraron por los tobillos. Las gafas cayeron, una camisa debió romperse, uno de ellos empezó a sangrar del labio; se atusó la corbata y el cabello y, secándose el labio con un pañuelo perfumado y blasfemando en voz queda, fue a suspender momentáneamente la ceremonia. Era un taxi viejo y destartalado que a los primeros golpes empezó a crujir. Una visagra se desprendió y la puerta quedó colgando, golpeándoles en la espalda. Un cristal se astilló. Uno de ellos,

al fin, le agarró por las solapas, pero cuando los otros
se retiraban sacudiéndose el polvo, el joven con una sola
mano le cogió por el cuello y lo sacó por la ventanilla,
apretándole por fuera con el otro brazo hasta que la
otra bisagra cedió y se desplomaron con la puerta sobre el estribo y la aleta trasera. Entonces se echaron
todos encima de él, debajo de la rueda y con la boca
en el suelo, mientras otros sacaban el caído, arras-
trándole por debajo del coche entre las ruedas de atrás.
Empezaron a golpearle en la espalda y en la cabeza, pero
logró coger a otro por el pantalón y luego por el cuello,
y lo volvió a meter debajo de la rueda. Se puso a gritar;
uno de ellos quiso recuperarlo golpeándole con una llave;
alguien puso el coche en marcha, pero el de abajo empezó a gritar más alto hasta que en un instante sólo se
oyeron unos estertores ahogados; había dejado de gritar
y yacía en el suelo con las dos piernas abiertas. Entonces
apareció el viejo encima de él —una cara voluntariosa y
rígida— mirándole fijamente, pero sin decirle nada. Le
tendió una mano.

—Sal de ahí. Déjalos. Sal de ahí. Tu padre ha muerto.
Ya verás cómo ahora todo se arregla.

Sólo entonces se debieron apercibir de su verdadera
corpulencia, exagerada por el terrible abrigo negro, cubierto de polvo. Tenía la frente enrojecida y la cara manchada de sangre y grasa; la camisa se había hecho jirones
y la corbata —anudada directamente en un cuello pálido,
volviendo su mirada constante y retraída, por encima del
coche, hacia el camino de vuelta— no parecía sino el
sanguinario y humillante despojo colocado como definitiva afrenta sobre la cabeza del mártir, indolente, altivo y procaz. Luego le sacudió el abrigo, las solapas y los
pantalones. Le arregló el pelo, volvió a hacerle la corbata, le limpió la sangre del cuello con saliva, y le metió
los faldones de la camisa por la cintura, tapándole el
ombligo. Se dejó hacer todo sin mover la cabeza ni alterar la mirada —por encima del coche— que aún seguía
atrás, quieta, paradoxal, indefinidamente inmersa en un
tiempo del atrás, ausente de toda violencia y de toda ac-

tualidad. Le puso también el sombrero, calándolo hasta
las cejas, y le colocó las gafas, que habían caído al suelo,
con un cristal roto. Los otros esperaban alrededor de
la fosa, sacudiéndose el polvo.

El viejo le cogió de la mano.

—Ven. Vamos a enterrar a tu padre. Vas a ver.

Esperaron un largo rato. Él seguía mirando el camino
de vuelta y la puerta del coche tirada en el suelo, que
el dueño no se había atrevido a recoger.

—Ven. Hay que enterrar a tu padre. Volveremos en
seguida.

Hacía tiempo que esperaban. Algunos se habían sentado en las tumbas de alrededor y se sacudían el polvo
de los pantalones o se limpiaban la cara con pañuelos
planchados. Unos pasos antes de la fosa el viejo le detuvo
y le apretó la mano. Giró un poco la cabeza, su mirada
no había cambiado: el único ojo visible —encajado detrás de la montura de la gafa rota como una bola de lote-
ría en su discreto alvéolo— tembló tres veces como si
obedeciera a tres sacudidas del azar. Luego metió las dos
manos entrelazadas en el bolsillo de su abrigo y le arrastró hasta el borde de la fosa; cuando a una señal suya
comenzaron a descender la caja suspendida de unas maromas, le estrujó la mano dentro del bolsillo —el ojo no
había vacilado, tranquilo, contemplativo, como si tratara
de localizar dentro de la visión inconclusa de la tarde el
punto a donde le quería conducir una violencia involuntaria. Le apretó más; le clavó las uñas en la palma al
tiempo que la caja llegaba al fondo de la fosa y los allí
reunidos echaban puñados de tierra encima de ella.

—Tienes que llorar. Tienes que llorar ahora.

Cerró los ojos. Apretó los dientes y las uñas y bajó la
vista congestionado, contando hasta veinte. Cuando volvió a mirarle había cerrado los ojos, pero detrás de la gafa
rota sus párpados estaban rodeados de una lágrima inicial; no era la mano, ni las uñas, ni la tumba, ni la presencia de los allí reunidos —el viejo lo sabía—, era la
repentina y cíclica proximidad del brillo del hombro
desnudo que cruzaba el solsticio de su dolorosa órbita

para alejarse en el vértigo de la sombría memoria de las tardes obsolescentes.

—Tu buen padre.

Volvió a apretarle de nuevo, hincándole las uñas, y sus ojos se abrieron, el cuerpo avanzado y vacilante embargado por el vacío de la fosa, dejando correr —el jugo exprimido por la mano dentro del bolsillo— unas pocas lágrimas que corrieron por las solapas polvorientas.

—Tu buen padre.

Luego le volvieron de espaldas a la fosa —el viejo le sostenía por debajo del hombro— y uno a uno los amigos y deudos le fueron dando la mano; alguno le dio unas palmadas y otro intentó abrazarle encaramándose a él como la joven musa que ofrece el laurel a un poeta de bronce. El mismo que había llevado la llave y el traje negro explicó al viejo la necesidad, antes de volverle a encerrar, de llevarle a la casa de su difunto padre tanto para hacer acto de presencia en la lectura del testamento como para que el albacea constatara que no se habían producido los motivos de invalidación. Solamente el viejo lo sabía; al encomendarle su custodia indefinida el propio padre le comunicó haber decidido una cláusula de invalidación —«por cuanto que ello se demuestra incompatible con toda persona incapaz de apercibirse de su propia dignidad y del respeto que los demás le han de merecer»—, a fin de impedir cualquier otro intento de chantaje.

La casa conservaba su aroma; todas las ventanas y las contras estaban cerradas, así como una hoja de la puerta de roble —que debían encerar cada año—, con unas grandes aldabas de bronce bruñido. A un lado del vestíbulo, una esclava negra semidesnuda sostenía (esa colonial grandilocuencia del realismo de ultramar) un lampadario flamígero; habían colocado una mesa cubierta con un terciopelo negro y una bandeja de plata que contenía los pliegos y las tarjetas. Sonó un timbre discreto —apenas perceptible desde el exterior— y les introdujeron (pocos días antes de morir su padre había cambiado el servicio) en el salón contiguo al despacho, donde habían

de ofrecerle, antes que llegara el notario, una merienda
de difuntos. El no lo recordaba siquiera; era una habitación convencional, de un marcado mal gusto formado,
al parecer, entre los reservados de los prostíbulos y las
salas de espera de las clínicas más modernas de los años
veinte; tresillos y sillones de tubo cromado y tapicerías
de grisalla, rayos diagonales y envejecidos planetas, rom-
bos y triángulos, que tal vez un día fueron granates y
amarillos, y meretricios tapices de samaritanas portadoras
de ánforas y pechos desnudos con fondo de oasis y came-
lleros; y planetarias lámparas de globos y discos de cristal
bajo los cuales su memoria se negaba a aceptar un atisbo
del ayer.

Se sentaron juntos; no se habían soltado todavía las
manos dentro del bolsillo del abrigo negro. Una señora
de edad, nueva en la casa, con un traje que casi le llegaba al suelo y cubierta con unos tules negros, que no
disimulaban el escote —un pecho gigantesco de piel
irisada que empezaba a cuartearse y romperse en mil
brillos micáceos— se sentó con ellos y puso su mano en
su rodilla. No dijo nada; solamente reclinó la cabeza con
pesadumbre; solamente se oían sus suspiros.

—Qué desgracia, Dios mío, qué desgracia.

Luego añadió:

—Ustedes estarán deshechos. Lo que deben haber
pasado.

Luego le dio unas palmadas en la rodilla:

—Ahora tendrá usted que continuar el negocio de su
padre de usted. Tan joven.

No dijeron nada. No debían comprenderla y apenas
se tomaban la molestia de intentar escucharla.

—Vamos a tomar algo caliente mientras vienen los
demás. Ustedes estarán deshechos.

En las escaleras se quedó parado. Ella se dio cuenta y
se volvió, encogiéndose de hombros y levantando el velo
como si tuviera calor, mostrando el escote y unos cuantos
dientes de oro con una sonrisa afectada. Le tendió la
mano.

—Vamos, suba.

Pero el viejo no le soltó, tirándole de la mano dentro del bolsillo. Al llegar arriba —levantándose un poco el vestido y taconeando con unas chinelas sueltas— dio unas palmadas enérgicas. Era otro pequeño salón, casi idéntico al del piso inferior: las mismas lámparas y alfombras modernistas y ajadas, una pequeña mesa de nogal y unos tapices de la misma serie de bañistas diversos en los diversos desiertos, colgado de unas anillas. Habían preparado merienda para cuatro: un juego de plata de café y unas bandejas con tostadas y dulces. Volvió a palmear, y al fin una joven, con una bata negra y cubierta por un velo negro, que traía una tetera, llenó las tazas con una tisana pálida.

—A lo mejor prefieren café. Su padre tomaba siempre té.

No podían comprenderla; bebieron aquello, el otro levantó la taza con la mano izquierda, sin sacar la derecha del bolsillo.

El timbre discreto sonó varias veces.

—Ustedes me perdonarán.

Cerró la puerta, las dos tazas milagrosamente sostenidas en el aire más que por los dedos por el levitativo equilibrio del miedo o la costumbre de recibir llamadas de la inquietud con el vaso en el aire; sus dientes apretaban ligeramente la loza y la mirada no dirigida a parte alguna, fundida en las sublimadas reliquias de un recodo del ayer donde, a un paso de las aguas fosforescentes, se reflejaba el brillo del hombro desesperadamente inmóvil y evanescente. Luego se oyeron unos pasos abajo, unas voces tranquilas de gente que entraba. El quiso levantarse y forcejearon por primera vez; luego de un tirón se soltó la mano y se puso en pie, escuchando (eran los mismos pasos de antaño, las voces quedas, pero brillantes, hasta los últimos y más codiciables timbres de risa femeninas que llegaban a la habitación infantil en la oscuridad, debajo de las mantas y las cuerdas), pero el viejo volvió a hundirle en el sillón sin decir una palabra. De repente se apagó la luz y él empezó a retroceder apretándose contra el viejo; le soltó la mano y le echó el brazo por encima; de detrás del tapiz salía una luz pálida y violácea que se reflejaba en el disco de cristal y en la tetera de plata. Entró de nuevo la joven para retirar el servicio —no llevaba velo, le miraba fijamente, tan fijamente que parecía aumentar cierta azulada claridad, y la bata se le había soltado hasta la cintura— pero no se llevó más que la tetera. Y tal vez allí empezó; apenas había descorrido el tapiz volvió de nuevo aquel perfume de almohada que, sin duda, había permanecido intacto a pesar de que el viejo, cada noche, pulverizara un insecticida por toda la casa. Luego encendió otra luz, una raya de luz amarilla debajo del tapiz al tiempo que toda la casa se volvía silenciosa y oscura y ellos (porque él, sin recordarlo, debía haberlo encontrado; no era una vuelta más de la memoria insepulta, destruida y dispersa en mil fragmentos irreconciliables flotando sobre un vaso de castillaza, era más bien el hipertrófico, momentáneo e irascible crecimiento de uno de aquellos fragmentos conservado en alcohol), agarrándose de nuevo de las manos, comenzaron a luchar; tiraron la mesa y las tazas, volcaron el sillón y, una vez en el suelo, se agarraron del cuello. Solamente de cuando en cuando parecían detenerse de común acuerdo para escuchar; no había más que la pequeña luz y el silencio de la casa enorme, los cuatro ojos en un instante atentos, las dos cabezas juntas que volvían a la lucha tras la instantánea (no decepción) comprobación. El joven lo había agarrado por las solapas, pero el viejo, más hábil, con una sola mano le dobló la cara y le estrelló contra la pared; cayó la lámpara y el disco de cristal, dio unos traspiés y fue a agarrarse a un pliegue de la cortina, que se vino al suelo con la barra y las anillas, pero aún le sostuvo la mano recia del viejo, cuya mirada —serena, tranquila, sin reproche alguno, perfectamente fija en los ojos del pupilo— mantenía aquélla un poco tosca y torva, mezcla de resignación y discreta desolación que había constituido desde siempre la esencia de su pupilaje; era un hombre enjuto y fuerte —sosteniéndole aún de la mano todavía le clavaba las uñas en la palma—, de una extracción humilde, que había sido agente y testaferro de su padre en los años del juego, pero al que determinados escrúpulos que brotan en una madurez malograda, una antigua vocación por la honestidad apenas sepultada por la dura obligación de la lucha ilegal en sus años mozos, habían incompatibilizado con los negocios en los que el padre se había enredado; era un hombre que tenía una cuenta pendiente, conocedor de ciertas cosas delicadas y cuya proximidad y dependencia el padre estimó imprescindible, asegurando su fidelidad con la entrega de su confianza en una misión de tanta responsabilidad como el vitalicio pupilaje de su hijo, para que, al menos, se formara un poco aparte del decorado de sus más tiernos años; le había manifestado, además, su decisión de mantenerlo para siempre alejado de su casa y privado de todo contacto con los amigos y socios que administraban la casa. Detrás de la cortina apareció al fin la cama, con una colcha de hilo de seda azul de China, iluminada a baja altura por la lámpara de la mesilla de noche; entonces volvió a clavarle las uñas, y a sujetarle por las muñecas, y a tratar de retenerle con la mirada, quién sabe si buscando una suerte de hipnotización que podía haber estado ensayando a través de los vasos durante cientos de tardes, porque él ya la había visto; tuvo que comprender —había vuelto el perfume, un aroma malsano, inquietante e indefinible, más que el perfume la continua ionización de la atmósfera del burdel por las lamparitas de colores frutales y los vasos tapados y las axilas maquilladas— que toda la capacidad de amenaza y persuasión que podía concentrar en una mirada (porque apenas podía decirle cuatro palabras hilvanadas sin tres blasfemias), preparada en la más severa y rigurosa disciplina, apenas contenía la milésima parte de energía para distraer aquel átomo de memoria del hombro reverberante —no por la silueta de la camarera delante de la lamparilla, ni por la bata de seda negra que se deslizaba por el suelo, ni siquiera por el perfume de almohada ni por el efluvio de la axila ni por el humo del cigarrillo fluyendo bajo la pantalla de pergamino de la lamparita, sino justamente del punto de brillo de un

hombro ovalado desnudo, precipitando, como la última
gota de un ácido sobre la espúrea solución de una memoria incolora, los copos blancos de un deseo tenaz caído
en el fondo del vaso para recordarse, repetirse y con-
sumarse—, porque, echándose de nuevo encima de él,
le agarró por las solapas y el cuello dispuesto antes a
hundirle en el suelo que a permitir que se produjese
la nueva violación. Ella no esperaba que luchasen allí;
sin embargo, se sentó en la cama, deshaciéndose el peinado. Volvió a encontrar su mirada —a través de los dedos del viejo—; debía ser la misma, pero no era tan
profunda; ya no era brillante, había perdido la animación
y cierto perverso interés y les veía luchar con la misma
indiferencia de antaño. Luego reanudaron la lucha debajo de la cortina; cayó la otra parte y unas pequeñas y
groseras miniaturas con marcos de hierro negro; la consola de la otra habitación giró, se apartó de la pared, y,
arrastrando la mesa donde habían merendado, se estrelló contra el sofá desventrado. Al fin, arrastrándose por
el suelo con el viejo encima y agarrándose al zócalo, a
las patas y mordiéndole las manos, logró llegar hasta la
cama, y, apoyándose en el testero, ponerse de rodillas
mientras la cama empezaba a crujir. Ella, con un gesto
de fastidio y cansancio, abandonó la cama. Apoyándose
en el frontal de la cama logró incorporarse mordiéndole
la mano mientras el viejo le tiraba del pelo y trataba de
agarrarle el cuello, al tiempo que ella, con fastidio, empezaba a quitarse las medias.
    —No es la misma. No es la misma. No es la misma.
¿No ves que no es la misma? Te digo que no es la misma.
    Entonces él se lo sacudió de encima, lo cogió por las
manos en sus hombros y, agachándose y pivoteando sobre la barra del testero, lo apartó con un golpe repentino de la espalda; luego giró y lo estrelló contra la pared de una patada en el pecho. Ella se había sentado
nuevamente en la cama, se había quitado las medias y
toda la ropa interior de luto y sólo cubierta con una
ligera combinación transparente, cruzada de brazos y sosteniendo el cigarrillo, cuya ceniza se extendía por las

sábanas, le miraba fija y tranquilamente, sin un gesto de
aprobación pero también sin fastidio, sin una sonrisa
ni una expresión definida ni una elemental actitud de interés, o miedo, o admiración, o desdén, o aburrimiento,
tan sólo fija y tranquilamente, como si hubiera sido de-
positada dentro de la urna en aquel estado semivirginal
para seguir mirando eternamente toda la eternidad de
aquel cigarrillo, tan aislada del tiempo, y del sol, y de
las tardes de invierno, y de las próximas nubes, como el
pez boquiabierto y mirón en la cisterna azulina del acua-
rio subterráneo. Cuando se sentó en la cama (con la boca
abierta) se miraron durante un largo rato y de cerca; ella
no parpadeó, luego le puso la mano en la suya y tampoco
parpadeó, sino que, mirando al techo, echó el humo hacia arriba. Luego le puso la mano en el vientre y la paseó
por el cuerpo hasta llegar a la axila, los brazos en alto y
la cara (al tiempo que ella volvía a echarse), escondiendo
su mirada en el techo. Cuando retiró la mano seguía mirando, no había cerrado los ojos debajo de la suya; luego enredó sus dedos en su cabellera y tiró con fuerza;
le apretó el cuello y empezó a clavarle las uñas, pero ella
se mantuvo inmóvil, sin alterar ni desviar su mirada
del techo. Se puso en pie, dio un paso atrás y entonces
le miró (Trataba de encontrarlo; estaba relacionado con
las antiguas palabras del viejo sentado a su lado en la
casa arrabalera; la misma indiferencia, la misma falta
de pasión, incluso la lamparita de la mesilla de noche
rompía también· la pared con una diagonal que al ilumi-
nar su cara con una luz reflejada se unía en un punto de
lejanía —sin vínculo de memoria, pero hilvanado con
un mismo hilo de miedo y de pasado—, no por un azar
ni por cualquier gratuita sacudida de una conciencia giros-
cópica, sino porque una clandestina necesidad de conocimiento había atravesado con el hilo todos los momentos del horror —con las formas de luz en el techo en
sombras de las noches infantiles, bajo las mantas y las
cuerdas, los pasos del ayer y los mayores susurros del
ayer a través de puertas cerradas, situados siempre en
una mañana estéril, en la exangüe claridad de la mañana

a través de la malla metálica del ventanuco del lavabo,
y los atardeceres violáceos más allá de la parra entrecru-
zados de hojas que las palabras entrecortadas del viejo
(no el aire) parecían mecer, y la lejanía de los vasos, con
la silueta, más allá de las hojas y en el mismo sitio (tal
vez) que las palabras, de las cumbres aristocráticas y las
cordilleras de nombres inmortales que afloraban de la
infancia, atravesando el inmenso hastío entre nubes de
una adolescencia destruida por mil deseos frustrados
vestidos de harapos entre cuatro paredes desnudas y una
malla metálica; era tal vez el aviso surgido de aquel atrás
que trataba por todos los medios de llegar antes que el
deseo), levantó el cuello e irguió el pecho, alzó las rodillas debajo de la tela de nylon y mostró los pies con las
uñas pintadas (transformado en una cierta curiosidad que
tras un primer proceso reflexivo se convirtiera en el
punto donde había de atarse y anudarse el hilo hilvanado en los gestos del ayer, porque...); luego aplastó el cigarrillo en el cenicero de la mesa, lanzó al techo la última
bocanada y apagó la luz (el deseo era lo de menos; allí
estaba y podía esperar ese previo instante que el deseo
desprecia o prefiere consumir en la espúrea contemplación y anticipación de sus gestos, pero que para la memoria, y la conciencia pendiente de un resorte de ella,
supone la única oportunidad de liberarse de la servidumbre del pasado; podía, pues, esperar —entre suspiros y
reflejos en la oscuridad, y crujidos de las sábanas— como
el pago de un dinero diferido durante meses exige al fin
un último requisito procrastinante, esperando en vano la
llegada de un aviso redivivo del pasado nacido de un
vaso mugriento o una campanilla de metal o un ......);
el nylon había caído al borde de la cama y el cuerpo, en
la oscuridad, al avanzar victorioso de una lucha con las
propias sombras reflejaba su orgullo en la metamorfosis
de los pies, y su jactancia a la altura de los hombros, y
su victoria en el nacimiento del cuello, y su inagotable
capacidad de desprecio en los ojos, y en la formación de
la frente (hombro donde años atrás había luchado por
primera vez por algo exclusivamente suyo); parecía dor-

mir, y algo de luz se perdía todavía por la nuca, y la
espalda reclinada, y el (y donde a la postre había casi
definitivamente perdido toda su capacidad de deseo y su
inicial reserva de pasión para transmutarlas —pasaron las
pieles blancas debajo de los árboles, y sonó la música
azucarada por las ventanas abiertas e iluminadas, y luego
sonaron las portezuelas de los coches, y hasta una copa
rodó por la balaustrada distrayendo el brillo de un hombro desnudo, y más tarde se hizo el silencio de jardín,
de donde emergió en la oscuridad la mirada de cansancio
del padre, levantándose las solapas de la chaqueta blanca,
hacia la ventana con la malla metálica iluminada por la
bombilla azul velatoria— en las horas baldías de las tardes intemporales y los transustanciados vasos de una
castillaza rancia donde de pronto surge, con la exacta,
gratuita y rebelde indiferencia con que entra el cometa
en el campo visual del ecuatorial, en las tardes excepcio-
nalmente dulces de una primavera precoz y bajo los
efluvios malsanos de los árboles, el brillo fugaz del) hombro, entre los pliegues de las sábanas y la cabellera parda
que brillaba como la pelota perdida en un campo de cebada; quiso retroceder sin apartar la mirada de aquel punto (hombro que al entrar fugar en la memoria desaparecía mil veces repetido y disminuido entre los destellos
equívocos de la tarde) y tropezó al borde de la cama con
el viejo; no se había desmayado, sino que a medias incor-
porado y apoyado con un codo en la cama, como un filó-
sofo de cuneta que esperara al viajero inoportuno, parecía
sumido en una inútil, perpleja y taciturna reflexión. Quiso luchar de nuevo, pero el viejo no se movió, sentado
en el suelo sujetas las manos para impedir que le ahogara,
y la mirada quieta en la cama: «Ahí la tienes. Ya lo has
conseguido. Ahí la tienes; luego volveremos a casa. Pero
si fueras hombre de verdad no lo harías, justamente porque ser hombre significa haber adquirido la fuerza suficiente para no dar un paso hacia allá. Y no digo que no,
tal vez para llegar a ser hombre sea necesario hacerlo no
para probar el fruto prohibido, sino para conseguir ese
hartazgo que te permita despreciarlo en lo sucesivo. De

otra forma jamás podrás vivir, jamás podrá tu persona
vencer la clausura del tiempo, porque eso que tienes ahí
delante —mezclado con perfumes de almohada y cabelle-
ras sueltas— no es más que la encerrona que una muerte apercibida de tu próximo despertar te tiene preparada
día tras día. Porque eso es la muerte: vivir ese instante
dominado tan sólo por ese instante. Este es seguramente
tu primer encuentro con ella, pero volverá más veces;
te acuerdas todavía de los campanillazos en las tardes
húmedas con la interrogante sobre las aguas de fuera;
es la muerte, en un instante resucitada. Un día, una mañana en el campo como no recordarás otra igual, te apa-
recerá de súbito un camino abierto a tu izquierda y al
fondo, tras el rumor de la cabaña, encontrarás la casa
que has estado buscando desde tus sueños infantiles: es
la muerte. Y otro día será el aviso, esa pregunta terrible
de un desconocido que ha estado buscándote mientras tú
estabas ausente de la casa: es ella; tardará en volver,
pero es ella. Y un día, un día inesperado que en el curso
de un minuto es capaz de trastornar toda tu existencia,
verás su mano pálida, peluda y temblorosa que adelanta
hacia ti la ficha de nácar sobre la mesa de juego, mientras tú, incrédulo, aguardas detrás de tus naipes como
el cazador tras el seto. Un día sabrás lo que es eso, sabrás
lo que es vivir, algo que sólo se sabe cuando ella ronda
el ambiente, porque todo lo demás es inútil, es costumbre y es pasado; el presente, esa parte del tiempo arbi-
traria, irresponsable, cruel, involuntaria y extraña a ti,
tan falsa que de un solo guiño te convertirá en un cadáver, tan estimable que el día que la puedas sobrevivir te
harás un hombre y sabrás vivir. Ahí delante la tienes,
mirándote a los ojos. Si crees que podrás soportarlo,
prueba. Si sales triunfante te aseguro que ninguna llamada volverá a turbar la paz de nuestra siesta. Prueba.»
No había hablado, la misma mirada, definitivamente fi-
jada a sus ojos por una especie de resina incolora y llo-
rona, parecía liberada —incluso de la cabeza erguida y
sostenida por el pelo de la mano del joven, como la de
una Gorgona serena e indiferente— de toda inquietud

por una suerte de secreta, triunfal y vagabunda desolación. Volvió a golpearle; se arrojó al suelo encima de él, y cogiéndole la cabeza con las dos manos la golpeó frenéticamente contra el suelo; luego quiso soltar de su cuello las dos manos del viejo y comprendió que la misma fuerza extraña que había fijado su mirada había definitivamente apretado y cerrado sus manos en torno al cuello de su camisa. Estaba tan cerca de su mejilla que en la oscuridad podía contar los puntos blancos de una barba de dos días en una cara noble —como a través del revoco cuarteado nacen los tiernos brotes de una cebada sepulta—, esculpida en la estéril y delicuescente y sombría arcilla sacudida de escalofríos, que temblara durante casi una hora de interminables balbuceos, mojada por las lágrimas que brotaban sin objeto y fueron a caer en la boca semiabierta hasta que, por encima del joven, el brazo desnudo, las uñas pintadas de color de nácar en unos dedos delicados y fríos que fueron soltando con felina y samaritana delicadeza —como si apartara las ramas de un espino— las manos del otro del cuello del joven hasta que la derecha se abatió sobre su propio pecho como un pájaro muerto, y cerró los ojos. Luego los brazos desnudos se cerraron en torno a su cuello y le arrastraron en la oscuridad a la cama deshecha.

Era ya de día cuando le sacaron de la habitación. Dos amigos de su difunto padre se prestaron a ello, cogiéndole por las piernas y los brazos. Toda la casa estaba limpia y en orden, todas las puertas y ventanas cerradas. En la sala donde la tarde anterior se les había servido una taza de té —ordenada y limpia, habían vuelto a colocar la cortina y los muebles rotos habían desaparecido—, con el aroma inconfundible no tanto del bienestar como de un orden celoso de su apariencia, esperaban la mayoría de los amigos y socios de su padre que parecían atentos a la diligencia de un cierto caballero desconocido, enfundado en un abrigo costoso, que sentado en una silla dorada sostenía una cartera de piel de cerdo. Sentaron al hijo en un pequeño sillón rococó —donde apenas cabía—, y entre dos de ellos lo vistieron con torpeza mientras el caballero miraba la escena con indiferencia, sosteniéndose las gafas por el centro. Mientras despertaban al hijo —al fin pudo entornar los párpados, con la boca abierta, llenando la pequeña sala de una especie sexual de ozono—, encendió un cigarrillo, extrajo de la cartera un folio de papel del estado, midió el margen y lo dobló con esmero, y comenzó a escribir al tiempo que arrugaba la nariz y lanzaba pequeños estornudos, mirando y aprobando con frecuencia lo anteriormente escrito. El viejo había entrado también; permaneció junto al sillón, agarrando y sosteniendo su mano. Tenía el pelo mojado, y debajo de la oreja hasta la camisa conservaba un hilo de sangre seca que no se había cuidado de lavar. A las preguntas que el caballero le formuló contestó con un invariable «Sí», mirando la luz de la mañana a través de las persianas verdes. Al fin el caballero firmó, selló y plegó, recogió sus útiles y, lanzando una mirada de disgusto al pasar junto a ellos, quitándose los lentes de hilo de oro, salió de la habitación seguido de los amigos y deudos del finado.

El mismo taxi estaba aún fuera. Su propietario había dejado la puerta suelta en el asiento de atrás. Cuando llegaron a la casa les estaba esperando el mismo que les había llevado la ropa y la llave, dos días atrás. No dijo nada, pero le ayudó a arrastrarlo hasta dentro. Luego examinó el taxi por si habían olvidado algo. El viejo lo había dejado echado sobre un sillón frailuno del vestíbulo y trataba de sacarle el abrigo negro tirando de las mangas.

—Cualquier cosa que ocurra no tiene más que avisarme. Ya sabe usted adónde.

El viejo no contestó, ni siquiera le miró, tirando de la manga. El otro cerró la puerta, dando por fuera dos vueltas a la llave.

Luego siguieron llamando. Todos los domingos, incluso durante un tiempo tal —lo mismo fue un año que un breve instante estupefacto y flatulento— que nadie en la casa fue capaz de contar; interminables mediodías y tardes ventrudas de alargados suspiros que flotaban sobre las aguas encharcadas tras las tapias desnudas; inviernos enteros que transcurrieron en un solitario y lento sorbo, reducidos, decolorados y atomizados en el fondo de un vaso —las miradas cruzadas, que agonizaron por las paredes vencidas, fantaseando la desolación por las manchas aguamarinas de la humedad, que atravesaron en una postrer desesperación los cristales cobrizos y las lechadas de otoño arrabalero hasta las gelatinoimperiales cordilleras donde habían nacido y al final se habían refugiado los hombres aristocráticos, los Bobio y los Valdeodio y hasta el propio barón de Santo Murano (cubierto de pieles malolientes y una espada de palo al cinto, que se alimentaba de zanahorias), las sombras duplicadas de los árboles de la antigua propiedad que anunciaban la llegada de un coloso, sombrío e insólito presente que había de llamar definitivamente.

Un día, la tarde de un día de fiesta, llamaron de una manera muy singular. La casa, como el barco que misteriosamente se para y se apaga minutos antes de la explosión, había quedado en silencio. Llamaron insistentemente, pero sin prisa. Pero al fin la puerta de atrás se abrió: todo el jardín estaba cubierto de un palmo de agua que empezaba a inundar parte de la casa; en el corredor habían colocado el ataúd, y como el agua ya alcanzaba algunos centímetros, todo parecía indicar que en cualquier momento iba a salir navegando; el cadáver estaba cubierto con un hábito blanco y un pañuelo negro en torno a la cabeza le sujetaba la mandíbula; sus ojos habían quedado abiertos y —en medio de una absurda aureola de hojas y cardos secos y nardos ajados— parecía haberse cristalizado la demente, estoica, estupefacta y contradictoria ansiedad con que había tratado, en vida, de contemplar su porvenir a través de un vaso. El viejo estaba a un lado, solo, apoyado en la pared del pasillo, ocultando las lágrimas con un pañuelo sucio. Sin levantar la vista, dijo:

—Pasen, pasen. Pueden ustedes pasar.

No había nadie, pero, una vez más, la mano —salida de las aguas— tiró del cordón y sonó la campanilla. El viejo, sin quitarse el pañuelo de color de hierbas de la cara, cruzó el jardín y apartó la barra. El agua había subido tanto que le pasaba de los tobillos; los puntales de la parra se habían podrido y una parte de ella se había caído.

Abrió, al fin, la puerta del jardín, escondiendo la cara.

—Pasen, por favor, pasen.

Al ver el agua se quedó parado. Luego, un niño entró corriendo saltando sobre las piedras blancas que formaban las antiguas cercas, hasta la puerta abierta y el corredor que despedía un tufo intenso a interior cerrado.

Junto a la puerta flotaba en el agua una pequeña pelota de goma blanca. del tamaño de una naranja.

Ocurrió por vez primera en lo mejor del verano, bastante al principio, cuando más se disfruta de la soledad, en las últimas horas de una tarde de finales de julio.

Era lo que se dice una mujer libre, una criatura bastante fácil, que no da importancia a esas cosas, es decir, todo lo contrario de una profesional. Eso sí, más atractiva de espaldas que de frente y más sugerente vestida que desnuda. Una persona que sabe lo que quiere y dónde lo tiene que buscar. Y una mujer que tenía conversación y sabía ser simpática... por lo menos durante la primera hora, o las primeras horas, hasta justo ese momento en que lo menos importante es la simpatía y en el cual, de la misma manera que puede quedar resuelto, un mal gesto o una palabra importuna puede echar por los suelos todo un verano.

Tampoco era de las que complican, todo lo contrario. Una de esas mujeres independientes que se valen por sí mismas, que tiene cubiertas sus necesidades, no quieren complicarse la vida y saben aprovechar sus oportunidades como vienen, ni más ni menos. Además había hecho algunos estudios y podía hablar de cualquier cosa, trabajaba en una gran firma de exportación e importación, tenía un apartamento y últimamente había leído un libro que le estaba gustando mucho, aunque todavía no lo había terminado. Tenía un nombre de barrio, eso sí, un nombre de barrio —Manola o Paloma o Paz o algo parecido— y un cuerpo que hacía olvidar los rasgos un poco groseros de la cara.

No hizo el menor aspaviento, lo tomó como la cosa más natural del mundo, justo lo que hay que hacer en esos casos. Casi como un hombre, sin las hipocresías de las mujeres, sobre todo las mujeres de antes porque las de ahora al parecer son otra cosa. Dijo que le gustaba la casa porque tenía un aire moderno; preguntó quién era la señora del retrato (y eso es lo que la profesional no hace nunca, porque lo sabe de antemano y por el mucho respeto que tiene por todo lo tocante a la familia), pasó un momento al cuarto de baño y, sin más preámbulos, dejando el vaso sobre la mesilla de noche, se tumbó en la cama.

Tenía un nombre de barrio, uno de esos que con diminutivo suena siempre al de una telefonista. Y lo hacía muy bien, se veía que aunque había empezado pocos años antes había aprendido con rapidez. Lo perfecto para una tarde de julio, a última hora, sin las complicaciones de la cena. O las otras que tienen que volver pronto a casa. La verdad es que no pudo empezar mejor, todo iba como la seda hasta que... todo se vino abajo y se perdió, vaya si se perdió. En un santiamén se había calzado. Y se metió de nuevo en el baño, pisando fuerte y cruzando las piernas para poner de manifiesto su irritación. ¿Humillación? No, humillación no ¿por qué tenía que sentirse humillada? Hay que ponerse en su caso para comprender que no podía hacer otra cosa que marcharse, una chica de barrio que probablemente habría tenido que bregar muy duro para hacerse con una educación y una situación.

Una mujer independiente, con todas las ventajas de las profesionales y ninguno de sus inconvenientes; con un cuerpo que funcionaba a la perfección, con un verano por delante sin tener que dar cuentas a nadie. Todo un verano, de haber salido bien.

¿Por qué había de sentirse humillada? Despechada en todo caso; despechada, esa es la palabra. Tampoco es normal que a un tipo le pase eso; que todo se vaya desarrollando con normalidad hasta el momento en que... y en ese momento se acabó, vaya si se acabó. Hay que ponerse en su caso para comprender que no podía hacer otra cosa que levantarse de la cama y largarse cuanto antes. Cuando salió del baño, vestida de nuevo, todavía lanzó una mirada al dormitorio, pero allí seguía recostado en la cama, mirando boquiabierto a la puerta. Tal vez sin oir el sonido de sus tacones en el pasillo; luego recogió las gafas y el bolso que había dejado en el salón y salió del piso dando un portazo.

Un verano a la mierda. Había dicho que pensaba tomarse las vacaciones en septiembre, a finales de septiembre, cuando ya no queda gente en las playas. No tenía pensado dónde ir, tal vez a Mallorca. No es que le sobrara el dinero pero ganaba lo suficiente como para no tener que pedir nada a nadie. Esas cosas gustan y dan mucha tranquilidad. No hay ninguna profesional que diga que está leyendo una novela —una novela de fama— si no es porque anda buscando algo.

Tampoco había hecho tanto calor como días pasados. No sudaba por eso, no. No, no. Decía que ella era así de naturaleza, que no necesitaba nada para entrar en situación. Ocurrió entonces, en el instante preciso y crítico. Ocurrió entonces. Esas tardes en que lo más que puede ocurrir es que suene el teléfono.

Ocurrió entonces, en el último instante porque el siguiente ya habría quedado pospuesto, cuando de repente... sonó el clic de la cerradura, vaya si sonó, un sonido demasiado conocido como para confundirlo con otro: el sonido de la cerradura de la puerta principal del piso con un chasquido seco y terminante, seguido del golpe de la hoja contra su marco. Sonidos demasiados conocidos, familiarmente conocidos: y sobre todo sus pasos rápidos e inconfundibles, la parada frente a la mesa del hall para dejar el bolso y revisar el correo y, por fin, como si hubiera adivinado algo, el firme y decidido taconeo de sus pasos sobre el parqué del pasillo hasta la puerta del dormitorio abierta de par en par. Y claro que se vino abajo, ¿cómo no se iba a venir abajo? Hasta la circulación de la sangre. De todo el decorado anterior no quedaba más que el hueco de la puerta del dormitorio, iluminado desde el pasillo, nada más, ni siquiera el eco de los pasos de ella ni las voces de protesta.

Desapareció en un santiamén; y sólo mucho después aflorarán al recuerdo su salto de la cama, sus voces encrespadas, sus pasos despechados por el pasillo y de nuevo el portazo... mientras el marco de la puerta del dormitorio continúa iluminado y vacío y de todo el suceso no restan otras pruebas que un par de colillas, un par de vasos con algo de líquido amarillento, unos trozos de hielo en la pileta y abierta la portezuela de la nevera.

Un verano que podría haber sido una gloria, sin necesidad de recurrir a las viejas amigas. Y mucho menos a esas profesionales de altos vuelos que se creen por encima de su profesión por la altura de su tarifa. Una chica que no tenía más que ventajas; mucha personalidad, eso sí, lo cual es una garantía para tantas cosas. Acostumbrada a vivir con independencia y de las que entienden el amor de igual a igual. Nada de ñoñerías, una mujer libre, lo que se dice una mujer libre, que lo mismo que te coge te deja.

No había de dejar ni rastro. Seguramente contra lo que decía se tomó las vacaciones en agosto y se iría a una playa de Levante a terminar la novela. Cualquiera sabe: seguramente que está arreglando el verano al primero con quien se haya encontrado. A lo mejor un extranjero.

Así que hubo que recurrir a las amistades de antes, una cosa bien distinta que ni por un momento se puede comparar con aquello. Todo lo contrario: esa sensación un tanto agobiante —que bien se preocupan de provocarla— de tener que recurrir a ella por necesidad. En otras palabras, que no hay otra cosa de la que echar mano. La chica del verano pasado. Y en cuanto entra, ¿no dice

que todo sigue igual? Como si le perteneciera algo. Es lo
que más molesta de esa clase de mujeres que porque se
haga el amor con ellas se creen ya con unos derechos
adquiridos para siempre. Sobre todo, el derecho al reproche. ¿Es que no quiere decir nada todo un invierno sin
verla? Ya se sabe a qué viene, ¿no?

Pero entran en la casa como para tomar posesión de
algo que el invierno les ha arrebatado injustamente y aún
se permiten ciertas ironías con quien, oyéndolas hablar,
se diría que la ha usurpado. Son cosas de mal gusto que
cobran su verdadera dimensión cuando todo ha pasado.
Pero tienen la ventaja de lo conocido, realmente la única
ventaja, porque en cuanto creen haber adquirido ciertos
derechos todo son complicaciones: exigencias, llamadas
inoportunas, peticiones apremiantes y —sin llegar al
chantaje— una serie de indiscreciones que parecen hechas a propósito, como para deducir algún provecho. Todo
lo contrario de la mujer libre.

En cierto modo lo más ofensivo es la familiaridad con
que vuelven a la casa: no se quedan atrás nunca, van
abriendo puertas y hasta se permiten ciertos comentarios poco halagüeños sobre los cambios que se han producido en un año. Tampoco renuncian a unos pocos aspavientos antes de hacer el amor. Y cuando se meten en
el baño es por media hora, todo lo contrario de estas
chicas libres de ahora.

Lo más conveniente es no hablar de nada, dejar que
se despachen a su gusto, nunca hay que apremiar. Pero
ya estaba con los ojos en blanco, cuando inopinadamen-
te ocurrió de nuevo: el ruido de la cerradura de la puerta
principal, el clic del interruptor del hall, el golpe de la
puerta contra su marco; el sonido de la cadena del bolso
y de súbito los pasos ligeros y firmes —tan conocidos,
tan de sobra conocidos— sobre el parqué del pasillo e
incluso la sombra que por un instante se recorta y oscurece el hueco iluminado de la puerta del dormitorio y...
al tiempo que sus piernas se desploman inertes sobre la
cama desaparece el dormitorio en la vacía luz confusa

del estupor marcado por intensas palpitaciones y las voces que lo llenan sin apenas sonar: «¿Qué haces? ¿Qué pasa? ¿Por qué te paras? ¿Qué haces ahí? ¿Por qué te quedas así? ¿Qué te pasa?»

Así que salta de la cama, corre hacia la puerta del dormitorio (como si esperara la oportunidad para representar el papel que más le conviene) y pregunta en voz alta quién anda ahí. Pero con eso no se disipa el clima lechoso del estupor ni vuelven los muebles a su sitio ni las paredes a su penumbra, ocultas por las voces casi inaudibles: «¿Por qué te quedas así? ¿Qué te pasa? ¿No ves que no hay nadie? No ocurre nada, absolutamente nada.»

Lo más probable es que no sepan lo que ocurre, que no se den cuenta ni comprendan nada y entonces… es natural que tengan miedo y se vayan, sin pensarlo más. El nuevo portazo, pero con un sello de familiaridad. Pero ocurre… claro que ocurre: sonidos todos muy conocidos para que se confundan con otros: el ruido de la cerradura y los pasos, sobre todo sus pasos rápidos y firmes sobre el parqué cuando vuelve de la calle. Cuando vuelve de compras.

Lo que más molesta es tener que picar ese anzuelo que tiende un espíritu ofendido y sucumbir ante una necesidad que se tenía por superada y satisfecha. Esa clase de mujeres conoce la técnica de la ofensa a la perfección. Casi lo único que conoce: la ofensa que obliga a la mayor solicitud, un precio por las nubes, un talante satisfecho que acepta la oferta para que no se diga que no hay cariño de por medio. Y con independencia de que —disipada la alucinación— un suceso de esa índole sólo incrementa los deseos de hacer el amor. Un susto, nada más, cosas raras que ocurren cuando no se es del todo dueño de los propios actos.

Lo que más molesta es esa actitud de falsa magnanimidad. Cuando no se ponen a vender el favor, lo más caro posible. Y es una deuda que no termina nunca de saldarse porque esa clase de mujer se ocupa —vaya si se ocupa— de que la contabilidad amorosa sea siempre deficitaria para ella. Unido a que el deseo de hacer el amor se renueva, como si de la última vez hubiera quedado por conocer un detalle importante. Ellas lo saben muy bien; a saber si incluso conocen ese detalle y lo ocultan expresamente para espolear el apetito. La vez siguiente es mucho más cara, con una cena por medio, por lo menos. O un pequeño regalo, una atención para disipar toda clase de dudas sobre la sinceridad de la llamada y la inocencia respecto a lo ocurrido a la vez anterior.

Ocurre que cuando se está sobre aviso las cosas suceden de diferente manera. El amor también es distinto. Ya no levanta las piernas poco a poco; durante un buen rato permanece quieta, observando lo que va a suceder por el rabillo del ojo. Así no hay manera, así desfallece cualquiera. Hasta que —sin que se sepa muy bien cómo ni en qué momento— el resorte de la carne actúa, desaparece el recelo, sin mayores complicaciones. Esa vez sí iba en serio, la primera vez en muchos días. A veces se llega a creer, con cierta clase de mujeres, que todo es comedia e incluso hay quien se acostumbra a ello de tal manera que la echa a faltar cuando se produce con naturalidad... porque no hay perfección ni goce como el que produce la comedia. Pero aquella vez no era así y la mejor prueba de ello la constituía su anterior frigidez. La melena se había desbordado por la almohada, su cabeza se agitaba girando de un lado a otro con la boca abierta y hasta lanzaba gritos terribles como si se abrasara... cuando de repente se encendió la luz del pasillo, se oyó con toda claridad aquel particular sonido de su bolso al ser depositado sobre la consola del hall y sus pasos firmes e inconfundibles que recorrieron el pasillo para detenerse ante la puerta del dormitorio abierta de par en par. Y luego los golpes, las voces y gritos, los zapatos, el cenicero que se hace añicos al estrellarse contra la pared, el zapato de nuevo que de un golpe barre todas las fotografías de la mesilla de noche, sin que todo ello logre perforar la atmósfera densa y lechosa del estupor que entra por el hueco iluminado de la puerta del dormitorio.

Tal vez solamente lo cancela el portazo de la entrada, que se anuncia como definitivo.

Lo de menos es que se haya perdido el verano, ya vendrá otro. Aún queda la mitad de agosto. En cuanto a ella es mejor no llamarla más, tampoco se ha perdido gran cosa. La lástima es aquella criatura, una mujer libre, acostumbrada a valerse por sí misma, que lo reunía todo. Sin aspavientos, con una naturalidad que ya quisieran para sí las que presumen de estar de vuelta de todo. Y con una cultura, una mujer con conversación, que incluso estaba leyendo una novela muy larga.

Y de nuevo el portazo.

Por fortuna, en una ciudad grande hay soluciones para todo; soluciones que, por su insuficiencia, fueron dejadas de lado cuando soplaron ciertos vientos de fortuna pero a las que es preciso volver cuando las cosas se ponen de cara. Y cosas que yacen olvidadas porque una moral despectiva las ha cancelado por principio pero que, probadas de nuevo, demuestran gozar de unas propiedades secundarias nada desestimables cuando se va entrando en años. Todo cambia con los años, por fortuna.

Así que, ¿a qué viene esa sonrisa alelada, indicando con la barbilla que siga adelante, que no hay nada que temer, que nada hay más natural que eso? ¿Dónde está la presencia de ánimo? ¿Qué puede pasar? Nada hay que temer cuando se trata de un asunto de tan poca monta, una cana al aire como se decía en otros tiempos. ¿O será que al recurrir a las costumbres y actividades de los años estudiantiles el ánimo reacciona con el reflejo de la misma zozobra de entonces, la misma curiosidad y análogo temor? Es una de tantas, una de esas chicas muy jóvenes que frecuentan los bares para concertar sus pequeños contratos. Ya no son como las de antes, tienen un aire más natural, menos profesional y sin embargo, las reacciones son imperecederas: la misma cara de hastío en cuanto llega al piso, la misma diligencia por despachar el asunto cuanto antes. Hay una habitación libre, no hay que esperar nada, pero en la antesala cambia con la regenta del piso un gesto interrogante que induce a aquélla a mirar con cierto recelo al cliente; y antes de pasar a la habitación le cuchichea algo al oído.

Ya se sabe que el cuerpo es un misterio y exige, como el cine, toda la atención. De otra suerte, todo el interés se viene por los suelos. No, no se puede estar así, escuchando lo más imperceptible y atento a lo que ocurre más allá de la puerta mientras la joven trata de acelerar el proceso del placer para que sucumba cuanto antes. En seguida, cuando no se produce en el tiempo normal, vienen los reproches y protestas, las preguntas sobre la salud, las recriminaciones ante el escaso deseo que demuestra hasta que al fin, salta el resorte de la carne.

Ciertamente, casi todas sus expresiones forman parte de la comedia que, para ser bien representada, ni siquiera ha de parecer demasiado veraz sino sazonada con un punto de exageración.

Un acierto el meublé, un acierto el espejo; todo ello tan escrupulosa y profesionalmente ejecutado cuando de repente se oyó su voz, su voz inconfundible, hablando con la regenta del piso acerca de su marido, un hombre joven, no muy alto, de unos cuarenta años. Y se hace el clima del estupor en el cual ni siquiera se da cuenta de cómo se ha ido la joven, cómo se ha vestido ni qué ha dicho ni cómo le ha abandonado, embargado por la alucinación, dejando la puerta abierta que da a la antesala, el hueco iluminado donde se recorta la silueta de la regenta:

—¿Pero qué hace usted ahí? ¿Por qué no se levanta y se viste?

Poco a poco la pregunta se va alejando —al tiempo que resuena, sin que se despeje la turbiedad del clima— hasta que de nuevo se aproxima mediante una transformación hacia un acento más familiar. Y ese tuteo, ¿no es demasiado familiar ese tuteo? ¿Es propio para que una mujer de su clase se dirija a un desconocido? Un hombre de cierta posición, debería darse cuenta. Y el pasillo, la antesala, ¿era así la antesala? ¿Qué fue de la mujer? ¿Qué quiere esa otra, vestida de calle, como si viniera de la piscina o de compras? ¿Y ese bolso? ¿No es su bolso? Y su voz, claro que es su voz, ¿luego dicen que no ocurre nada? Claro que eran sus pasos, claro que es su voz:

—Pero, ¿qué haces ahí desnudo? ¿Qué haces por los suelos? ¿Por qué no te levantas y te vistes?

Unas pocas semanas antes habría considerado imposible su llegada. Además llegaría con el buen tiempo, tras una quincena de chaparrones y vendavales a los que sucedió esa primera serie afónica de días idénticos y serenos con que se abre el período que todo el sistema del clima, fatigado de tanta alteración y actividad, parece elegir para tomarse un indefinido descanso.

Le sorprendió encontrarle poco cambiado. No le había visto en varios años —en bastantes años— cuando apareció en el extremo opuesto al que esperaba, al pie del vagón de cabeza. El apeadero estaba desierto, tan sólo un carro de mano apoyado en sus lanzas cortaba la perspectiva de los carriles y del otro lado de la vía principal, caminando pesada y lentamente junto a la de mango (más bien parecía detenido en la actitud de caminar, captado por la certera y furtiva visión que lo transportara al lienzo o al celuloide), el guardacantón se alejaba para ocupar su posición ante la marmita, al paso del correo. A propósito se distanció del jefe —con el banderín enrollado bajo el hombro, ni siquiera extrajo el reloj de bolsillo del chaleco, la mirada puesta más allá del paquete de vías en un escenario tan conocido e inmutable que no le era posible verlo— para quedar destacado en la soledad del andén y ser saludado por un gesto iniciado muy lejos y mucho tiempo atrás. Antes de que la composición se detuviera —entre chirridos y topetazos, cada coche tomando sobre sí la obligación de transmitir su enojo al contiguo, para desencadenar una mugiente protesta general ante la inutilidad del acto— corrió hacia la cola para encontrar tan sólo al oficial de ruta, encaramado en el estribo, haciendo señales con la mano. En el otro extremo del andén divisó su gabardina, encorvado sobre la plataforma para extraer su equipaje. Antes de volverse hacia él la composición arrancó de nuevo sin superar su desgana —sino llevándosela consigo—, en aquel purgatorio movimiento sin edad ni origen, sin término ni designio, como si la última razón del viaje no fuera otra que el cumplimiento de un castigo impuesto por una desconocida y desaparecida jerarquía que —violentamente expulsada de su imperio en la tierra— no hubiera tenido tiempo de cancelar sus sanciones ni compromisos, con que las líneas verticales de los vagones en aceleración, los reflejos equívocos de los mamparos y cristales habían de trasformar un hipotético reposo en una irreal y anacrónica marcha.

A medida que se fue acercando, su imagen —tan nítida y artificiosamente guardada en el recuerdo— se fue desfigurando, sólo para brotar de nuevo completa —como por arte de prestímano, tras haber sido rota buen número de veces y esparcidos sus fragmentos por el aire— una vez que el tren se hubo alejado, llevándose consigo la guillotinada memoria del atardecer. Entonces surgió de entre las ruinas de una estampa, a la vez fiel a ella y contradictorio con el recuerdo, como si su personalidad dependiera sobre todo de uno de esos rasgos —el talante, el tono de voz o tal vez la estatura— inaprensibles por la fotografía. Y un instante le bastó para convencerse de que el recuerdo que había conservado de él no era más que la abstracta, corrosiva y anodina superimposición crepuscular del pensamiento en obediencia a un deseo que en gran medida le fue ajeno.

Acaso por eso no le encontró cambiado, sino recompuesto, limpio, terso y agudo, recién salido de un taller de restauración que al eliminar las manchas y arrugas de su superficie, al reparar el bastidor y enmarcarle de una manera más acorde con él mismo, había puesto en evidencia la verdadera edad y la rudeza de ciertos rasgos disimulados otrora por la pátina.

Le preguntó por su viaje y le contestó sin palabras, pero con expresión amable e inquisitiva en la que estaba implícita su motivación. «¿Qué tal se encuentra?» mientras para responder a su propia pregunta y tratar de hacerse cargo de la situación, contemplaba —habiendo dejado la maleta sobre el andén— aquel solitario rincón del valle donde nunca hasta entonces había puesto los pies.

Cuatro días antes había enviado el telegrama, siguiendo instrucciones de ella, con que había tratado de hacerle adivinar la gravedad de la situación al tiempo que eliminaba toda intención e intervención propias: AGUEDA DELICADA TE RUEGA VENGAS CUANTO ANTES. SALUDOS DEMETRIO, al que había replicado con el lacónico mensaje anunciando la hora y día de su llegada. No había hecho falta más para hacerle comprender que se trataba de algo serio, tal vez con un desenlace a corto plazo, y no obstante haber llegado hasta él noticias referentes a su enfermedad, la separación había revestido en su día un carácter tan definitivo que en ningún caso habría acudido a visitarles de no haber mediado la petición de su parte. Acaso la mejor respuesta a la pregunta que estaba en su ánimo —pero que no fue formulada— la constituía el tamaño de la maleta, de tan inusitado volumen para una estancia de pocos días que en el momento de levantarla pudo adivinar toda una disposición de espíritu que se cuidaría de exponer con un disimulo cuyo mejor exponente había sido la brevedad de su respuesta. Tomó la maleta, dejando al viajero el bulto de mano, hasta el taxi que esperaba en la plazoleta del apeadero, un hemiciclo rodeado de corpulentos olmos.

Por el camino —vivían en una de las últimas casas del pueblo, con su fachada y la tapia de una pequeña huerta a la carretera de Macerta y cuya trasera se abría a un pequeño jardín casi todo él ocupado por un abeto cuyo tamaño no guardaba relación con nada a su alrededor— le fue narrando, sin muchos pormenores, el lento e inexorable desarrollo de una dolencia que había presentado sus primeros síntomas unos cuatro años atrás, con dolores y molestias en las articulaciones, pero que solamente en los últimos seis meses había afectado a la columna con tal intensidad que le había obligado a guardar absoluto reposo. «¿Y...?», pero antes de que respondiera depositó la maleta en un zaguán casi a oscuras y se internó, andando de puntillas, por un pasillo cerrado al fondo por una cortina.

Sobre una repisa del recibidor reconoció un cenicero, de propaganda de productos farmacéuticos, que tiempo atrás le había pertenecido. Cuando estuvo de vuelta le dijo, con sigilo, que le había engañado respecto a su hora de llegada a fin de no alterar su siesta y le invitó a pasar a una habitación bastante desordenada y angosta donde a todas luces, por las muestras de diarios y revistas, paquetes de cigarrillos, libros y medicinas, debía transcurrir la mayor parte de sus horas. Retiró de un sillón un montón de periódicos y papeles para brindarle el asiento y, tras ofrecerle un café o un té, le preguntó con una cierta brusquedad —y pudo percibir que la pregunta la había tenido a flor de labios desde el primer saludo en el apeadero, sin atreverse a formularla por temor a una respuesta contraria a sus deseos y premoniciones— si era su propósito permanecer unos pocos días con ellos, ya que estando su alojamiento preparado en una habitación de la segunda planta si estaba decidido a prolongar su estancia por unos cuantos días tenía que tomar unas pocas medidas para hacerla más confortable. Acaso era la respuesta evasiva la que más le convenía y se acomodaba a su talante, la que mejor se acordaba con cierta ambigüedad e indeterminación, en sus recí-

procas relaciones, que solamente podrían ser despejadas
por la enferma. Era evidente que a pesar de haber asu-
mido —desde meses atrás— la carga de ciertas labores
domésticas para las que nunca había estado preparado,
no podía disimular su antigua torpeza ni un incongruente
malestar que asomaba a muchos de sus gestos cuando
de tanto en tanto una de ellas, la más nimia, venía a
poner de manifiesto hasta qué punto le tenían esclavizado. Le siguió contando algunos detalles de su vida durante aquellos últimos años mientras encendió el hornillo
de butano, puso a calentar un cazo de agua y extrajo
de un tarro una dosis de café con que cebó la máquina,
con tanto esmero al abrir las llaves y grifos, al observar
la altura de la llama y al medir la dosis con la cuchara
y con la vista, que denunciaba lo lejos que estaba todavía de haber adquirido una familiaridad con aquellos
menesteres. En un momento le confesó; «Ya ves, aquí
nos tienes», cuando un giro en la conversación la hizo
derivar hacia su persona y sus actividades, poco menos
que suspendidas a causa de su retiro asistencial, para
darle a entender que tal tema lo consideraba como el de
menor importancia aunque solamente fuera por el hecho
de que todo lo que podía decirse de él saltaba a la vista.
No, no es que se congratulara en poner de manifiesto
la magnitud de su sacrificio; no podía considerar como
tal un cambio de fortuna. Pero antes de que el agua co-
menzara a hervir sonó un agudo y repetido timbrazo y,
secándose las manos en un paño, le explicó que había
despertado, que iba a atenderla, que tuviera buen cuidado de retirar el cazo antes de que el agua rompiera a
hervir y que en ese momento la vertiera poco a poco en
la cafetera, señalando también el tarro del azúcar. Cuando volvió, él mismo algo sorprendido de su diligencia,
ya estaban las dos tazas servidas. «Quiere verte, quiere
verte ahora mismo», dijo, sirviéndose el azúcar y haciéndole un gesto hacia su taza, «pero toma el café antes»,
con una seguridad en la advertencia en cuyo laconismo
estaba implícita no la renuncia ni la fortaleza de ánimo
ni la paciencia ni la perseverancia, sino esa clase de ag-

nosticismo casi cuartelero que aprende a sobrellevar unos
hechos que no tienen otra explicación ni provecho que
la ley del mandato. Y repentinamente, mientras llevaba
el café a los labios, se le apareció en toda su perentoria
y malgastada edad, sin recursos ni resolución, el principio
del término de la aventura que le había llevado a una
casi completa consunción. Quince años que no se veían,
a la vuelta de los cuales el derrotado de entonces no
sólo tenía que venir en su ayuda, sino que, con talante
sereno, sosteniendo firmemente en su mano la taza de
café, ponía la nota de contraste hacia aquella otra mano
moteada y craquelada para la que, a causa de su temblor,
tan difícil resultaba aplicar la llama de un fósforo a la
espita de gas. Años atrás habían sostenido una entrevista
bastante breve, para despedirse indefinidamente y hacerle
saber que a sabiendas de todo el daño que le causaban,
habían llegado a la conclusión de que no tenían otra alternativa. Una vez que decidieron comunicárselo, y aclarar
la situación que le habían ocultado durante un par de
meses, Agueda resuelta a plantear el hecho consumado
sólo tuvo que despedirse; y evitando toda recomendación
tanto como cualquier solicitud —y no menos la obligada
reacción de indulgencia que podría permitir la continuidad de unas relaciones amistosas— tan sólo le rogó que
se aviniera a conceder una última entrevista al amigo
cuya mayor —casi única— preocupación se cifraba en
la ruptura con la persona de la que nunca habría querido
distanciarse. Se la concedió; siempre había admirado a
Agueda, le dijo, siempre la había respetado y considerado
como la mujer más deseable, incluso desde antes de su
matrimonio con él. En ningún momento perdieron los
estribos ni se produjeron escenas y la conversación (impuestos ambos al hecho consumado) apenas tocó las razones para la decisión que habían tomado ni los propósitos que abrigaban para el futuro. Y sobre todo, no
hubo resoluciones definitivas ni rupturas irreparables;
y eso fue lo que otorgó al desenlace un tinte más sombrío y un carácter más irreversible. Porque fue muy discreto: no mencionó la situación en que él quedaba, lo

que suponía esa pérdida, todo lo que le obligaba a cambiar y a renunciar en su vida. Apenas reparó en los detalles prácticos y cuando Demetrio insinuó y quiso hacer un ligero hincapié sobre los orígenes y preámbulos de las relaciones entre los tres, le cortó en seco. «Dejemos eso —y se levantó— que por lo visto debía desembocar en esto. Bien sabes que necesita algunos cuidados.» Toda su vida había sido exageradamente aprensiva: nunca había aceptado su esterilidad y tras desarrollar todo el esfuerzo imaginable para conjurar su cada mes que pasaba más real amenaza, visitando a los mejores especialistas de la península y del extranjero, si bien la edad le obligó a renunciar a la desazonada búsqueda del hijo en su ánimo nunca obró el lenitivo capaz de hacerle olvidar tal incapacidad. ¿Acaso en su renuncia, en su abandono y en su unión con Demetrio no estaba implícita no tanto la acusación como la sospecha de que la culpa no se podía cargar tan sólo sobre sus hombros? ¿Acaso en su decisión anidaba oculto el deseo de un nuevo ensayo que, por respeto a él, no podía tomar otra forma que la más excusable y menos inesperada? Por aquel entonces lo había negado con la cabeza, mordiendo un pañuelo, accionada tanto por la negativa cuanto por la intempestiva y repentina búsqueda de aquella culpa que en su día no había sabido asumir ni ayudado a conllevar, y que sólo en el último momento de la separación entró en su conciencia. «Dejemos eso», había dicho él.

En último término fue el trabajo de ambos —para el que ella había sido tan estimulante, la más emprendedora de los tres— lo que pudo beneficiarse de la falta de hijos, en cierto modo compensada en los primeros años de casada por la armonía del matrimonio, el entusiasmo por el trabajo de su marido, las vicisitudes de una vida activa y desahogada, cuyo mejor exponente estaba constituido por aquel par de brillantes ejecutorias. Por cuanto el nombre de su marido era, con mucho, el más eminente, el que figuraría en todas las referencias en primer lugar (acompañado casi siempre del de su más fecundo colaborador e íntimo amigo) la separación a no dudar despertaría en algún rincón el austero, perverso y no repetible sentimiento de revancha, el proceso de desarrollo de un secreto cuya clave estaba en la mujer y cuyas más profundas raíces formaban el tejido de una vida íntima que, a tenor de las apariencias, no podía por menos que ser tan armónica y nítida como la social. Que no era así no sólo lo vino a poner en evidencia la separación y unión con Demetrio, sino el rápido eclipse que habían de conocer ambos tras el suceso doméstico. Fue Demetrio el primero en vislumbrar tal sombra y así trató de insinuarlo en aquella entrevista para no obtener más que la esotérica, escéptica y resignada respuesta, tan válida para los asuntos íntimos como para los profesionales. Y, sin embargo, fue también el primer sorprendido (no por el giro, sino por la magnitud del cambio) del resultado que en poco más de tres años había de operar su unión con Agueda sobre el ejercicio de una profesión que, en principio, había de resultar más beneficiado con su compañía que dañado por el distanciamiento de su amigo. No fue así y si los pronósticos no se cumplieron no se debió —sin duda alguna— a cualquier clase de malevolencia o rivalidad entre ambos, sino, a lo más, a cierta apatía que en el ánimo de ella empezó a desarrollarse (coincidiendo con la confirmación de su esterilidad, tras su segunda experiencia marital) respecto a aquellos asuntos que solamente habían gozado de un tratamiento prioritario y entusiasta mientras concernieran a su primer marido. Ambos habían de padecer el mismo momento de eclipse que si para él podía ser explicado por el descalabro de su vida íntima, para Demetrio sería el caldo de cultivo para el primer germen de una duda —acerca de la rectitud de una decisión que para ninguno reportaría beneficios inmediatos o sensibles— que no tuvo tiempo de crecer, desarrollarse y convertirse en certidumbre a causa del rápido progreso de la enfermedad y su retiro a un pueblo de la montaña. Allí su existencia no hizo sino perder color y ambición para adquirir una cierta pátina de fatalidad, al ritmo de su dolencia, que por lo menos le permitiría sobrellevar su retiro sin ninguna clase de rencor o de arrepentimiento; e incluso para recibir —si no con euforia al menos con cierta sensación de alivio a la no olvidada responsabilidad por el daño causado— las noticias que con frecuencia llegaban de los discretos éxitos profesionales que en la capital lograba, una vez remontado su fracaso matrimonial, el hombre que (les constaba) tan esforzada, lenta y penosamente se había sobrepuesto al abandono de su mujer.

Esa noche le explicó la conversación que a solas —durante más de dos horas— había sostenido con Agueda en el dormitorio; no le dijo «ya me imagino lo que habrás tenido que pasar» porque estando sobreentendida su disposición a quedarse con ellos unos días era en cierto modo una confirmación que no podía escapar a quien tan bien le había conocido en otra época. Fue más allá y tomando de nuevo una taza de café —uno sentado y otro de pie— le vino a sugerir la idea de ausentarse por unos pocos días (tuvo buen cuidado de no hablar de tomarse un descanso o unas vacaciones) a fin de arreglar el sinnúmero de pequeñas cosas pendientes y siempre aplazadas a causa del deber que le retenía a su lado —sin separarse más de la distancia entre su casa y el estanco o la estación del pueblo— y le había esclavizado por espacio de dos años. Era su mejor ocasión —le dijo—, el único momento en que podría irse tranquilo, a sabiendas de que la dejaba en buenas manos. Le miró fijamente, no una mirada que atravesara el silencio sino que —sus ojos encendidos como señales de alarma, como si de ellos surgiera el intolerable diapasón que parecía negar la posibilidad de una vuelta a la normalidad— suspendía indefinidamente el estado en el que sólo cabía una clase de entendimiento.

«¿Te lo ha dicho ella? ¿Ha sido ella quien lo ha sugerido?», pero su pregunta no obtuvo respuesta.

A pesar de su expresión de ansiedad comprendió que aquellos pocos días habían servido para remozarle. Tal vez era la obra de un nuevo traje de confección, una chaqueta más deportiva, un gesto —al descender del vagón— más decidido y confiado, como si en aquellos breves días hubiera exonerado el polvo y la atrofia acumulados durante una década en su pequeño cuarto de trabajo. Llegó en el mismo tren que él, casi en el mismo vagón de madera, a la misma hora, para descender en el mismo desierto apeadero, repetición de aquella inexhaustible y dorada monotonía sublimada y hecha carne en el saludo sumario del jefe, al levantar hasta la visera el paño rojo arrollado al palo, sin correspondencia con aquella mirada que parecía abarcar y adelantarse en la desesperanza al solemne, somnoliento, señero e imperturbable dominio de las vías.

Le preguntó cómo estaba y le dijo que en aquel momento descansaba, que el día anterior había cedido la crisis, pero que nada permitía, según el médico, abrigar esperanzas acerca de un futuro alentador. En su bolsillo guardaba aún el telegrama recibido la antevíspera, repetición casi exacta de aquél con que le emplazara un par de semanas antes —pero con una palabra reclamando urgencia—, como si una vez más se hubiera complacido en poner de manifiesto, en un pequeño detalle para que no pasara inadvertido, la simetría de la situación a la que nunca se había referido, por recíproco respeto y por devoción a ella, en sus conversaciones.

Fue una impresión fugaz y permanente a la vez, una de esas instantáneas revelaciones cuyo influjo no se puede medir en el momento en que se producen, pero que —aunque la memoria no la reconozca así— han de dejar en el conocimiento la huella de una forma (o una informa) que le condiciona: fue el saludo del jefe, el modo con que abrió la puerta y dijo al taxista «a casa», la precedencia con que se introdujo en el corredor en penumbra para atisbar desde el umbral de la puerta de la alcoba el estado de la enferma y la mirada que le devolvió —una vez tranquilo al comprobar la serenidad del sueño— para que dejara sus bártulos en el cuarto de trabajo, haciendo el menor ruido posible, como si diez días hubieran bastado para reestablecer su jerarquía de marido y devolverle a su condición de segundón respecto a la mujer, a la casa e incluso al pueblo que él había elegido y habitado durante años, haciendo tambalearse toda una época que —si bien había presentado algunos síntomas y grietas de inestabilidad local, hasta entonces no había hecho temer una ruina inminente— sin causa aparente tenía que derrumbarse para convertirse —como el montón de escombros que en sí está formado con los mismos materiales, con pérdida de forma, que el edificio hundido— en un conjunto sin orden de objetos y recuerdos que causan estragos en la memoria, invaden el espacio de los hábitos, rompen y dislocan el sentimiento de la duración, arrastrando consigo en su caída a la voluntad que los ordenara y no a causa de la aniquilación, sino precisamente por su escorada, estupefacta e injuriada supervivencia en un caos donde hasta la identificación resulta imposible.

También en aquellos breves días se había operado un cambio en él, una suerte de aproximación a su carácter como consecuencia de su participación en la misma empresa. Cuando llegó la hora del café de nuevo ocupó su puesto de dueño virtual de la casa, tomando las disposiciones a que su estancia le había acostumbrado hasta que tal vez reparó en lo mismo porque, con la manga terciada de café molido, le preguntó —disculpándose— si él lo tomaba tan cargado. Había cambiado su solicitud: ya no se trataba del hombre que —dejando de lado viejos agravios— acudió en aras de una antigua profesión de afecto para prestar su ayuda en un asunto que no era de su incumbencia sino que —solamente por sus gestos, sus escasas y medidas palabras, su acomodación a las cosas y costumbres de la casa— se había constituido en tercer (o primero o, mejor, segundo) protagonista del mismo drama. «Sí, así está bien —contestó, para añadir a guisa de contestación de aquel no sutil cambio—: ¿te has podido arreglar a tu gusto?»

Tan sólo quedaba por preguntar si, a la vista de los informes bastante pesimistas del doctor, era su propósito volverse de nuevo, pues si bien el desenlace se podía producir en cualquier momento, una vez estacionada la crisis nada se oponía a que el estado de consunción se prolongara durante bastante tiempo, semanas o meses. Pero al no salir de él ninguna precisión al respecto optó por silenciar la cuestión, resultado de la pugna entre el temor a que fuera interpretada como una invitación a abandonar la escena, demostrando lo que de superfluo tenía su permanencia en la casa, y la aprensión a que de no partir de él la sugerencia, quedando abortada por su propia delicadeza y timidez, se viera obligado a seguir allí en cumplimiento de un deber impuesto por su aquiescente silencio.

No se lo preguntó tampoco a la mañana siguiente. Y la pregunta que, por así decirlo, en aquellas especiales circunstancias constituía el parámetro de paso en la involución de sus relaciones, quedó disipada en la casi carente de sobresaltos sucesión de broncíneos días setembrinos, tan sólo acompañados por el chasquido de las persianas o el borbollar del agua en la cafetera, en el holocausto de silencio y claroscuro exigido por una enfermedad que tocaba a su fin. Fue acaso esa penumbra la que les confundió y en la que poco menos que habían de fundirse tanto como por la proximidad del fin en el que los dos —por mutuo y tácito consenso— decidieron solidarizarse como copropietarios de la misma razón social, de tal suerte unidos y compenetrados que habían de prescindir de los límites y competencias respectivas. Apenas salieron de la casa y apenas, en aquellas largas horas de vigilia en penumbra, pudieron contarse cosas nuevas como si nada relevante, para cualquiera de ellos dos, hubiera acontecido en los años de separación, como si hubieran vuelto a encontrarse —ya ignorantes de la posición que cada uno ocupaba con respecto al otro—, tras un lapso de reclusión, no para recomenzar una amistad y unos proyectos comunes, sino para utilizar en el breve futuro común que tenían por delante (la ambición perdida y exhausto el entusiasmo, envejecidas todas las ideas y amortizadas todas las promesas) los pocos recursos que les dejara la desaparición de la misma mujer.

Murió a primeros de septiembre, una noche todavía cálida y serena; la muerte le sorprendió en el sueño, en las últimas horas del día, tan discreta y apaciblemente que ni siquiera vino a interrumpir una mortecina conversación entre dos tazas de café. A la mañana siguiente —por primera vez en varios meses— se izaron todas las persianas de la casa. Entre los dos la vistieron, la depositaron en el féretro y dispusieron su entierro. Estando el cementerio no lejos de la casa, unos mozos del pueblo se prestaron para transportar a hombros el ataúd, tras el cual marchó el cura con la cruz alzada, acompañado de dos acólitos. El cortejo fúnebre lo constituyeron ellos, detrás del cura, con trajes oscuros ya que no de luto, seguidos de unas pocas personas del pueblo que habían tenido relación con la difunta. Fue una ceremonia muy breve; sobre la tumba quedó un montón alargado de tierra removida y parda —casi de las mismas proporciones que su bulto en la cama— sobre la que el sepulturero clavó una cruz de hierro forjado y floreado pintada de negro, con una inscripción en purpurina de plata, y depositó una guirnalda de violetas. Con cierto embarazo se despidieron de las gentes del pueblo que les habían acompañado y lentamente, la mano de uno en el brazo del otro, volvieron hasta la casa. Tal vez el silencio (o la discreción) que habían sabido mantener durante el mes de constante vigilia, había llegado a crear entre ellos un hábito que ya no sabían o no querían romper; lo cierto es que no hicieron la menor pregunta ni hubo necesidad de recurrir al «ya veremos eso». No hicieron preparativos inmediatos de marcha aunque los dos sabían que antes de una semana abandonarían el mismo pueblo en el mismo día, tomando el mismo tren y el mismo compartimento. Pero aquel mediodía del entierro, a la hora de la comida, a través de las ventanas abiertas de la pequeña casa soleada llegó hasta la calle el eco de las primeras risas que se habían oído allí en muchos meses o en algunos años.

Lo cierto es que en gran parte fue la obediencia a las insistentes demandas de sus hijos lo que movió al señor Martín a pasar el primer trimestre del año en una localidad de la costa de Levante, al objeto de encontrar en aquel clima un poco de descanso para sus fatigados bronquios. Había consumido el otoño tosiendo, desasosegado y febril, incapaz de encontrar en la dedicación a su negocio una distracción a la soledad y melancolía provocadas por su recién estrenada viudez.

Nunca había sido hombre de amigos; durante casi cuarenta años no había hecho otra cosa que levantar el negocio y atender a la familia y cuando —los hijos acomodados y casados— pensó, como es de rigor, en un hombre de su edad y sus posibilidades, que era llegado el momento de tomarse un poco de ocio, la imprevista muerte de su mujer vino a desbaratar sus planes y a sumirle en un estado de confusión del que no sabía salir sino acudiendo a diario a la tienda, a las ocho y media de la mañana, al igual que en sus años mozos.

Su comercio era una ferretería de la calle Hortaleza, una de las mejor surtidas del barrio, donde había entrado a trabajar de chico, a comienzos de la década del veinte, y que después de la guerra compró a su antiguo propietario, un hombre que había sido para él como un padre y por respeto al cual nunca se decidió a cambiar el nombre comercial, conocido en toda el área por espacio de casi un siglo.

Siempre fue un hombre tranquilo y de gustos moderados, muy ahorrativo y no demasiado pagado de su bienestar. Siempre había contado con su mujer para todo, y si un día llegaron a ser únicos propietarios del negocio ello se debió tanto o más a la imaginación y al empuje de ella que a la constancia de su marido.

La guerra civil sorprendió a los antiguos propietarios en San Sebastián y el joven Martín, solo en Madrid al frente del comercio, hizo durante aquellos tres años todo lo que estaba en su mano para conservarlo en pie. Al término de la contienda fue su mujer quien concibió la idea de adquirirlo, pagando a los herederos —pues el antiguo propietario falleció unos meses antes de que concluyeran las hostilidades— una bastante elevada cantidad inicial, que se llevó todos sus ahorros, y el resto en cincuenta mensualidades. En un principio el señor Martín, acostumbrado a un satisfactorio y puntual sueldo de encargado y una participación sobre el volumen de ventas anual, se mostró refractario a tal operación, amedrentado por la escasez de aquellos años en los que a duras penas y después de muchas rogativas entraba un tornillo en la casa, incapaz de comprender qué es lo que tenía que hacer para saldar a fin de mes aquella terrible cuota. Sin duda fueron sus años más difíciles y en los que —era obligado— surgieron las desavenencias conyugales, la mayoría de ellas provocadas por la intemperancia de aquel hombre que, frente a las dificultades, sólo sabía responder con recriminaciones a su mujer por haberle embarcado en tal aventura.

Durante los primeros dos años, cuando la escasez de género y la reserva del mercado le obligaron a solicitar demoras y créditos para hacer frente a los pagos, su impaciencia y zozobra llegaron a alterarle de tal manera que sin duda no habría salido adelante de no haber sido por aquella mujer discreta y eficaz que en los peores trances no llegó a perder la compostura y la claridad de juicio. Y gracias a ella los hijos terminaron sus estudios. En contraste, cuando el tiempo acabó por darle la razón y el negocio empezó de nuevo a marchar por sí solo (de suerte que pudieron liquidar a los antiguos propietarios en el plazo previsto) ella no le había de devolver nunca el menor reproche ni se permitió jamás mencionar los malos momentos que su marido le había hecho pasar y que supo soportar con la entereza de las personas que saben a donde se dirigen, que supo olvidar con la indulgencia de quien consigue lo que se propone.

Pero no porque empezara a entrar el dinero en abundancia en la casa habían de cambiar los gustos y costumbres del señor Martín. Ni por un momento se le ocurrió rodearse de un lujo superfluo ni se decidió a ampliar el negocio. Atendía a la familia, pagaba los estudios de sus dos hijos y como gran cosa se mudó a un piso espacioso de la calle Sagasta y todos los veranos —durante tres semanas del mes de agosto— se marchaba con su mujer a tomar los baños de Molgas. Casi todas las tardes su mujer le recogía en la tienda antes de echar el cierre, para dar un paseo y merendar en el Comercial, y media docena de veces al año acudían a la sesión de tarde de algún teatro céntrico, a disfrutar de una comedia. Al cine no fueron nunca.

Cuando ella murió —de una neumonía, de lo mismo que (pensaba a veces) había de morir él— quedó tan solo y tan desconcertado que no sabía encontrar las horas. El café del desayuno se quedaba frío, sin duda a la espera de que ella se sentara a su lado; le daban las ocho sin echar el cierre y por la noche —muchas noches— se metía en la cama por el lado de ella y extendía el brazo buscando su cuerpo, llamándose a sí mismo con susurros un tanto avergonzados. Porque una de tantas divagaciones para soportar su ausencia consistía en ima-

ginar que él era el muerto. Su hija —reputada como la
más inteligente de la familia— advirtió pronto lo mucho
que le costaba reponerse del golpe y quiso —sacando
tiempo de sus propios deberes caseros— tratar de paliar
el vacío que había dejado su madre con una solicitud
que no había demostrado para con él desde antes de ser
mujer. Por otra parte, tampoco su padre podía dar a entender que buena parte de sus atenciones más servían de
recordatorio de la pérdida que de mitigación del desamparo: no se trataba tan sólo de las costumbres adquiridas
con otra clase de compañía, sino de una extrema diferencia en los gustos y en la mentalidad; y en cierto modo
ella era la engañada porque el señor Martín (quien sin
duda lo había aprendido de su difunta mujer) se esfor-
zaba cuanto podía en no sacar a capítulo un egoísmo que
pusiera de manifiesto hasta qué punto resultaban inútiles sus esfuerzos. Y sabiendo de qué manera le aburrían
las largas sesiones en el café Comercial y las comedias
regocijantes de los teatros céntricos se avino a acompañar
a su hija y su yerno a sus espectáculos preferidos, ven-
ciendo la gran repugnancia que le producían todas aquellas películas saturadas de violencia y adulterios.

Si fue capaz, en buena medida, de sobrellevar los males del espíritu en cambio no fue así con los del cuerpo.
Ya en la primavera el estado de sus bronquios y los ataques de tos, a pesar de que había dejado de fumar años
atrás, habían alarmado a todos: consultó a varios especialistas, se sometió a diversos tratamientos, llenó la
mesilla de noche de jarabes y específicos y todos los
jueves y sábados por la tarde su hija le paseaba en su
coche, con sus dos pequeños, para dar una vuelta por La
Moraleja o Boadilla del Monte, para sentarle durante un
par de horas a la sombra de una encina, en una silla de
tijera.

Así que cuando en vísperas de Navidad partió de ella
la idea de una estancia en Levante —deseoso de encontrar la ansiada cura, pero temeroso de reavivar en aquella soledad, en aquellas tierras desconocidas para él, dolencias no del todo extinguidas—, si bien se permitió,

como hombre que había aprendido mucho en las comedias, oponer ciertos reparos que pronto habían de ser
vencidos por el insistente interés de sus hijos, a sí mismo
se impuso la obligación de llevar a cabo el proyecto
aunque solamente fuera para aliviarles, por espacio de
un par de meses, de la enojosa carga de su desvalida
viudez.

Su hija lo hizo todo; consultó con sus amistades y
con las agencias de viajes; le buscó alojamiento en un
hotel moderno, confortable y no demasiado oneroso;
concertó los servicios de un médico, especialista del pecho, para que periódicamente le atendiera y, llegado el
día, preparó su equipaje, le llevó en su coche y permaneció con él por espacio de una semana, hasta cerciorarse
de que quedaba bien instalado, en buenas manos y fuera
de todo cuidado.

Pero no bien se hubo quedado solo, un tiempo húmedo, desapacible y frío se extendió por todo el litoral;
sus bronquios, tan sensibles a los cambios de presión,
pronto se resintieron de ello y con la lluvia hubieron de
comenzar los ataques de tos que, moderados en un principio y de no difícil coerción, en pocos días habían de dar
lugar a una de las más agudas y dolorosas crisis que
conociera. Apenas podía dormir, tanto asaltado por la
tos como amilanado por su inminencia, aterrado por la
humedad de los cristales, las nubes de polvo y presen-
timientos que encerradas en su pecho sentía crecer hasta
invadir todo su tórax hasta que, no pudiendo soportar
más la presión de los pulmones, rompía en una catarata
de toses que agitaba todo su cuerpo, sacudido por un
sistema nervioso del que no se sentía dueño. Por las
mañanas se veía obligado a permanecer en la cama, ago-
tado y tembloroso, con los pulmones como brasas y la
garganta escocida, con las persianas echadas y todo el
cuerpo inmóvil para no levantar la mota de polvo pro-
vocadora de la nueva crisis. Pero —y no recordaba nunca haber hecho un esfuerzo semejante, un tan estoico
sacrificio de la compasión que a la fuerza tenía que ins-
pirar su estado— con todo consiguió ocultarle a su hija

el trance por el que estaba pasando, tanto para no robar-
le la tranquilidad con que le había dejado al volverse a
Madrid cuanto para probarse y —en caso de un resultado
satisfactorio— disciplinarse respecto a sus propias necesidades, a fin de poder sobrellevar solo sus crisis y acos-
tumbrarse a una existencia más independiente y menos
gravosa para sus hijos. Porque aquellas crisis, aunque
habían empezado a agudizarse años atrás, nunca en vida
de su mujer habían cobrado un carácter tan alarmante
por lo que el señor Martín pensaba para sí —con cierta
piadosa hipocresía— que bien podían constituir el cruel
consuelo que le enviaba el cielo para distraer su memoria, demasiado fija en su desaparición. No por eso dejaba
de reprocharse —en los mismos términos de doblez—
que en tanto durase el ataque todo lo demás carecía de
importancia, incluso la soledad en que le había dejado
aquella cuyo recuerdo sólo acudía cuando cedía el dolor,
cuando superada la crisis encontraba en la cama un momento de paz en el agotamiento —empero temeroso
siempre de ser arrastrado de nuevo a la tempestad antes
de haber podido gozar de un solo momento de absoluto
reposo—, bien para prolongar aquél con la remembranza
de circunstancias más venturosas, bien para aureolarlo con
el único tributo de bienestar inherente a su memoria.
Que tales venturas se convierten en dolencias, que el
recuerdo que —antes de ser remitido a la memoria—
permanece adherido a un cuerpo necesitado de compañía
se transforma en un banco de tortura, quién mejor que
el señor Martín lo había de saber.

Pero pronto había de restaurarse el buen tiempo para
introducir también una mejora sensible en el estado de
su salud. Quince días después de su llegada había su-
perado aquella primera y terrible crisis y pudo tomarse,
con su tiempo y con su nueva y desconocida residencia,
ciertas familiaridades a las que hasta entonces no se había
atrevido. No sólo empezó a obtener los primeros beneficios de aquel clima providencial tal como lo había previsto su hija, sino que (lo que entonces no le pareció
tan importante, tal vez porque le pasara en parte inad-

vertido, prueba evidente de la certeza de la mejoría), al saborear el fruto de sus anteriores sacrificios y penalidades, su ánimo cobró un talante optimista y un apetito abierto a todos los estímulos. Unos cuantos paseos al sol y a la orilla del mar bastaron para que se sintiera fuerte y seguro, capaz —como no se había sentido en años atrás— de arrostrar cualesquiera dificultades que se opusieran al progreso de su salud, congratulándose de no haberse rendido a la primera crisis cuya superación —con sus solas fuerzas— engendraba la fuente de energía y confianza que tan necesaria le había de ser en fechas ulteriores.

Había sido alojado en uno de esos complejos turísticos siempre a medio concluir, formado por un hotel de seis pisos elevado al pie de la playa y circundado de otros edificios de apartamentos y comercios de una o dos plantas, con su correspondiente cafetería. En aquellas fechas invernales casi todo el hotel se hallaba cerrado por lo que al señor Martín le fue asignada una habitación de la planta baja, en el extremo de un bloque colateral, con una pequeña terracilla con acceso directo a la playa a través de un terreno vago salpicado de construcciones y calzadas no concluidas y un paseo marítimo que sin demasiados atractivos se prolongaba hasta el escarpe de rocas, para quedar cortado por un promontorio bastante abrupto que separaba aquella parte baja del litoral de una costa a la que el turismo, por desierta y violenta, se mostraba más reacio. A un nivel algo inferior a su terraza, en línea a escuadra con ella y en paralelismo a la curva del litoral, se extendía una hilera de minúsculos bungalows blancos, todos iguales, servidos por una carretera que más adelante quedaba cortada en seco por las rocas del promontorio. Casi todos estaban cerrados, pero, con todo, su mejor diversión en los días que siguieron a la crisis, cuando sin atreverse a alejarse de su habitación prolongaba y afianzaba su convalecencia dejando pasar las horas tumbado en un sillón de lona, contemplando el mar, consistía en observar la escasa actividad de los pocos habitantes que por una razón u otra parecían

decididos a dejarse engañar por un espejismo de verano.
La mayor parte de los habitantes foráneos del lugar,
incluidos los del hotel y aquellos de los departamentos
aledaños, eran personas de edad, de salud castigada, ne-
cesitadas de sol, aire de mar y un ambiente tranquilo,
que al cruzarse en la calle, en el paseo marítimo o en
el vestíbulo del hotel se observaban con una mezcla de
recelo, compenetración y afán emulativo, como para
estudiar por la compostura del vecino su propio superá-
vit de salud. Y aunque de tarde en tarde también aparecía alguna pareja joven, el señor Martín jamás volvía
la cabeza ni reparaba en ellos.

En los primeros días de su restablecimiento un inqui-
lino de los apartamentos vecinos había llamado su ociosa atención sobre todos los demás. Se trataba de un hombre maduro, de singular corpulencia, que habitaba uno
de los más próximos a su terraza; vestido por lo general
de luto, entraba y salía de su vivienda tan buen número
de veces al cabo de la jornada que lo que en un principio había de servir al señor Martín de objeto de una re-
gocijada curiosidad —tan necesitada de pequeños pormenores— poco a poco se fue convirtiendo en un motivo
de irritación casi constante, molesto y casi ofendido del
flagrante desprecio con que aquel hombre se permitía
defraudar la compostura a la que se debía. A causa de
su atuendo le había tomado en un principio por un viudo,
en una situación tan semejante a la suya que inició en
su seno un primer movimiento de simpatía que pronto
quedó abortado; porque a menudo a las pocas horas
de verlo salir de su vivienda de riguroso luto, con una
cartera de cuero y un talante apresurado, volvía en su
pequeño coche antes de la hora de comer, para reaparecer
en su minúsculo jardincillo con un talante remozado, un
atuendo más frívolo y una actividad juvenil: con una
camisa estampada y un vaso en la mano, mientras regaba
sus escasas macetas no tenía inconveniente en cambiar
unas palabras, por encima de la balaustrada de ladrillo
que separaba sendas parcelas, con una de sus vecinas
que rara vez salían al aire libre antes del mediodía. Nunca

habían sido del agrado del señor Martín esas personas, tornadizas y hueras, que no saben conformarse con los rigores impuestos por la edad y nada le había de parecer más sustancioso —para refrendar sus juicios— que la observación de su ambiguo y ridículo comportamiento hacia ellas, así como los regocijantes comentarios que suscitaba cuando no se hallaba presente. En más de una ocasión habría deseado volver la vista hacia otra parte, ya que su desdén no era de tal magnitud como para aceptar de buen grado la complicidad en el desprecio manifiesto hacia un semejante, pero la limitación del horizonte y, sobre todo, la absoluta quietud de su reposo en muchas ocasiones le obligaron a convertirse en involuntario testigo de ciertas situaciones a las que, en vida de su mujer, sin duda, habría vuelto la espalda.

Sin embargo, fue un gesto de mortificante atrevimiento y descaro lo que en el ánimo del señor Martín obró el cambio hacia la consideración que le mereciera su vecino. No le cupo la menor duda de que —ansioso siempre de festejar y agradar, para hacer gala de aquella artificiosa y banal disposición juvenil que le era preciso demostrar por contraste con una figura más replegada en la edad— señaló hacia él si no con una intención despectiva —para la cual el señor Martín, que nunca había cambiado una palabra con ninguno de ellos, no había dado el menor pie— sí al menos con ciertos propósitos conmiserativos y chocarreros. Para un hombre en la situación del señor Martín, con la sensibilidad tan a flor de piel que una semana antes habría podido denunciar en una mota de polvo el comienzo de un nuevo ataque bronquial, aquel gesto —acompañado desde detrás de la balaustrada por la carcajada estruendosa de la jovencita, más atenta sin duda a responder con el mismo tono festivo que llevada por la gracia del despropósito— había de suponer una especie de ruptura de hostilidades en virtud de la cual ya no se sentía obligado en su presencia o en su ausencia a la tácita, educada y distante consideración en que se había mantenido. Y de esa suerte cuando un par de días más tarde una de ellas —con palabras

que no llegó a entender cabalmente, pero con una mí-
mica que no dejaba lugar a dudas respecto a la burla hacia el ausente vecino— se volvió súbitamente hacia él
como para buscar su eco o su aplauso, el señor Martín
abandonó su impasible y neutral actitud de reposo en la
hamaca de lona para asentir con la cabeza, adornando su
gesto con la mayor picardía de que era capaz, a fin de
hacer saber a su joven y lejana interlocutora que su intención había sido captada y su gracia celebrada.

Hasta aquel momento no había visto gran cosa en ellas,
más atento a los inquietos y frívolos pasos de su vecino.
A distancia solamente había reparado en dos muchachas
jóvenes que no se habría atrevido a calificar sin avergon-
zarse, en vida de su mujer. Las ventanas de su bungalow
permanecían cerradas hasta bien entrado el mediodía y
sólo amanecían en las primeras horas de la tarde que
consumían reclinadas en sus hamacas —sin otros gestos
que el movimiento de un brazo hacia una botella de
cerveza, un cigarrillo o una fruta— para recibir en sus
cuerpos desnudos (pues no se podía llamar vestido a las
piezas recogidas sobre sus partes más íntimas) los invernales rayos de un sol, rebajado como cualquier artículo
tras la temporada de ventas, que a duras penas podía
mantener, a pesar de los muchos ungüentos y lociones
que se prodigaban una a otra, un bronceado ya revenido.

Debían vivir de noche; sólo cuando se acostaba el sol
se iluminaban sus ventanas, se elevaban sus voces y todo
el espacio entre la terraza del señor Martín, el bungalow
y la playa era ocupado por las melodías de un tocadiscos
infatigable, a cuyo compás muchas veces al señor Martín
le era dado contemplar la danza de sus siluetas cortadas
por las láminas de las persianas venecianas que no se
preocupaban de cerrar, y tan sólo interrumpido por los
ruidos de los coches —los súbitos acelerones, los frena-
zos, los golpes de las portezuelas— de los visitantes que
acudían al filo de la hora de cenar. Con frecuencia permanecían allí toda la noche —desordenadamente apar-
cados sobre la arena y entre las rocas— e incluso el día
y la noche siguientes porque la fiesta concluía casi siem-

pre de madrugada, con el arranque de los motores en frío,
los violentos acelerones y maniobras y el resplandor de
unos faros, avasalladores insolentes pero fugaces de los
sutiles y tímidos brillos de un horizonte marino enfundado en la piel del vaho y ornado por el bostezo de su
entumecido despertar, y del arrullador susurro con que
en la madrugada sin viento unas minúsculas rompientes
parecían paradójicamente querer sacudir la tierra para
sacarla de su sopor y su silencio.

Inesperadamente un mediodía poco antes de la hora
de comer, cuando el señor Martín, tras concluir la lectura
del diario del que no desaprovechaba ni los anuncios ni
los ecos de la provincia, buscaba algo en la playa desierta
donde recalar su ociosa mirada y con lo que alimentar
su creciente curiosidad, una de ellas —la del cuerpo más
menudo y sin duda la más joven de las dos— salió corriendo de su apartamento, envuelta en una toalla de
color carmín. Por unos instantes pareció vacilar sobre
el camino a tomar —sin dejar de observar lo que ocurría
en el bungalow— hasta que de pronto echó a correr, tal
vez sin pensar a dónde ir, en dirección al hotel. Cruzó
por delante de tres o cuatro puertas —lanzando furtivas
miradas hacia el interior de las habitaciones— hasta detenerse ante la terracilla del señor Martín; sin pedirle
permiso ni casi reparar en él abrió de un golpe la cancela
de madera pintada de esmalte blanco —por la que se
accedía a la playa—, cruzó la terraza y se metió de ron-
dón en su habitación en el mismo momento en que del
bungalow salía hacia la playa un hombre bastante joven
del que, por su actitud, por las miradas en derredor que
lanzó, bien se podía decir que la andaba buscando. El
primer impulso del señor Martín fue levantarse de su
asiento, pero al observar más detenidamente al sujeto
—que marchando con cautela y mirando a todas partes
se aproximaba lentamente a su terraza— optó por permanecer en su hamaca y recoger de nuevo el diario para
leerlo con gesto displicente y distraído como si a su alrededor no hubiera pasado nada. Por el rabillo del ojo vio
—o sintió— los pies desnudos de la joven, apostada tras

los visillos de nylon de la cristalera para seguir la escena. El individuo —guiado de un instinto bastance certero— siguió el mismo camino de ella, recorriendo todas las habitaciones contiguas hasta detenerse frente a la cancela del señor Martín quien había sentido cómo los pies se retiraban sigilosamente de detrás de la cristalera para a continuación abrir la puerta del cuarto de baño que fue cerrada por dentro y echado el pestillo. El individuo parecía bastante disgustado y no era tan joven como había supuesto en un principio. Vestía pantalones blancos y un chaleco oscuro, muy al gusto marinero, con mangas cortas y cuello de cisne, que acusaba las pronunciadas musculaturas de su pecho. El individuo regaló al señor Martín una mirada de despecho, inclinó el torso para escudriñar descaradamente en el interior de su habitación y de mala gana volvió sobre sus pasos, manifiestamente consciente de haber sido burlado. Todavía merodeó un buen rato en torno al bungalow de las jóvenes, entró y salió de él un par de veces y al fin su abandono fue anunciado por el ruido de un motor y una carrera de coche, del otro lado de las edificaciones. Pero el señor Martín no se levantó, imponiéndose un prudencial plazo de espera, temeroso de una añagaza de aquel sujeto. Solamente después de salir a la playa y asomarse hasta el paseo marítimo, el señor Martín se arrimó a la puerta de su cuarto de baño para golpear con los nudillos quedamente y susurrar a su ocupante: «Ya se ha ido».

El pestillo fue descorrido y la puerta entreabierta con tacto: por la rendija asomó su cara, con expresión interrogante que satisfizo el gesto mudo y tranquilizador del señor Martín. Era de pequeña estatura, bonita de facciones y tan maquillada y arreglada que el señor Martín supuso, sin género de dudas, que se disponía a salir, a falta tan sólo del vestido, cuando fue sorprendida por el intruso. Asomó primero la cabeza para cerciorarse de su ausencia —todo su cuerpo desnudo bajo la toalla exhalaba un perfume tan intenso que delataba su reciente aplicación— y lo mismo hizo detrás de la cristalera. Entonces a título de recompensa se volvió hacia el señor

Martín, le pasó la mano por la cabeza —acariciándole el cuello con el borde de la uña— y le besó en la comisura de la boca al tiempo que, sin dejar de acariciarle, su mano se deslizaba desde la oreja, por el cuello y la clavícula. Y sin decir más echó a correr en dirección a su bungalow, sujetándose en el pecho la toalla de color carmín. El señor Martín salió de nuevo a la terraza para seguir su carrera. Apoyado en el antepecho de su ventana, su vecino —en mangas de camisa, sosteniendo entre sus manos el vaso del aperitivo— le dedicó una sonrisa llena de malignidad, como para hacerle llegar la indulgencia y alborozo que reservaba a las faltas de quienes alardeaban de virtuosos. El señor Martín, temblando de vergüenza, animadversión y enojo, dio media vuelta y se refugió en su habitación, donde quedó embargado por el perfume con que la había impregnado la intrusa y que sólo había olvidado por un instante.

Todo quedó invertido. La voz al otro lado del teléfono parecía referirse a un objeto artificiosamente alejado, desconectado de su entorno, que sin éxito reclamaba la atención a otro objeto oculto desde siempre en la fluencia de un continuo que lo había enmascarado. Era su propia hija pero infinitamente alejada, quieta y carente de voz, encuadrada en una miniatura. Y así también era la imagen de sí mismo dada por ella, perfectamente reconocible y rememorable por cuanto había sido —el afeitado de las mañanas, el primer saludo a los empleados, la casa en orden— un suceso fortuito y erróneo y por eso mismo a duras penas identificable con el observador que le escuchaba del otro lado del perfume. Era el sonido de las olas el que le acompañaba a intervalos, nunca la memoria de la difunta ni los más amargos castigos del pecho ni las horas matinales de sosiego tras la noche de violencia. Y también ese otro era sin duda obra de él aunque no recordable; no llegaba a saber cómo habían invadido su habitación y su persona y no a instancias suyas, sino aportados por un mensajero, en aquel mo-

mento en que —se diría— manumitido de la servidumbre del señor Martín había adquirido la ropa interior,
en obediencia a una naturaleza y a un plan delatados por
las prendas íntimas de color tabaco y negro, cuyo sentido
no sería capaz de comprender sino a fuerza de angustiosas
conjeturas, y los frascos de perfume que conservaban su
presencia en la habitación y en el cuarto de baño y entre
las arrugadas ropas del lecho; no era el mal de bronquios
lo que había marcado todo su cuerpo con una permanente y sutil palpitación, tan irrefragable e incoercible
como el delicado temblor de la hoja del sauce que no
cesa en su movimiento aun cuando el movimiento caiga,
sino la nueva, ignorada y avergonzada plétora crecida en
un instante al contacto de la caricia de la mano y del ro-
busto, pequeño y turgente cuerpo apenas advertido bajo
la toalla y que no pudiendo ser acallada en pos de su
satisfacción, en su búsqueda y quimérico hallazgo —más
allá de la persiana al sol, de tanto en tanto toda la luz
de la habitación quedaba oscurecida por el paso del hombre que, paseándose en torno a su terraza, esperaba su
salida— se devoraba a sí misma, en la estulta contemplación de su agonía por parte de aquellas reducidas y de-
formes figuras —él mismo, el propio señor Martín en
sus mejores años de prosperidad y acomodo— reflejadas
en una brillante bola de bronce. Había esperado a la noche —a la primera hora tras el crepúsculo— para adqui-
rirlas y sólo aguardaba a la mañana para no encontrarse
más; incluso lo había visto con absoluta claridad: con
las primeras luces del día la desaparición del enfermo y
el desvanecimiento del hombre probo y ordenado a partir de lo que comenzaría...; la desaparición de la habitación y la súbita iluminación de la puerta abierta a la
playa —nada sino la arena y las tímidas y craquelantes
olas que rodeaban el bungalow— envuelta en el vaho
protector y amortiguador de la mañana en torno a la
toalla de color carmín. Su mano había pasado por su
espalda y la plétora había respondido con una palpitación creciente, sólo un pulso más agitado, porque un
único anhelo escondido e intimidado era capaz de sentir

la tersura de la forma prohibida, de comprender el inconfesable secreto de su pétrea calidez, de devolverle con su entrega al hermético y añorado mutismo, aislado en el placer, de hacerle llegar su incompleta respuesta —las piezas de lencería de color tabaco y negro, el perfume hediondo— enredada entre su cuerpo, agonizante para demostrar la fuga de su injusto poseedor, acariciado exánime —hundido más y más en la arena embebida en agua— en el momento de su último, amoratado y turbulento despertar por las escaroladas y crujientes y minúsculas olas de la madrugada que, infatigables como criaturas sin discernimiento, no cejaban en su empeño de saltar sobre la playa, aprovechando su postrer sueño.

«Vamos a seguir a partir del punto donde nos quedamos ayer. De esta forma, poco a poco, tendrá usted tiempo de hacer memoria. Podríamos empezar de nuevo, pero creo que no vale la pena, hay todavía mucho que decir para tratar de aclarar por el momento los puntos que han quedado oscuros. Vamos a ver, usted afirma que llegó aquí el día 20 de febrero y que ese mismo día alquiló una habitación doble en el Hotel Levante, para una sola noche. Sin embargo, nos consta que desde el día 17 al 19 hizo usted noche en el Hostal Ramos de Sanponce, a quince kilómetros de aquí. ¿Puede usted explicarlo?»

«Lo cierto es que llegué el día 17 a Sanponce y me alojé por tres noches en el Hostal Ramos. Si dije otra cosa es porque no creía que tuviera importancia lo que hice durante esos días.»

«Comprenderá usted que es de suma importancia para todos, y en primer lugar para usted, saber lo que usted hizo en estos días. Le ruego que en lo sucesivo no trate de ocultar o desvirtuar unos hechos que pueden ser tan fácilmente comprobados. No crea que proceder así le va a servir de algo; por el contrario, sólo obrará en detrimento suyo. Le ruego por consiguiente que se limite a la exposición de los hechos concernientes al señor Baretto, tal como ocurrieron, a fin de no incurrir en mayor responsabilidades.»

«Llegué a Sanponce el día 17 procedente de Valencia, por carretera. Ese día y los dos siguientes estuve alojado en el Hostal Ramos. El día 20 me trasladé aquí al Hotel Levante.»

«¿Qué hizo usted durante esos días?»

«Estuve recorriendo la ciudad y la costa, sin gran cosa que hacer.»

«¿Sin mucho que hacer?»

«Apenas conocía esto. No había estado en veinte años. Me dediqué a pasear.»

«¿Sin nada que hacer? ¿No hizo usted más que pasear?»

«Prácticamente nada más que pasear y ver algunos apartamentos. Venía buscando uno para el mes de agosto.»

«¿No se dirigió usted a una agencia?»

«No me gustan las agencias. Puedo encontrar un apartamento en cualquier lugar del mundo, sin necesidad de recurrir a una agencia.»

«¿No vio usted a nadie? ¿No habló con nadie en todo ese tiempo?»

«Algunos porteros y propietarios. Le daré las señas si quiere comprobarlo. El personal del hotel.»

«¿No conocía usted a nadie aquí?»

«A nadie; absolutamente a nadie.»

«¿Qué le trajo entonces por aquí? ¿Solamente el deseo de pasear y alquilar un apartamento para el verano?»

«Poco más o menos.»

«Y, por supuesto, en más de una ocasión pasó usted por la calle Ribes.»

«Es posible.»

«No, no se trata de que sea posible. Se trata de saber con exactitud si en esos tres días pasó usted, y probablemente más de una vez, por la calle Ribes y concretamente frente al inmueble número 16. ¿Comprende usted?»

«Lo comprendo perfectamente, pero no lo recuerdo.»

«¿No recuerda usted la casa de la calle Ribes, número 16?»

«Se lo dije ayer claramente. Recuerdo la casa pero no la calle. Ahora mismo no sabría encontrarla. Así que no recuerdo tampoco si pasé por allí antes de ver a Baretto.»

«Sin embargo, dijo usted que no tenía conocimientos aquí aun cuando conocía a Baretto desde hace años. ¿Qué tiene que decir a eso?»

«Conocía a Baretto, pero ignoraba que se encontrase aquí.»

«Sin embargo, sabía usted que vivía en la calle Ribes.»

«No lo sabía. Lo supe. Ya se lo dije: lo encontré casualmente.»

«¿Cómo fue ese encuentro exactamente?»

«Fue al tercer día de mi llegada, el día 19 si no recuerdo mal. Yo estaba sentado en una terraza tomando una cerveza, cuando le vi pasar por la calle.»

«¿Se acercó usted y le abordó?»

«Sí... eso es.»

«Parece vacilar usted en sus contestaciones. ¿Está usted seguro o, mejor dicho, afirma usted que tras haber visto casualmente en la calle a Baretto, le abordó para saludarle?»

«Lo afirmo categóricamente.»

«O por el contrario ¿le siguió usted a distancia para ver hacia dónde se dirigía?»

«En absoluto. Le alcancé en la calle, en una esquina de la calle Creu Alta, creo que así se llama —esa que no tiene tráfico—, y hablamos un rato. Me dijo que vivía aquí desde hacía un par de meses, charlamos un buen rato, le invité a un café y me rogó que le fuera a visitar antes de marcharme.»

«¿No le dijo nada acerca de sus actividades? ¿A qué se dedicaba?»

«No me dijo nada de eso. Hablamos solamente de tiempos pasados.»

«¿Cuándo fue eso?»

«Ya le he dicho que fue el domingo 19, al mediodía.»

«¿No se sorprendió él al verle?»

«Ni se sorprendió ni dejó de sorprenderse. Eramos viejos camaradas, pero nunca habíamos tenido gran amistad.»

«¿Dónde se conocieron ustedes?»

«En Francia, en el 46.»

«¿Estuvieron juntos en Indochina?»

«Los dos estuvimos en Indochina pero en puntos separados. Apenas coincidimos.»

«¿Estuvo usted en Dien?»

«Yo no, él sí. Yo estaba de baja por enfermedad.»

«¿En qué unidad estaba usted?»

«En el cuarto Regimiento, compañía tercera. A las órdenes del capitán Dartigny.»

«¿Coincidieron también en Argelia?»

«También coincidimos circunstancialmente.»

«¿Cuándo volvió usted a Francia?»

«En el 56, después de Sakiet.»

«¿Cuándo le vio usted por penúltima vez, quiero decir, antes del pasado lunes?»

«No sé si en Marsella, en el 58. Tal vez en Montlaur, en Córcega, hacia el 60. No lo recuerdo demasiado bien porque ese detalle no tiene importancia para mí. Insisto en que sólo éramos conocidos.»

«¿Y afirma usted que ignoraba totalmente cuáles eran sus actividades actuales?»

«Totalmente. No tengo la más remota idea acerca de sus actividades actuales.»

«De nuestras informaciones concernientes a Baretto se desprende que muy bien podía haber gente, aquí, en Francia y en Marruecos, interesada en su desaparición. Por no hablar de algún ajuste de cuentas. ¿Puede usted decirnos algo acerca de eso?»

«Nada. Repito que ignoro a qué se dedicaba, pero es posible que se hubiera hecho con algunos enemigos; a mí esas historias acerca de antiguos ajustes de cuentas me parecen siempre un tanto fantásticas. A un hombre sólo se le liquida por interés, nada más que por interés. El resto es romanticismo. No me extraña que se metiera en algo sucio.»

«Cambiemos de tema. Dígame, señor Gavilán, ¿acostumbra usted a llevar armas, no es así?»

«Casi siempre llevo conmigo mi pistola. Tengo licencia.»

«Lo sé. No necesita usted insistir sobre lo que ya sabemos; resulta una pérdida de tiempo. Pero, dígame, ¿qué pistola o pistolas acostumbra usted a llevar encima?»

«Le contesto con sus propias palabras. No creo que haga falta insistir sobre lo que usted conoce muy bien, una Walther PPK que poseo desde hace veinte años.»

«¿Se considera usted un buen tirador?»

«Un aceptable tirador, diría yo. No soy un experto.»

«Pero sin duda capaz de acertar a un hombre en el pecho a seis metros de distancia.»

«Sin duda alguna; usted también, supongo yo.»

«Más aún si está tendido en la cama, ¿no?»

«¿Qué quiere insinuar con ello?»

«Tan sólo quiero decir que si es usted capaz de acertar a un hombre en el pecho, a seis metros de distancia, tanto más fácil será hacerlo a cuatro metros sobre un hombre tendido en la cama.»

«¿En la posición en que encontraron muerto a Baretto? Supongo que sí, nunca he hecho la prueba.»

«No se trata de un sarcasmo, señor Gavilán. ¿Incluso en la cabeza?»

«¿En qué cabeza? ¿De qué me está usted hablando?»

«Acertar en la cabeza a un hombre tendido en la cama. Y a cuatro metros.»

«Usted sabe que eso ya es más difícil. En el ejército enseñan a no apuntar a la cabeza. Yo, al menos, no lo he hecho nunca.»

«Repito que no se trata de hacer conjeturas, tan sólo. No ignora usted que Baretto murió en la cama, de un tiro en la sien.»

«¿Cómo lo podía ignorar? Como no ignoro que todo apunta hacia el suicidio.»

«Sí, es lo más probable.»

«Entonces, señor comisario, ¿qué estoy haciendo yo aquí? ¿No son ustedes, o el juez, capaces de dictaminar un suicidio sin necesidad de todas estas molestias?»

«Créame que estas molestias no las causamos ni por capricho ni por una excesiva escrupulosidad. He dicho que lo más probable es que sea un suicidio, no lo más seguro.»

«Esa seguridad no la tendrá usted nunca.»

«Lo sé.»

«En virtud de eso no tienen ustedes derecho...»

«Eso se lo dice usted al juez, señor Gavilán. Por otra parte no se trata tanto de alcanzar esa seguridad cuanto de descartar la posibilidad de lo menos verosímil.»

«Por ejemplo, que un hombre acierte en la sien, a cuatro metros de distancia, a un hombre dormido.»

«Dormido, despierto o muerto. A seis, a cuatro o a dos metros de distancia.»

«Me limito a repetir lo que usted ha insinuado. Yo no he inventado los cuatro metros.»

«Señor Gavilán, antes de encontrar el cadáver, ¿visitó usted al señor Baretto en su casa tras la entrevista de la calle?»

«No, de ninguna manera. Tan sólo le vi en la calle Creu Alta y en su casa, cuando descubrí el cadáver.»

«¿Insiste usted en que la puerta del piso estaba abierta?»

«Así es, abierta con el resbaladero apoyado en el marco.»

«Según la declaración de ayer, usted descubrió el cadáver a eso de las dos y media del mediodía del lunes día 20. ¿No es así?»

«Así es.»

«Y, sin embargo, usted ya se había trasladado de Sanponce al Hotel Levante de aquí, esa misma mañana, lo que demuestra que tenía usted intención de seguir en la ciudad. ¿Cómo se concilia eso con el hecho de que había usted quedado en visitar a Baretto antes de marcharse?»

«Pensaba irme el día 21 por la mañana o el siguiente a lo más tardar, a la vista de que no había encontrado nada que me gustara. A media mañana tenía todo el día por delante y pensé invitarle a comer. Eso es todo.»

«¿Iba usted armado?»

«Como siempre, ya lo dije al hacer la primera declaración.»

«¿No hizo usted uso del arma en casa de Baretto?»

«En absoluto. ¿Con qué objeto iba yo a hacer uso de mi pistola?»

«Debo advertirle, señor Gavilán, que hemos encontrado en el suelo señales de bala que pueden corresponder al calibre de su Walther PPK.»

«No digo que no, pero me parece que por ahí no va usted a ninguna parte. Esas señales, ¿son recientes? Y, en definitiva, la bala causante de la muerte ¿no la han encontrado ustedes?»

«Se ve que está usted perfectamente preparado para estas circunstancias. Y eso es precisamente lo que más me sorprende, señor Gavilán, esa familiaridad con los datos más sólidos que abonan la hipótesis del suicidio. En efecto, la bala causante de la muerte no corresponde a su pistola, sino a la del difunto, una Parabellum calibre 38.»

«¿Entonces?»

«Entonces ¿por qué no pudo usted disparar con la pistola del difunto, aprovechando que dormía?»

«Un hombre que duerme con la puerta abierta y con su pistola al alcance del primero que entre para meterle un tiro en la sien. ¿Es eso verosímil, señor comisario?»

«De eso se trata precisamente; ya se lo dije antes, tenemos que investigar la posibilidad de lo inverosímil. ¿Recuerda usted cuándo disparó por última vez con su pistola?»

«Lo recuerdo muy bien, fue la semana pasada, cerca de San Pedro de la Rápita. Paseando por la playa, detrás del puerto, me entretuve en disparar sobre unas gaviotas.

Me entretengo a veces en cosas parecidas y me hago la
ilusión de que no pierdo facultades.»

«¿Hizo usted blanco alguna vez?»

«No, creo que no.»

«¿Se ha preguntado usted en estos dos días por qué
lo retenemos aquí?»

«Nada más lógico, y no lo digo por hacer un cumplido, que retener a la persona que descubrió el cadáver.
Por otra parte, viajo con mis papeles en orden y dejo mi
nombre correctamente escrito en las fichas de los hoteles.»

«Eso es cierto y no crea que no deja de sorprenderme.
No le puedo ocultar que he pensado que estoy tratando
con un hombre más astuto y avezado de lo normal. En
resumen, con un profesional. Porque reconocerá usted
que no deja de ser extraño que un día antes del asesinato
o suicidio de Baretto caiga por aquí un antiguo compañero de armas, después de veinte años sin aparecer, y que
le visita en su domicilio aproximadamente a la hora después de producirse la muerte. ¿No le parece a usted extraño? ¿No son demasiadas coincidencias como para no
pensar en lo más inverosímil?»

«No lo sé. Con ser extrañas, resultan más verosímiles
que todo lo que ha insinuado. Además, se diría que me
invita usted a participar en el trabajo que corresponde
sólo a usted y que, a lo que entiendo, apunta a una inculpación a mi persona. Comprenda que no me preste a
ello; eso sí sería lo más inverosímil, ¿no le parece?»

«No, quizá no.»

«No alcanzo a ver a dónde se dirige usted ahora.»

«Nada más que esto, señor Gavilán: la colaboración
de usted para esclarecer un buen número de coincidencias y puntos oscuros podría aligerar la magnitud del
delito del que puede ser en su día acusado.»

«Sencillamente, no alcanzo a ver por dónde va usted.»

«Es sin embargo bastante simple: la presencia de usted aquí, sus relaciones con el difunto y su visita en el
mismo día y casi a la misma hora de su muerte pueden
ser explicadas de una manera mucho más satisfactoria

que la que usted pretende y que usted, por el momento, se niega a hacer sin duda porque hay algo que ocultar en todo ello. Se han producido dos cadenas de hechos que tal vez sean independientes, pero que muy posiblemente tienen una relación directa de causa a efecto: una es su presencia aquí y su relación con el difunto y la otra es su muerte; por lo mismo que la segunda ha puesto de manifiesto la primera, de no ser ésta satisfactoriamente esclarecida puede verse imputada con la responsabilidad de esa muerte. Porque dígame, aun cuando Baretto se suicidara, ¿quién nos dice que no vino usted a inducirle u obligarle a ello? ¿que su presencia aquí no le dejara otra salida que pegarse un tiro en la sien?»

«¿Tiene usted alguna prueba del poder que podía tener yo para llegar a eso?»

«Esa investigación formaría parte en su día del sumario. Repito, eso es cosa del juez. Nuestro cometido se reduce por ahora a decidir si el sumario ha de ir por ahí o por otro camino conpletamente distinto. Así que dígame, señor Gavilán, ¿qué vino usted a hacer aquí?»

«Vine a estudiar la posibilidad de alquilar un apartamento para el verano.»

«No se sienta usted demasiado seguro con ese pretexto. Pero volvamos a lo de antes; ya que no le sorprende a usted que le retengamos aquí ¿no se le ha ocurrido pensar que hubiera por medio una delación?»

«¿Una delación? No se me ocurre de qué se me puede delatar ni quién podría hacerlo.»

«¿Y si vino usted aquí a cuenta de un tercero? ¿Y si ese tercero le jugó a usted una mala pasada, una vez cumplida, digámoslo así, su misión?»

«Vine aquí por mi cuenta y riesgo, sólo por mi cuenta y riesgo, y no existe nadie ni nada que abone esa posibilidad. Por mi parte puede usted seguir con ese juego cuanto quiera, no tengo prisa. Pero no le conduce a ningún sitio, se lo advierto, aunque sólo sea para economizar su tiempo, señor comisario. Pierde usted el tiempo con tales fintas.»

«Está bien, si es así, ¿quién queda entonces?»

«Eso es, ¿quién queda entonces?»

«Efectivamente, en tal caso no queda nadie más que el propio difunto.»

«No lo sé, no estoy en situación de discutirlo. Es muy posible que el difunto dejara algún papel comprometedor; dígame sin rodeos de qué se trata y trataré de aclarárselo con mi mejor voluntad. Como puede usted comprender, me va algo en ello.»

«¿Ha oído usted hablar del reflejo de corrección por el error?»

«No tengo la menor idea de qué puede ser eso.»

«Haría usted bien en saber algo de psicología de la conducta. O conducta de la conducta, como dicen algunos sabios. Es un curioso efecto que se produce en algunas actividades sujetas a la mecánica de los reflejos encadenados. El profesional educado a realizar una serie de actos, unos seguidos de otros, cuando se produce el fallo tiende, por costumbre, a ejecutarlos en el mismo orden, pero a partir del momento en que surge la alarma, involuntariamente comete algún error. Y ese error es el que con frecuencia le salva.»

«Reconozco que me he perdido totalmente.»

«Con todo, resulta bastante sencillo.»

«Será sencillo para usted.»

«Salta a la vista.»

«A la mía no, desde luego.»

«Usted disparó sobre Baretto, a cuatro metros de distancia, cuando estaba tendido en la cama.»

«Y le acerté en la sien.»

«No le acertó en la sien ni en ninguna otra parte del cuerpo. Dio usted en el suelo. A cuatro metros de distancia, sobre un cuerpo inmóvil, dio usted en el suelo cuando decidido a disparar sobre él se dio cuenta, sin poder detener el dedo sobre el gatillo, de que se trataba de un cuerpo inmóvil y abatido.»

«¿Ha tenido usted, señor comisario, que hacer todo un curso de psicología para venirme con ese cuento?»

«Está bien, si es así, ¿quién queda entonces?»

«Eso es, ¿quién queda entonces?»

«Efectivamente, en tal caso no queda nadie más que el propio difunto.»

«No lo sé, no estoy en situación de discutirlo. Es muy posible que el difunto dejara algún papel comprometedor; dígame sin rodeos de qué se trata y trataré de aclarárselo con mi mejor voluntad. Como puede usted comprender, me va algo en ello.»

«¿Ha oído usted hablar del reflejo de corrección por el error?»

«No tengo la menor idea de qué puede ser eso.»

«Haría usted bien en saber algo de psicología de la conducta. O conducta de la conducta, como dicen algunos sabios. Es un curioso efecto que se produce en algunas actividades sujetas a la mecánica de los reflejos encadenados. El profesional educado a realizar una serie de actos, unos seguidos de otros, cuando se produce el fallo tiende, por costumbre, a ejecutarlos en el mismo orden, pero a partir del momento en que surge la alarma, involuntariamente comete algún error. Y ese error es el que con frecuencia le salva.»

«Reconozco que me he perdido totalmente.»

«Con todo, resulta bastante sencillo.»

«Será sencillo para usted.»

«Salta a la vista.»

«A la mía no, desde luego.»

«Usted disparó sobre Baretto, a cuatro metros de distancia, cuando estaba tendido en la cama.»

«Y le acerté en la sien.»

«No le acertó en la sien ni en ninguna otra parte del cuerpo. Dio usted en el suelo. A cuatro metros de distancia, sobre un cuerpo inmóvil, dio usted en el suelo cuando decidido a disparar sobre él se dio cuenta, sin poder detener el dedo sobre el gatillo, de que se trataba de un cuerpo inmóvil y abatido.»

«¿Ha tenido usted, señor comisario, que hacer todo un curso de psicología para venirme con ese cuento?»

había usted quedado en visitar a Baretto antes de marcharse?»

«Pensaba irme el día 21 por la mañana o el siguiente a lo más tardar, a la vista de que no había encontrado nada que me gustara. A media mañana tenía todo el día por delante y pensé invitarle a comer. Eso es todo.»

«¿Iba usted armado?»

«Como siempre, ya lo dije al hacer la primera declaración.»

«¿No hizo usted uso del arma en casa de Baretto?»

«En absoluto. ¿Con qué objeto iba yo a hacer uso de mi pistola?»

«Debo advertirle, señor Gavilán, que hemos encontrado en el suelo señales de bala que pueden corresponder al calibre de su Walther PPK.»

«No digo que no, pero me parece que por ahí no va usted a ninguna parte. Esas señales, ¿son recientes? Y, en definitiva, la bala causante de la muerte ¿no la han encontrado ustedes?»

«Se ve que está usted perfectamente preparado para estas circunstancias. Y eso es precisamente lo que más me sorprende, señor Gavilán, esa familiaridad con los datos más sólidos que abonan la hipótesis del suicidio. En efecto, la bala causante de la muerte no corresponde a su pistola, sino a la del difunto, una Parabellum calibre 38.»

«¿Entonces?»

«Entonces ¿por qué no pudo usted disparar con la pistola del difunto, aprovechando que dormía?»

«Un hombre que duerme con la puerta abierta y con su pistola al alcance del primero que entre para meterle un tiro en la sien. ¿Es eso verosímil, señor comisario?»

«De eso se trata precisamente; ya se lo dije antes, tenemos que investigar la posibilidad de lo inverosímil. ¿Recuerda usted cuándo disparó por última vez con su pistola?»

«Lo recuerdo muy bien, fue la semana pasada, cerca de San Pedro de la Rápita. Paseando por la playa, detrás del puerto, me entretuve en disparar sobre unas gaviotas.

Me entretengo a veces en cosas parecidas y me hago la ilusión de que no pierdo facultades.»

«¿Hizo usted blanco alguna vez?»

«No, creo que no.»

«¿Se ha preguntado usted en estos dos días por qué lo retenemos aquí?»

«Nada más lógico, y no lo digo por hacer un cumplido, que retener a la persona que descubrió el cadáver. Por otra parte, viajo con mis papeles en orden y dejo mi nombre correctamente escrito en las fichas de los hoteles.»

«Eso es cierto y no crea que no deja de sorprenderme. No le puedo ocultar que he pensado que estoy tratando con un hombre más astuto y avezado de lo normal. En resumen, con un profesional. Porque reconocerá usted que no deja de ser extraño que un día antes del asesinato o suicidio de Baretto caiga por aquí un antiguo compañero de armas, después de veinte años sin aparecer, y que le visita en su domicilio aproximadamente a la hora después de producirse la muerte. ¿No le parece a usted extraño? ¿No son demasiadas coincidencias como para no pensar en lo más inverosímil?»

«No lo sé. Con ser extrañas, resultan más verosímiles que todo lo que ha insinuado. Además, se diría que me invita usted a participar en el trabajo que corresponde sólo a usted y que, a lo que entiendo, apunta a una inculpación a mi persona. Comprenda que no me preste a ello; eso sí sería lo más inverosímil, ¿no le parece?»

«No, quizá no.»

«No alcanzo a ver a dónde se dirige usted ahora.»

«Nada más que esto, señor Gavilán: la colaboración de usted para esclarecer un buen número de coincidencias y puntos oscuros podría aligerar la magnitud del delito del que puede ser en su día acusado.»

«Sencillamente, no alcanzo a ver por dónde va usted.»

«Es sin embargo bastante simple: la presencia de usted aquí, sus relaciones con el difunto y su visita en el mismo día y casi a la misma hora de su muerte pueden ser explicadas de una manera mucho más satisfactoria que la que usted pretende y que usted, por el momento, se niega a hacer sin duda porque hay algo que ocultar en todo ello. Se han producido dos cadenas de hechos que tal vez sean independientes, pero que muy posiblemente tienen una relación directa de causa a efecto: una es su presencia aquí y su relación con el difunto y la otra es su muerte; por lo mismo que la segunda ha puesto de manifiesto la primera, de no ser ésta satisfactoriamente esclarecida puede verse imputada con la responsabilidad de esa muerte. Porque dígame, aun cuando Baretto se suicidara, ¿quién nos dice que no vino usted a inducirle u obligarle a ello? ¿que su presencia aquí no le dejara otra salida que pegarse un tiro en la sien?»

«¿Tiene usted alguna prueba del poder que podía tener yo para llegar a eso?»

«Esa investigación formaría parte en su día del sumario. Repito, eso es cosa del juez. Nuestro cometido reduce por ahora a decidir si el sumario ha de ir ahí o por otro camino conpletamente distinto. Así dígame, señor Gavilán, ¿qué vino usted a hacer aq...

«Vine a estudiar la posibilidad de alquilar un a... mento para el verano.»

«No se sienta usted demasiado seguro con es... texto. Pero volvamos a lo de antes; ya que no... prende a usted que le retengamos aquí ¿no se le... rrido pensar que hubiera por medio una delaci...

«¿Una delación? No se me ocurre de qué se... delatar ni quién podría hacerlo.»

«¿Y si vino usted aquí a cuenta de un terce... ese tercero le jugó a usted una mala pasad... cumplida, digámoslo así, su misión?»

«Vine aquí por mi cuenta y riesgo, sólo po... y riesgo, y no existe nadie ni nada que ab... bilidad. Por mi parte puede usted seguir... cuanto quiera, no tengo prisa. Pero no le... gún sitio, se lo advierto, aunque sólo sea... su tiempo, señor comisario. Pierde uste... tales fintas.»

«Es posible. Le diré que tan sólo he hecho uso de antiguos conocimientos para tratar de conciliar tres series de hechos que no casan entre sí.»

«A saber.»

«A saber: primero, su presencia aquí y su demasiado casual relación con el difunto el mismo día de su muerte; segundo, el suicidio de Baretto demostrado sin lugar a dudas por todos los expertos y todas las pruebas.»

«¿Y tercero?»

«Tercero: la carta de Baretto.»

«¿Qué carta es ésa?»

«El domingo día 19, con toda probabilidad, Baretto escribió una carta dirigida al Jefe de Policía que depositó en mano el lunes 20 y en la que aseguraba que usted había venido aquí para acabar con él. Acompañaba una descripción bastante detallada de su persona y cuantos datos consideró necesarios para aprehenderlo. A eso me refería cuando le hablaba de una delación.»

«Usted dijo ayer que Baretto andaba últimamente bastante trastornado. Es posible que después de nuestro encuentro del domingo se le ocurriera semejante disparate. Pero ¿qué clase de autoridad es ésta que da crédito al testimonio de un hombre fuera de su juicio? Quién sabe si mi encuentro en la calle despertó en él una inesperada reacción de la que el último responsable soy yo. Repito que no nos habíamos visto en diez años. Dígame, ¿cuál puede ser el móvil de semejante atentado?»

«Cosa del sumario, una vez más. Lo que a mí concierne es lo que ocurrió a Baretto desde el día de su llegada. Le voy a decir cómo ocurrieron las cosas, tal como yo las veo. Usted llegó aquí el sábado 18 o tal vez antes, siguiendo la pista de Baretto y dispuesto a acabar con él. Las razones que le pudieran mover a ello no hacen ahora al caso. Probablemente llevaba usted bastante tiempo decidido a ello; conocía sus pasos y a distancia no había dejado un solo día de acosarle. La trayectoria de Baretto desde que entró en el país indica sin lugar a dudas que huía siempre de algo, jamás permaneció en el mismo lugar más de dos meses. Usted debía conocer bastante bien sus costumbres, su incapacidad para dormir por las noches, sus frecuentes recaídas en la droga y los tranquilizantes. Supongo que una vez lo hubo usted localizado se dedicó a espiarle durante dos días, para comprobar sus hábitos y horarios. Lo más probable es que no hubiera tal encuentro en la calle Creu Alta; en cambio lo que no podía usted sospechar es que Baretto no sólo le descubriera, sino que demostrara la presencia de ánimo necesaria para observar cómo, a última hora de la tarde del domingo (cuando usted creía haberle dejado en un cine), usted se introducía en su domicilio de la calle Ribes para inspeccionarlo y familiarizarse con él. Usted sabía que nunca se acostaba antes de las ocho de la mañana, tras adjudicarse una fuerte dosis de somníferos; pero él sabía que usted lo sabía y, por tanto, esperaba "su visita" para el mediodía, entre una y dos, cuando el personal de la imprenta del primer piso deja el trabajo y la casa queda sola. Entonces, y precisamente entonces, se pegó el tiro, metido en la cama. Estaba harto de vivir acosado, sabía demasiado bien que no tenía salida y no quiso marcharse de esta vida sin darle a usted su merecido. Le diré una cosa, podía haberlo hecho adjudicándose una fuerte dosis de barbitúricos y entonces usted, tomándolo por dormido, no habría fallado el disparo. Pero desconfiaba de los barbitúricos, ya los había ensayado dos veces en el último trimestre, sin lograr el resultado apetecido. Por eso optó por el disparo, tomando todas las precauciones posibles, incluso la oscuridad de la habitación y el corte de la corriente; se disparó en la sien, a través de la almohada, metido en la cama. Además tenía prisa y, desconfiando de los específicos, nada debía horrorizarle tanto como la idea de que usted acabara con él. A toda costa debía querer seguir siendo dueño de la iniciativa. ¿Me entiende, señor Gavilán, me explico?»

«Sí, se explica usted bien, pero no convence; deja usted tantos puntos oscuros como los que pretende aclarar.»

«Pero no pudo evitar que medio cuerpo se desplomara hacia el suelo. Incluso debajo de la almohada dobló una toalla de felpa para evitar una mancha de sangre demasiado ostensible. ¿Para qué todas esas precauciones? Porque debía conocer sus métodos y tenía que saber que usted dispararía, a la luz de la puerta. No, no se equivocó gran cosa, el viejo Baretto; me pregunto si usted no lo ha subestimado porque se diría que siguió obedientemente sus instrucciones, hasta en el menor detalle, sólo que dio en el piso en lugar de haber acertado en el cuerpo, casi todo él fuera de la cama con la cabeza a ras de suelo. Pero, en fin, tuvo usted la serenidad de inspeccionar el cadáver y reconocer la situación; incluso buscó la bala en el suelo y la huella del disparo y hasta tuvo tiempo de limar las astillas y disimular la muesca con un poco de barro. En cambio, no reparó usted en el impacto de rebote en la pared, debajo de la cama. Usted había liquidado la cuenta del hotel de Sanponce, dispuesto a huir y pasar la frontera —como usted sabe hacerlo— ese mismo día. Pero ante la nueva situación recapacitó; mucho más seguro y convincente que la huida era su presencia aquí, sin nada que ocultar. Así que decidió tomar una habitación en el Hotel Levante; hizo desaparecer la bala, limpió cuidadosamente la pistola (demasiado cuidadosamente para un hombre que de tarde en tarde acostumbra a hacer ejercicios de tiro sobre los pájaros) y se personó de nuevo, a eso de las dos y media, en la casa de la calle Ribes para descubrir el cadáver con toda inocencia. Y por si fuera poco se presentó aquí a denunciar el hallazgo. Sin embargo, le diré que no logró usted hacer desaparecer del todo esos residuos de pólvora imperfectamente quemada, tan característicos de un único y primer disparo con un arma que lleva algún tiempo sin ser utilizada. No parece tampoco demasiado verosímil —he dicho verosímil— que un hombre que se entretiene tirando a las gaviotas, sin hacer blanco, realice tan sólo un disparo. En fin, que el viejo Baretto se la jugó a usted bien. Yo creo que debía usted haberlo tenido en más consideración. No se tenía usted que haber conformado con dejarle a la puerta del cine; la salida da a otra calle. El viejo Baretto; por lo menos ha conseguido que quede

usted a disposición de la autoridad judicial. Son dos
cosas distintas: inducción al delito u homicidio frustrado.
¿Lo prefiere usted así, señor Gavilán?»

«¿Homicidio? ¿Homicidio frustrado? ¿Qué fantasías
son ésas? Yo vine aquí en busca de un apartamento para
el verano.»

«Ah, si usted lo prefiere así, señor Gavilán…»

(Catálisis: Transformación química motivada por cuerpos que al finalizar la reacción aparecen inalterados.)

Septiembre había vuelto a abrir, tras una semana de abstinencia de sol, su muestrario de colores y matices que, desde las alturas, el clima había escogido para la fugaz temporada del preámbulo otoñal. Las lluvias anteriores habían servido para borrar toda muestra del verano, para cerrar el aguaducho, para llevarse los restos de meriendas campestres y dejar desierta la playa y sus alrededores —el promontorio y la carretera suspendidos en el inconcluyente calderón de su repentina soledad, como el patio de un colegio que tras un toque de silbato queda instantáneamente desprovisto de los gritos infantiles que le otorgan toda su entidad, un mar devuelto a su imposible progresión hacia las calendas griegas, apagado el bullicio con que había de intentar su falsa impresión en el presente.

«Es uno de los pocos privilegios que nos quedan.»

Fueron paseando a lo largo de la carretera, cogidos del brazo, deteniéndose en los rincones de los que habían estado ausentes durante toda la usurpación veraniega, como quienes repasan el inventario de unos bienes arrendados por una temporada. Y aun cuando no pasara un día que no celebrasen los beneficios de la paz que les era devuelta cada año al término del mes de septiembre, en su fuero interno no podían desterrar la impresión de enclaustramiento y derelicción que les embargara con la casi simultánea desaparición de la multitud que tantas incomodidades provocaba.

Un rezagado veraneante, un hombre de mediana edad que paseaba con su perro, que en un principio les había devuelto la ilusión de compañía hasta el verano de San Miguel, había de convertirse por la melancolía de su propia imagen en el mejor exponente de un abandono para el que no conocían otros paliativos que las —repetidas una y otra vez sin entusiasmo pero con la fe de la madurez, con la comedida seguridad de la persona que para su equilibrio y confianza necesita atribuir a una elección libre y voluntaria la aceptación de una solución sin alternativa posible— alabanzas a un retiro obligado por motivos de salud y economía.

Todas las tardes salían a pasear, en dirección al promontorio y el río, si estaba despejado el cielo, más allá de la playa y hacia el pueblo si amenazaba lluvia; todos los días tenían que comunicarse los pequeños cambios que advertían (todos ellos referentes al prójimo o a cuanto les rodeara) y las menudas sorpresas que aún les deparaba una existencia tan sedentaria y monótona. Porque para ellos ya no había cambios ni margen alguno para la novedad, a fuerza de haberse repetido durante años que envejecerían juntos.

A pesar de vivir en el pueblo (eran las únicas personas con estudios, como allí decían, que habitaban en él durante todo el año) desde bastante tiempo atrás no tenían otros conocidos que los obligados por su subsistencia y solamente de tarde en tarde un pequeño propietario y su señora pasaban a hacerles visita y tomar una merienda en su casa. Tan sólo recibían los periódicos y semanarios de la ciudad y las cartas del banco y no se sabía, desde que asentaron allí, que se hubieran ausentado del pueblo un solo día, a pesar de las incomodidades que provocaban

los veraneantes. No eran huraños, no se podía decir que
sus costumbres fueran muy distintas a las de la gente
acomodada del lugar y se cuidaban con sumo tiento —no
lo hacían ni en privado— de no expresar la añoranza
de la ciudad o el eterno descontento por la falta de con-
fort o de animación del medio que habían elegido, al
parecer, para el resto de su vida.

Se diría que lo habían medido y calibrado todo con
la más rigurosa escrupulosidad; que, a la vista de su edad,
de sus achaques, de sus rentas y gustos, habían ido a
elegir aquel retiro para consumir gota a gota —sin un
derroche ni un exceso ni un gesto de impaciencia ni una
costosa recaída en el entusiasmo— unos recursos que
habían de durar exactamente hasta el día de su muerte;
por eso se tenían que pasar de todo dispensable capricho
y de la más inocente tentación, no podían sentir curiosidad hacia forasteros y veraneantes ni se podían permitir un brote de envidia, siempre reprimido, o un gesto
de asombro ante cualquier emergencia de lo desconocido
que permitiese la irrupción en la escena montada para el
último acto de la comedia de esos decorados y agentes
secretos que todo tiempo esconde a fin de otorgarse de
tanto en tanto la posibilidad de un argumento. Empero,
todos los días debían esperar algo imprevisto, que ni siquiera se confesaban uno a otro. Porque la negativa a
aceptarlo, la conformidad con la rutina y la disciplina
para abortar todos los brotes de una quimérica e infun-
dada esperanza eran —más que el pueblo tan sólo animado durante dos meses, aparte de los preparativos para
el verano y los coletazos de los rezagados— lo que constituía la esencia de su retiro.

Decidieron llegarse hasta el cruce a nivel, un paseo
algo más largo que lo usual. Al toparse con él debieron
pensar que la situación del hombre del perro no debía
ser muy distinta a la suya. «Fíjate, han talado los árboles que había allí, ¿te acuerdas?» o «Vete a saber lo
que van a construir aquí, una casa de pisos» o «Me ha
dicho la panadera que cierran el negocio; van a poner
en su lugar una tienda de recuerdos y chucherías y cre-

mas para el sol», constituían el repertorio de frases usuales con que ambos seguían día a día el curso de unas transformaciones que nada tenían que ver con ellos, que tanto contrastaban con aquella tan monástica austeridad que hasta la eliminación de una camisa o un trapo viejo llegaba a suponer un cierto quebranto al duro voto de duración que tan firme como resueltamente habían profesado para poder subsistir.

La lluvia y la desaparición de los veraneantes hicieron el resto en aquel momento; esto es, una nueva acción de gracias por las bondades de su retiro, por el encanto de una naturaleza que volvía con todas sus prendas a enseñorearse del lugar, tras dos meses de humillante servidumbre a los requerimientos de la moda estival.

«Fíjate cómo huele aquí; qué delicia. Cuatro gotas y cómo se ha puesto todo esto.»

Una acción de gracias con renovada fe, con tan sincera convicción que apenas dieron importancia al nuevo encuentro con el rezagado veraneante del perro, un hombre de medio luto, con quien se habían cruzado poco antes en el mismo sentido y que, por consiguiente, hubo de hacer el mismo camino que ellos, con mayor rapidez y tomando un itinerario paralelo.

Se detuvieron a escuchar el canto de unos estorninos que, en un frondoso seto de plátanos, también se preparaban para el viaje. Se asomaron a contemplar el mar en la revuelta de la carretera sobre el promontorio, olas grandes y distanciadas que rompían a sus pies con una reverencia de reconocimiento y vasallaje a todos los que —como ellos— se habían elevado por encima de las contingencias diarias para sacrificarse en lo último, atentos tan sólo a lo inmutable. Pocas veces se habían alejado tanto por la tarde; era uno de esos días que rebosaban seguridad y firmeza, tan necesarias para los seis meses de frío. Con frecuencia habían comentado cómo aquellos paseos fortalecían su espíritu.

«Nos acercaremos hasta la venta. Todavía oscurece tarde y tenemos tiempo de sobra. Hace una tarde magnífica.»

La venta distaba todavía casi un kilómetro. En los últimos tiempos sólo habían llegado hasta allí, a sentarse bajo el alpendre a tomar una cerveza o un refresco, cuando alguien del pueblo les había acercado en el coche.

Ya habían descendido la cuesta del promontorio, enfilando la recta al término de la cual se hallaba la venta —tras una revuelta escondida entre una masa de árboles— cuando ella se detuvo súbitamente, para escuchar algo que no llegó por entero a sus oídos. «¿Qué ha sido eso?», preguntó mirando hacia el cielo, «¿no has oído nada? ¿no has sentido algo raro?»

Fue como un relámpago diurno que, sin acompañamiento del trueno, al ser apenas vislumbrado por el rabillo del ojo necesita de una confirmación para despejar la inquietante sensación que deja el visto y no visto. «No sé... por allí, o tal vez por allí ¿no has visto nada?»

«Allá lejos debe haber tormenta. Está el tiempo muy movido. No sé si será mejor que volvamos.»

«Vamos a acercarnos hasta la venta.»

Siguieron caminando, con frecuentes miradas hacia el cielo, cambiando entre ellos esas frases tranquilizadoras que todo ánimo optimista espera que alcancen y persuadan a los elementos para que refrenen sus impulsos tormentáceos.

Llegaron a la curva cuando todavía quedaba un par de horas de luz. Impaciente por localizar su objetivo estiraba el cuello o salía de la calzada para apaciguar la inquietud que se había apoderado de sus pasos. Y de nuevo ella se detuvo de repente, con los pies juntos y la boca abierta, completamente inmovilizada, con la mirada fija en el frente.

«¿Qué te pasa?»

Sacudió su brazo, tomó su mano y la apretó con fuerza, una mano inerte a través de la cual sintió que pasaba a su cuerpo todo el flujo de su espanto, casi reducida a la nada en el momento en que, todo el campo sumido en el repentino silencio que preludia a la tormenta, cuando se siente que se han agazapado hasta los seres invisibles, en otro punto muy distinto pero también a sus

espaldas, percibió —no vio— el relámpago, el desgarrón
conjunto y contradictorio de un cielo y un mar que tras
el espejismo mudaran hacia un continente más falso y
grave, como el niño que con su cuerpo trata de ocultar
el desperfecto que ha causado; en un momento envejecidos y deteriorados por una película de vicioso óxido.

Se había vuelto para observar al paseante del perro
—inverosímilmente lejano, aun cuando terminaba de
cruzarse con ellos, en el mismo momento del trance—
cuando despertó.

«¿Y la venta? ¿Dónde está la venta?», preguntó.

Fue aquella insistente pregunta lo que colmó su des-
orientación. Se adelantó unos pasos, dejándola sola en
la carretera, se encaramó a un pequeño montículo para
otear en todas direcciones y volvió aún más confundido.

«Me parece que la hemos pasado.»

«Es a la vuelta de aquella curva.»

«No sé en qué íbamos pensando. Vamos a volver de
todas maneras.»

Pero ella le miró de manera singular; carecía de expresión, pero la incredulidad se había adueñado de tal
manero de todo su cuerpo que no pudo reprimir un gesto
de disgusto.

«Vamos», le dijo, tratando de volverla en dirección
opuesta a la que habían traído. Pero ella se mantuvo
rígida, con la mirada pusta en el frente.

«Es inútil», contestó.

«¿Qué es lo que es inútil? Vamos, se va a hacer tarde.
Es hora de que volvamos.»

«Es inútil», repitió.

«Pero ¿qué es lo que es inútil?»

«Todo. Todo ha cambiado. Fíjate cómo ha cambiado
todo. Dame la mano. Fíjate.»

Obedeció y se produjo de nuevo el relámpago, acaso
a consecuencia de la descarga que sufrió a través de su
mano. Todo había mudado, en efecto: tras el deslumbra-
miento provocado por el rayo, todo en su derredor —sin
producirse el menos perceptible cambio— era irreconci-
ble, de igual manera que la fotografía de un paisaje fa-

miliar, cuando ha sido revelada al revés, no resulta fácil de identificar porque no esconde ningún engaño.

Dieron unos vacilantes e ingrávidos pasos, en la misma dirección que habían traído; luego pronunció unas palabras inconexas.

«La venta..., al fondo, más al fondo.»

«Eso es, más al fondo.»

Quedaron inmovilizados, cogidos de la mano y mirando al frente de la carretera boquiabiertos, sin mover un músculo ni hacer el menor signo cuando el hombre que paseaba con su perro se cruzó de nuevo con ellos, sin reparar en la inusitada imagen que componían.

Tampoco el perro se volvió a mirarles, marchando apresuradamente, con la cadena tirante.

En cuanto a ellos..., los últimos vestigios de su percepción no les sirvieron para advertir que además del perro se ayudaba de un bastón, siempre adelantado y casi inmóvil sobre sus rígidos y acelerados pasos, no giraba la cabeza y ocultaba sus ojos tras unas gafas oscuras.

—El primer año tras su jubilación, fue tan amargo y difícilmente llevadero para el profesor Canals que, cuando una institución privada le ofreció desarrollar un extenso ciclo de conferencias para un número muy restringido de especialistas y profesores, no vaciló en volver a aquel remedo del servicio activo no sólo al objeto de ocupar tan buen número de horas vacías, sino decidido a coronar su carrera con un curso de inusitada índole, pensado desde años atrás, que la cronología administrativa había abordado antes de que pudiera prepararlo con el rigor que caracterizaba toda su actividad docente.

Se hubiera dicho que la jubilación le había cogido desprevenido; que la rutina de la cátedra, los libros y la vida académica, al empujarle hacia el límite de la edad activa le había convertido en un hombre tan olvidadizo y desdeñoso respecto al reloj y al calendario, que a duras penas pudo sobreponerse a la avalancha de horas de ocio que había de sepultar con la indolencia la conclusión de una obra pensada y desarrollada en buena parte durante vigilias nocturnas y veranos interrumpidos por viajes al extranjero.

Acostumbrado desde siempre a trabajar entre horas llegó a temer que la carencia de obligaciones urgentes pudiera suponer, por paradoja, una cesación de aquella inspiración creadora que tanto más generosa y enérgica se demostraba cuanto más apremiado se hallara por los compromisos oficiales. Por eso, la invitación vino a infundirle tan nuevos ánimos y tantos arrestos que se decidió a utilizar el curso para desarrollar aquellas lecciones —extracto y contradicción de muchos años de disciplinada labor— que hasta entonces su propia ortodoxia académica no le había permitido exponer en un aula pública.

Sin que llegara a constituir una sorpresa para aquellos pocos que bien porque habían gozado de una cierta intimidad con él, bien porque habiendo seguido su obra con interés y continuidad habían sabido descubrir las insinuaciones a la rebeldía y las veladas amonestaciones a los axiomas de la ciencia que de manera sibilina introdujera en su monumental corpus, reputado por todas las sociedades cultas de España y América como un inconcuso hito en lo sucesivo imprescindible para toda investigación histórica de su tierra, lo cierto es que con aquel postrer curso el profesor Canals, al adivinar que contaba ya con pocas oportunidades para revelar lo que había mantenido siempre si no secreto, al menos velado por la penumbra del escepticismo, quiso dar todo un giro a su trayectoria precedente, llevando al ánimo de su reducido auditorio un espíritu de censura e ironía respecto a sus propios logros como para darles a entender que sólo con aquella burlesca nota contradictoria y regocijante podía coronar una obra para la que hasta entonces no se había permitido la menor de las licencias.

Acaso por esa razón el curso fue cobrando, a medida que progresaba, una mayor resonancia y expectación, llegando a constituir tal acontecimiento, dentro de la etiolada vida cultural del país, que los hombres que regían la institución que lo patrocinara empezaron a pensar en una segunda edición dedicada a un público más vasto. Pero el Profesor se negó rotundamente a ello, alegando motivos de salud y ocupaciones privadas y familiares, resuelto a limitar la lectura de aquella especie de testamento a los pocos que, desde el origen, y antes de que se pusieran de manifiesto sus secretas intenciones, habían acudido a él para requerirle su último gesto de docencia. No sólo se negó a ello, sino que, reiteradamente, cursó las instrucciones precisas para que, a la vista de las numerosas peticiones, se limitara con todo rigor la asistencia al aula a las personas que se habían inscrito en el curso durante el período abierto para la matrícula, no vacilando para ello en desoír toda suerte de recomendaciones de colegas y personajes principales que hasta aquel momento habrían jurado que podían gozar de toda su confianza y deferencia. Tan sólo hizo una excepción con un joven estudioso de una provincia lejana que, rechazando para sí el vehículo de las cartas de recomendación o la influyente intervención de un tercero, le hubo de escribir una carta tan medida y sincera que el Profesor no dudó en enviarle, a vuelta de correo, la tarjeta de admisión tras haber rellenado y abonado él mismo la ficha de inscripción.

Para los asistentes no podía ser más satisfactoria la conducta de su maestro que así les situaba en una situación de privilegio, tan codiciada por muchos colegas y conocidos; gracias a ello se había de crear, en la ostentosa, achocolatada y semivacía sala de conferencias, ornamentada con una decoración de rocalla y frescos dedicados al triunfo de la industria y el comercio, un clima de intimidad que había de permitir a Canals ciertas actitudes y extremos que estaban lejos de su mente cuando tuvo la primera idea del ciclo. No sólo hacía gala de una erudición que —se diría— acudía voluntaria a su memoria en el momento oportuno, sin necesidad de ser reclamada para ellos, a fin de corroborar con un dato incontestable una afirmación que de otra forma podía ser reputada como aventurada, sino que de tanto en tanto un espíritu mordaz —e incluso chocarrero— se permitía los

mayores desaires sobre esa clase de saber basado en el
saber de otros, al igual que el señor que, inesperadamente
y a espaldas de ella, se permite toda clase de bromas
acerca de la servidumbre que mantiene y da rendimiento
a su hacienda. Y no era infrecuente que toda la sala —un
grupo selecto y reducido, devuelto a sus años de estudio
y obligado a dedicar a aquella sesión semanal un buen
número de horas de estudio, a fin de poder recoger todo
el fruto de tantas insinuaciones sutiles e inéditas interpretaciones que ponían en jaque toda disciplina poco
acostumbrada a someter a juicio sus propios cimientos—
irrumpiera, de tanto en tanto, en estruendosas carcajadas
o unánimes ovaciones con que la asamblea celebraba el
triunfo de un espíritu que había sabido en el declinar
de su vida liberarse de las ataduras impuestas por la
más honesta y sincera de las vocaciones.

Al profesor Canals no pudo por menos de sorprenderle la incomparecencia de aquel hombre que, a pesar
de haber obtenido mediante un precio tan exiguo —tan
sólo una carta escrita en los términos precisos— un premio que al decir de él mismo tanto ponderaba, de tal
manera se demoraba en cobrarlo. Conocía de sobra su
auditorio para saber que no se trataba de ninguno de
los presentes quienes, con muy escasas excepciones, habían acudido con puntualidad desde el primer día. Se
hallaba a punto de escribirle para conocer la causa de
su incomparecencia (pensando que tal vez se había extra-
viado su respuesta) cuando, en la conferencia que a sí
mismo se había señalado como límite de su silencio y
de su espera, denunció la presencia de un hombre que
por su aspecto y por su tardanza no podía ser otro que
su corresponsal de provincias; se trataba de un hombre
joven, prematuramente calvo y de pelo rubicundo, que
tomó asiento en una silla separada del resto del auditorio por toda una hilera vacía; que a diferencia de casi
todos los presentes no sacó papel ni hizo el menor ademán para tomar apuntes; que escuchó toda la charla con
inmutable actitud y que al término de la misma desapareció del aula sin darse a conocer ni hacerse ostensible,

aprovechando la pequeña confusión que en cada ocasión se creaba en torno al solio, cuando algunos asistentes se acercaban al profesor para inquirir acerca de cualquier detalle del que precisaran algunas aclaraciones.

Idéntico desenlace se había de repetir en ocasiones sucesivas sin que al profesor Canals le fuera dado en ningún momento llegar al trato con aquel hombre que manifestaba su reconocimiento de manera tan singular. Tal vez fuese eso —unido a la poco elegante costumbre de entrar en la sala una vez iniciada la conferencia— lo que despertó su impaciencia; o aquella postura distante e inmutable, correcta pero adobada con un matizado gesto de insolencia, como si más que a escucharle o aprender acudiera allí con el propósito de demostrar —aunque sólo fuera con su indiferencia— que en modo alguno se hallaba dispuesto a dejarse influir por su ciencia, por su oratoria o por su magnanimidad.

No acompañaba con sus risas al resto del auditorio, no tomaba notas, en ningún momento asentía, jamás se acercó al estrado. No sólo se cuidaba de que su expresión reflejara la falta de interés que le provocaba el acto, sino que —la cabeza ladeada apoyada en la mano derecha; dos dedos en la sien y otros dos bajo el labio inferior forzaban un rictus de la boca de augusto e incorregible desdén— parecía empeñado en demostrar que su presencia en la sala no obedecía ni a una necesidad ni a un deseo, sino al cumplimiento de un fastidioso compromiso que le obligaba a permanecer durante una hora escuchando unas cosas que nada le decían, que para él carecían de todo atractivo, de todo ingenio, de todo rigor y toda novedad y que —ateniéndose a su despectivo talante— a su juicio solamente podían causar impresión en el pequeño grupo de papanatas acomodados en las filas delanteras.

Incapaz de recurrir, en su situación, a otras armas, el profesor Canals trató en un principio de sacarle de su indiferencia con miradas y frases cargadas de intención y simpatía, con gestos y palabras secretas y expresamente pensadas para él y, por encima de un auditorio incapaz de percibir aquellas fugaces dedicatorias, en especial dirigidas hacia él. Su discurso se fue oscureciendo, cargado de sentidos ocultos que sólo él —así lo presumía— estaba en situación de aprehender. Y hasta en ocasiones le hizo el objeto directo de sus invectivas, llegando a forzar algún giro de su dicción para convertirla en pieza de acusación —acompañada de todo el peso de su justo enojo— contra aquella presencia que de manera tan desconsiderada como desagradecida se había permitido romper la armonía de una fiesta a la que tenía derecho y a la que no estaba dispuesto a renunciar. Fueron gestos y palabras imprudentes con los que sólo había de conseguir un efecto contraproducente; porque lejos de moverle de su acrisolada indiferencia sólo había de afianzarle en ella, en cuanto el Profesor, al comprender que su oyente se había percatado de todas y cada una de las insinuaciones que le dirigiera, no tuvo más remedio que aceptar la situación de inferioridad —ignorada para el resto del auditorio— en que le situaba la tácita, suficiente y despectiva declinación de todos sus secretos ofrecimientos.

En días sucesivos optó por olvidarse de él y eludir su vista aunque no pudiera, de vez en cuando, dejar de levantar los ojos hacia el lugar que ocupaba para constatar la permanencia de su presencia y de su actitud, y a pesar de que cada una de aquellas rápidas (pero a continuación deploradas) comprobaciones suponía una caída en el vacío, tantas veces señalada por un hiato o un silencio que si bien el Profesor se cuidaría de reparar y reanudar gracias a su mucha práctica, no por eso dejarían de repercutir en el tono de aquellas lecciones condenadas a perder la agilidad, el vigor y la despreocupación que las distinguiera durante la primera parte del curso.

Contra su voluntad, se vio obligado a recurrir a la lectura, a hundir la mirada en las hojas mecanografiadas —con el consiguiente tributo a la espontaneidad que no podía pasar inadvertido a sus oyentes, añorantes de aquel espíritu burlón que había desaparecido del estrado para dar entrada a cierta monotonía— y protegerse tras el intenso haz de luz del flexo, aislado en lo posible de

aquella presencia vislumbrada a través de una nube de
polvo. Incluso llegó a tener dificultades con la lectura,
su pensamiento puesto en otra parte: porque fue entonces cuando —para sus adentros, mientras leía— vino
a interpretar el origen de tanto desdén: no acudía allí
a escucharle sino que —poseedor de unos conocimientos
y un poder más vasto que los suyos— se permitía tolerar su actividad a la que, en cualquier momento, con una
mínima intervención por parte suya, podía poner fin. Esa
era la causa de su zozobra; esa era la mejor razón para
que, durante todo aquel período, al término de cada sesión en la frente del profesor Canals surgiesen innume-
rables gotas de sudor que una mano temblorosa y anhelante secaba con un pañuelo una vez que se vaciaba el
aula.

En estas circunstancias se produjo el momento de alivio. Algo más que un momento. La tarde en que el Profesor, a punto de alcanzar el límite de su resistencia,
estaba decidido a anunciar la reducción del curso —y si
no lo hizo antes fue por el temor y la vergüenza a hacer
pública su rendición en presencia de quien la había consumado— al levantar la mirada hacia la sala comprobó
que el asiento del oyente de provincias se hallaba vacío
y eso bastó para procurarle tal alivio que pudo seguir
adelante sin tener que llevar a cabo su resolución. Vacío
había de permanecer durante varias sesiones consecutivas
y en la sala volvió a campear su espíritu animoso y des-
preocupado, que resucitaba la facundia y el ingenio de
los primeros meses, que le devolvía la confianza y seguridad en sí mismo necesarias para completar el ciclo tal
como lo había programado en su origen. Aquellas her-
méticas sentencias, cuyos secretos sentidos tantas veces
escaparan a la concurrencia, volverían a aclararse por obra
de su propia ironía, y aquel talante taciturno y apesa-
dumbrado quedaría despejado por la un tanto impúdica
concepción de la historia, aderezada con la benevolencia
necesaria para hacer pasable todo el rosario de abusos
y tragedias que constituían la esencia de su relato. Hasta
que su atención fue de pronto distraída por un crujido

en el suelo y un rumor de sillas en el fondo de la sala: había vuelto el oyente de provincias que, con el mismo gesto de fastidio y suficiencia, tomó asiento bastante apartado del auditorio habitual.

Se produjo un largo silencio, una tan estupefacta paralización del Profesor que algunos asistentes volvieron la cabeza para observar al recién llegado, la causa de tan inesperado cambio. De repente el profesor Canals despertó, animado por una súbita inspiración; cruzó las manos sobre la mesa, inclinó el fuste del flexo para iluminarlas con mayor intensidad y, dirigiendo la mirada al techo, reanudó su disertación con inusitada energía y precipitación para —a partir del punto donde había quedado a la llegada del intruso— hilvanar una sarta de consideraciones de oscuro significado y difícil intelección —salpicadas de citas y frases en latín, griego y hebreo—, pautadas de tanto en tanto con intensas y furiosas miradas al fondo de la sala.

Aquellos que tomaban notas dejaron el lápiz para escuchar la coda, solemne, emocionante; los más se inclinaron hacia adelante en la esperanza de que el acortamiento de la distancia en unos pocos centímetros les devolviera lo que el cambio les había arrebatado o, al menos, entenebrecido. A la postre, cuando para rematar aquellas turbias ideas acerca de la constitución del Estado el profesor Canals extrajo del bolsillo una tira de papel donde había escrito la frase con que Tucídides explica la retirada del más sabio de los atenienses de la escena pública, a fin de preservar la armonía de quienes no sabían ver tan lejos como él, frase que chapurreada con tosca pronunciación nadie sería capaz de localizar ni encajar en el contexto de la lección, no había hecho sino alinear las últimas armas de que disponía; sólo esperaba su inmovilidad, la permanencia de su gesto de desdén, a fin de desenmascararle ante sí mismo, y no pretendía más que, al abusar una vez más de su ficticia superioridad, denunciar la ignorancia de la que se había prevalido para ostentar lo que no era. Pero el joven, prematuramente calvo y rubio, no bien hubo terminado

Canals de leer su cita y quitarse las gafas para observar
el efecto que producía en el fondo de la sala, se levantó
con flema y, tras dirigir al profesor una mirada cargada
con su mejor menosprecio, abandonó el local sigilosamente en el momento en que el conferenciante —de
nuevo absorto, boquiabierto e hipnotizado— se incor-
poraba de su asiento en un frustrado e inútil intento de
detención y acompañamiento, antes de desplomarse sobre
la mesa y abatir el flexo.

Indice